上月 彩日羅
KAMITSUKI ASURA

亀山 柿音
KAMEYAMA KAKINE
野々村 市湖
NONOMURA ICHIKO
八島 智絵理
YASHIMA CHIERI
CHARACTER
[HIGH!] SCHOOL HACK & SLASH

CONTENTS

ハイスクールハック
アンドスラッシュ5

竜庭ケンジ

BRAVENOVEL
ブレイブ文庫

開幕

薄く霧の立ちこめた夜のしじまに、鳥の鳴き声が響いた。

姿を見せることなく木々の奥から響いてくる声は、どこか物悲しくも悍《おぞ》ましい。

それは夜鳴き鳥の声だ。

ナイチンゲールや墓場鳥とも呼ばれる、小夜啼鳥《サヨナキドリ》とはまた違う。

もっと小さく物悲しい声は、きっと虎鶫《トラツグミ》なのだろう。

霧を渡る声は小さくても夜に紛れることはない。

ああ、だがしかし、招くような誘うようなその声には、決して応えてはならない。

何故なら――――。

この場所は現代の日本において、幻想と非現実の象徴であるダンジョンがある場所だ。

周囲を山々に囲まれている隔離された場所には、相応の理由があるのだ。

それはこの世界に害を為《な》す現象。

現実を侵蝕して、この世界の仕組み、法則を裏返す所業。

故に抵抗しなければならない、戦わなければならない。

侵略を許せば穏やかな現実は、禍々《まがまが》しい幻想に呑み込まれるだけなのだから。

この場所に建造された豊葦原学園《とよあしはらがくえん》は、まさにダンジョンを攻略するための最前線基地だった。

ダンジョンを攻略する挑戦者を育成し、戦いへと送り込む。

報奨と代償を天秤にかけて、生徒たちはダンジョンを攻略していく。

とはいえ、学園の生徒の多くは、自分たちに期待されている役目を自覚してはいない。

戦う理由も望む報酬も、人それぞれだ。

崇高な理想を掲げても、プライドのためだけに戦い続けられる人間はいない。

仮初めの理想を植えつけた気高い戦士を送り出したとしても、常軌を逸したダンジョンの試練と恩恵の前には本性を引き摺り出される。

もっと原始的でシンプルな衝動のみが、ダンジョンという非現実を踏破する道標となるのだ。


「いょぅ」


霧の中、夜に鳴く声が聞こえる。

月のない新月の夜、奇妙で異様な声が響く。

のそりと身体を起こした巨体が、喉を反らして小さく鳴いていた。

屋根の上、月のない夜空に映った影は異形だった。

猫にしては巨大すぎ、虎のような体軀に生えた尻尾は竜のよう。

吠える姿は雄々しくも、漏れ出る音は小さすぎた。

だが、その声は霧に乗り、夜に紛れてあまねく学園に響き渡っていた。

その鳴き声が、ひゃいんん、という泣き声に変わる。

異形の獣の耳をグイッと引っ張ったのは、先ほどまで背に跨がっていた少女だった。

振り落とされてコロコロと転がったのだから、その怒りは甚大であった。

「ふむ。あまり騒ぐと、みなが起きる」

獣耳をグイグイと引っ張って折檻を続ける少女が、ひょいっと抱き上げられた。

白い着物の少女を膝に乗せたのは、ジャージ姿の男子生徒だった。

彼らがいるのは女子寮の屋根の上。

異形の獣も、白く幼い少女も、厳つい男子生徒にも不釣り合いな場所だ。

「ああ、やはり散歩なら少し遠出をするべきだな」

「……」

「いょぅ」

男子生徒の呟きに、少女と獣が頷いていた。

「しかし、今宵《こよい》は時間が遅すぎるのではなかろうか」

視線を逸らした男子に、少女と獣がジト目を向けた。

最初に約束をしていたのは自分たちであり、遅刻したのは彼の都合である。

そう、本来であれば問題はないはずだったのだ。

彼も約束を忘れずに準備をしていたし、授業の予習と復習も滞りなく終わらせていた。

だが、強《し》いて理由をあげるのなら、復讐ならぬ逆襲プレイが捗《はかど》ってしまったからだろう。

「いや、静香《しずか》が元凶ではない。無論、先輩たちに責任があるわけでもない」

「……」

「悪いのは俺だな。……ああ、わかった。学園を一周するくらいなら問題ないだろう」

少女と獣のジト目攻撃に陥落した彼が頷いていた。

尻尾をブンブンと振る獣の背に、白い少女がちょこんと跨がる。

何もない空へ、四つ足がトトッと踏み出していく。

星空の天蓋をバックステージに、異形の獣と白い少女が夜を駆けていた。

「ふうっ」

出遅れた彼も屋根を蹴り、大きく跳んで獣の背中に着地する。

何もない空で二段ジャンプしていたように見えたが、この場に突っ込みを入れるような常識人はいなかった。

「いょぅ」

彼と少女を乗せた獣が楽しそうに夜空を駆ける。

眼下に広がる景色は、夜と緑に沈んでいる学園のジオラマだった。

切り開かれた原生林の中に広がっているキャンパスは、学校という施設を超えてひとつの街になっている。

点在する学生寮を繋いだ照明灯の明かり。

少し離れた場所に見えるのは、城壁のように連なって、城塞のように重なり合っている学園の校舎だ。

その地下にはダンジョンへの出入口、『羅城門《らしょうもん》』がある。

校舎から続いている並木道の先には、この時間帯でも明かりの灯っている学生街が見えていた。

クラシカルな大正ロマン風の建築物が多い学園だが、学生街の街並みは例外になっている。

小規模ではあるが、現代日本の駅前風景に近い。

今は学園で働いている職員の、夜の憩いの場として利用されているのだろう。

彼ら職員も生徒と同様に、学園とダンジョンに縛られている存在だった。

ひょいひょいと霧を駆け、雲を足場に獣が跳ねる。

楽しそうに夜空で踊る。

モフモフを手綱に星空を見上げる少女も、目を細めて頰笑んでいた。

その後ろに跨がっていた彼が、眠そうに目を瞬かせていたのは自業自得というべきか。

彼と少女と獣の、誰にも気づかれない夜の散歩。

それはいずれ学園の七不思議として噂されるようになるのだが、今の彼らに知る由《よし》はなかった。

第四十九章　正体不明のマスクマン

週明けの月曜日は、六月の爽やかな朝日が迎えてくれた。

倶楽部対抗戦、予選開始を歓迎するかの如き晴天である。

「くあ〜ぁ……ねみい。月曜にンな元気なのはお前ぐらいだっつうの」

誠一《せいいち》は拳が入りそうなデカイ欠伸をしていた。

隣で小さく、くぁ…と欠伸をする麻衣《まい》とのシンクロがイヤーンな感じ。

「いや、俺も少しばかり眠い」

昨夜は予想外のイベントが発生して、いろいろと予定が渋滞してしまったのだ。

倶楽部ミーティングでの対抗戦ルール確認は、必要な行いであった。

そしてルールに疑問があるのなら、質問するのも必定。

沙姫《さき》が突っ込んだ質問をしていたのは、それだけ対抗戦に本気である証拠であろう。

「てゆーか、目をグルグルさせて頭から湯気出してた姫っちはわかるけど、なんで叶馬《とうま》くんも一緒に怒られてたの？」

麻衣が疑問に思うのも当然である。

俺はただ単に、どれくらいのダメージが許容されるのか細かく聞いていただけだ。

骨は何本まで許されるのか、ついでに関節を外すのは何か所まで許されるのかを質問したら、逃げ出しかけていた沙姫に青筋を立てていた凛子《りんこ》先輩から一緒にお説教されたのだ。

もっと常識的な手加減を覚えろ、と。

真剣勝負で加減をするというのは、相手に対する侮辱でしかない。

そのように反論したら、凛子先輩による対抗戦ルールの追加補習が延々と続けられたのである。

補習は沙姫を含めた他部員メンバーが解散した後も続行され、そのまま夜伽《よとぎ》タイムへと突入。

生意気な女を躾《しつ》け直したいのかな、と俺を挑発してきた凛子先輩に戦略的敗北。

とても熱いフィーバーナイトフェスティバルを開催してしまった。

盛り上がりすぎて、その後の約束をすっぽかすところであったが。

まあ、おかげで対抗戦予選についてのルールは把握できたと思う。

だいたい、たぶん、メイビー。

いつもどおり、静かな影のように付き従っている静香も妙に眠そうだった。

昨夜は先輩たちの夜伽ローテーション日だったので、また何やら夜更かししていたのだろう。

前にちょっと聞いた話では、個人的な創作活動をしているらしい。

内容については教えてくれなかったので不明だ。

パートナーとはいえプライバシーは大事なので、無理に聞きだそうとは思わない。

比べて同室の沙姫は元気いっぱい、バリバリに闘気を発散させている。

「姫っちはマジでちゃんと手加減しとけよ。羅城門を通してないダンジョンの外で殺《ヤ》っちまうと、生き返らんぜ？」

「大丈夫です。手足の一本や二本斬っても死なないです！」

誠一の忠告にも、沙姫は輝くような笑顔を見せている。

学生決闘《メンズーア》の決闘フィールド内なら、一般生徒もスキルも使えるようになる。

ただし死に戻りシステムがないので、怪我の回復にはダンジョン産のポーションを使用するそうだ。

相手を即死させてしまうのは重大なルール違反。

それは凜子先輩から口が酸っぱくなるほど注意されていた。

「沙姫ちゃん」

「油断禁物、です」

「もちろんです！　全力で斬りにいきますよ～」

海春《みはる》と夏海《なつみ》が火に油を注《そそ》いでいるが気にしない。

「……叶馬からも釘を刺しとけ」

まあ、大丈夫だと思われる。

俺たちもスキル訓練のために、ダンジョンの中で対パーティーメンバー戦闘の経験は積んできている。

ガチで首を狙ってきた沙姫の居合で、半分首が千切れかけたのはいい思い出だ。

ポーションのデタラメな回復能力は実感済みである。

＊＊＊

豊葦原学園における『倶楽部《クラブ》』とは、本来ダンジョン攻略を円滑にするため用意されたサポートの一環だ。

学年や教室という枠組みを超えて活動するグループへの補助システムだった。

倶楽部に所属することによって得られる恩恵は大きい。

それはダンジョン攻略だけでなく、普段の学園生活においても影響がある。

それゆえ、生徒の大半は倶楽部に所属しており、誰も彼もが他人事ではない。

学園の一大イベントとなる倶楽部対抗戦。

年に三回開催される対抗戦は、倶楽部の格付け決定戦《ランク》だ。

所属している倶楽部のランクは、学園生活の快適度ランクにも等しい。

そして今回の水無月杯は、年度が切り替わってから初めての倶楽部対抗戦になっている。

初参加となる一年生も、すぐにイベントの盛り上がりに呑まれていった。


倶楽部対抗戦の予選開始日。

実際に予選が開始されるのは放課後、各倶楽部の代表者にバッジが配られてからになる。

運営を担当するのは『倶楽部対抗戦実行委員会』だ。

そのメンバーの多くは在校の五年生。

卒業を控えた最上級生にもなれば、お祭り騒ぎよりも自分の身の振り方を考え始める時期だ。

学園からの内申点を稼いでおけば、卒業後に臨時教員としての道も拓けている。

学生決闘委員会《メンズーア》についても同様だった。

最上級生になっても、まだ自分で考えることができるような生徒には、ある程度の現実というものが見えてくる。

好き勝手に振る舞う生徒もいるが少数派だ。

学園のイベントは、そうした協力者によって手助けされている。

実際、巨大な学園のイベントでは、人手がいくらあっても足りないのは事実だ。

今回も初日から実行委員会は慌ただしく働いている。

学園に登録された正式な倶楽部名簿を元に、各倶楽部へとルールがまとめられた冊子とバッジが配布されていった。

正選手五名、補欠二名分の缶バッジには、倶楽部名と、倶楽部の紋章《クレスト》がプリントされている。

この倶楽部バッジは対抗戦予選期間中、目立つ場所に装着していなければならない。

故意に隠すのはルール違反となる。

期間中は実行委員会のメンバーが校内を巡回しており、バッジの現在位置を感知するセンサーを手にした監視役となっていた。

「……そのスカしたツラが気に入らなかったんだよ。バトルを受けてもらおうか」

予選開始から二日目。

校内でもボチボチとバトルが開戦され始めていた。

予選期間は月曜から土曜までの約一週間。

とはいえ、バトル相手を好きに選べるのは最初のうちだけだ。

正午を知らせる時計塔の鐘が鳴る中、窓際の席に座っていた女子がバトルを挑んできた相手へと視線を向ける。

愛嬌や親しみなど、まったく含まれていない冷たい目だ。

ルックスが整っている分だけ、逆に凄味のような威圧感がある美少女だった。

クラスメートからは『冷血《クールブラッド》』という渾名で呼ばれている。

だが、彼女も最初から、こうだったわけではない。

彼女たちの教室、一年寅組の中で、他のクラスメートと変わらない新生活を迎えていたひとりだ。

しかし、ダンジョン実習でのトラブルが元になって日常が狂い始め、クラスメートとの関係も破綻していった。

学園では珍しくもない、それだけの話。

彼女が無視できないほどの美少女でなかったならば。

だから、彼が彼女に絡んでいったのは、きっと未練だったのだろう。

「そう……」

バトルを挑まれた彼女は、何の感情を浮かべることなく受け入れていた。

胸元にピン留めされているバッジは、青い縁取りのFランク《フリー》倶楽部であることを示している。

挑戦者の男子も同じ、青い縁取りのFランク倶楽部バッジをしており、最初からバトルは強制的に成立していた。

倶楽部のランクは上位から、『S』『A』『B』『C』『F』の序列だ。

予選の勝ち抜きバトルでは、同ランク倶楽部選手からの挑戦であれば無条件で成立するルールになっている。

上位ランクから下位ランクにバトルを挑まれた場合には拒否権があるが、下位ランクから上位ランクへの挑戦、もしくは同格同士の挑戦は、無条件でバトルが成立する。

ざわめく教室の中、どこからともなく実行委員が登場して正式なバトルが宣言された。

バッジには盗聴器や、なんらかの発信器が仕掛けてあると噂されている。

ただし、無線の類いが機能しない校内で、どのような遺失術法《ロストマギアロジー》が使われているのかは実行委員にも知らされていない。

予選のバトルフィールドになるのは簡易ダンジョン空間結界施設だ。

校舎の屋上や校庭に設置されているそれらの施設は、今回のようなイベント時以外は有効化《アクティベート》されていない。

それでも学生決闘《メンズーア》のように、その場で結界を立ち上げるよりはモンスタークリスタルを消費しないで利用できる。

クラスメートの野次馬を引き連れて屋上へと出れば、既に何組かのバトルが行われており、相応の見物生徒もたむろしていた。

見物人の中にはバッジを胸につけた選手も多く、獲物の品定めも兼ねていることがわかる。

「俺もクラスチェンジしてレベルを上げてきてんだよ。そのツラ歪ませてヒィヒィ言わせてやる！」

「そう……」

未使用だった結界内にふたりが足を踏み入れると、実行委員がクリスタルをセットして一気に出力を上げた。

瘴気濃度はダンジョンの第一階層と同レベルに、フィールドの境界に張られた結界膜も強化される。

結界が解除されるまで出入り不可となる決闘場だ。

「おおっ、ラアッ！」

バトル開始の合図と同時に、剣を振り上げた男子が突貫する。

彼が両手で握ったバスタードソードは、ダンジョンの宝箱から見つけた『銘器《ネームド》』ウェポンだ。

『戦士《ファイター》』のクラスを得た彼の言葉に偽りはなく、ダンジョンでもゴブリンを相手に実戦を重ねてきた。

勢いの乗った剣筋は素人の域を超えて、軽々と人間を両断することが可能だった。

仮にまっぷたつになったとしても、その直後であれば蘇生できるのがダンジョン産ポーションのデタラメなところだ。

フッ、とまだ武器を構えることもなく、目の前を通り過ぎた剣先を見切った女子がため息を吐く。

「舐めんな！　この、クソッ」

「つまらない……」

ただ腰に一振りの刀を差した彼女が、カチリと親指で鯉口を切った。

「ガア、アッ！」

むしろゆっくりと、何のスキルを使うこともなく抜かれた刀が、誰の目にもゆっくりと映る軌跡を描いて、ゆっくりと鞘に納刀された。

青白い軌跡がカチリ、と鯉口に納まる音がすると、叫び声をあげる彼の落ちた腕がゴロリと転がった。

傷口を押さえて踞《うずくま》ることしかできない男子を確認した後、実行委員が勝敗の決着を告げた。

腕が落ちた程度で戦闘不能になるのは、一年生同士の戦いくらいなものだ。

「はい。彼のバッジだ。お疲れ様」

実行委員から手渡されたのは、腰を抜かしたままポーションを肩にかけられている男子のバッジだった。

倶楽部バッジを回収された敗者には、敗者の証明である『×《バッテン》』バッジが配られている。

対抗戦の本戦に出場するには、自分たちに配られたバッジも含め、十個の倶楽部バッジが必要だった。

本戦に出場する倶楽部のランクは『C』に、バッジを集められなかった倶楽部は自動的に最下位ランクの『F』になる。

自由に乱立できる倶楽部という制度の、雑魚をふるい落とすための予選だ。

ポケットにバッジを入れた彼女は、周りから向けられる視線を無視して階段へと足を進めた。

鑑定のようなスキルがなくても、この場に自分と戦えるような相手はいない。

それがわかる領域に彼女は届いている。

警戒する必要などなかった。

予定外の時間を食ってしまったが、まだ彼女の仲間は学生食堂で彼女を待っているはずだ。

「お土産。旦那様、喜んでくれるかな……」

冷め切っていた彼女の口元に、ほんわりとした笑みが浮かんでいた。

＊　＊　＊

本日は火曜日。

対抗戦の予選も、まだ始まったばかりである。

そう、焦る必要はない、ないはずだ。

「とりあえず、これで三つ目か。順調だな」

「魔法で手加減とか、難しいんですけどー」

「つまらないです。もっと歯応えのありそうな人に挑みたいですー」

テーブルの上には倶楽部メンバーが狩ってきたバッジが乗せられている。

バッジにはわかりやすく、各倶楽部の『紋章《クレスト》』がプリントされていた。

この『紋章《クレスト》』は創部時に登録する、いわゆる倶楽部のシンボルマークだ。

野球やサッカーチームのロゴマークといえばわかりやすいだろうか。

デザインに規定のない紋章には、漫画やアニメチックなデザインが多いようである。

蒐集《しゅうしゅう》癖のある俺には片っ端から集めたくなるコレクターズアイテムだ。

ちなみに、俺たち『神匠騎士団《アデプトオーダーズ》』の紋章は、杏《あんず》先輩のデザインが採用されている。

ちょっとファンシーだが、騎士団っぽくてなかなか格好いいデザインだ。

「ふむ。やはり俺も」

「叶馬さんは戦いを吹っかけては駄目です」

静香さんから無慈悲な再度通告。

「うーん。ウチの倶楽部は好戦的なメンバーが多いかな、ホント」

「あはは。みんな無理をしちゃダメだからね」

今日のランチには同級生メンバーの他にも、選手登録しているみんなが集まっていた。

俺、誠一、麻衣、沙姫、乙葉《おとは》先輩の正選手五名、蜜柑《みかん》先輩と凛子先輩の補欠組である。

とはいえ補欠のふたりは、正選手が脱落するまでサバイバルバトルには不参加だ。

まあ、最後まで参加させるつもりはないが。

「同級生で私にバトルを仕掛けてくる子はいないのよねぇ。そこそこ強い人は『C』ランク以上の倶楽部に所属してるし、こっちは『F』だから当然なんだけどさ。こっちから挑んでもいいけど、ちょっと大人げないし様子見だね」

クラブハウスサンドのプレートと紅茶をセットにした乙葉先輩が澄まし顔だ。

クッ殺せにならないよう油断しないでほしい。

「まー、あんまりのんびりしてても、Fランク倶楽部のバッジを持ってる人は減っていっちゃうかな」

「Fランクだと待ってるだけじゃ予選突破できないもんね」

バッジを十個集めれば本戦へと進める。

バトルに負ければバッジを取られるルールだが、奪われないかぎり自分たちに配布されたバッジもカウントされるのだ。

連戦無敗なら五勝で本戦へ。

そして仮に自分たちの倶楽部バッジを全部失っても、十個のバッジを勝ち取れていれば本戦へと進める。

重要なのは、予選終了時に何個のバッジを所有しているか、なのである。

ネックになるのは一度獲得されたバッジが、勝ち取った選手がのちに負けたとしても、所属している倶楽部の獲得バッジ数にカウントされたままになるということ。

つまり、奪う対象となるバッジは、どんどんと減っていくのである。

連戦連勝して何個もバッジを獲得した相手を倒しても、得られるバッジはひとつだけ。

強そうな相手に勝負を挑まれるより、自分から弱そうな相手に勝負を挑んだほうがマシ、という感じでガンガンバトルが行われていた。

「初日からガンガンやり合ってるのは、だいたいFラン同士だけどねぇ」

「上の倶楽部の代表は顔も知れちゃってるし、手の内もバレてるから慎重かな」

先輩たちの会話から察するに、定石どおりの展開で進んでいるらしい。

ちなみに、倶楽部バッジは一目でランクがわかるようになっている。

下地に使われているバッジが色分けされているからだ。

Fランクが青色、Cランクが黄色、Bランクが銀色、Aランクが金色、Sランクが虹色だそうである。

特にBランク以上の倶楽部のバッジは二個分以上の価値があるそうで、他に勝ち取らなくても自分たちの分を守りきれば本戦出場となる。

まあ、バッジを多く集めれば本戦でシード権が得られるので、予選からガンガン攻めている上位倶楽部もあると聞く。

俺たちも攻めるべきではなかろうか。

「だから、無駄に目立ってどうすんだよ。ほどほどでいいんだ、俺らは」

「……しかし、潰すべき獲物が枯渇する可能性も」

「お前は駄目だ。こないだの件を反省してろ」

偵察に行って暴走してしまった件は不可抗力である。

だが、俺の訴えは聞き入れてもらえそうにない。

いっそダイレクト指名で戦いを挑んでくれないだろうか。

当方は誰でもウェルカム。

最初は俺と同じくらい乗り気だった沙姫も、Fランクでのバトルに失望してしまったのか同意してくれそうにない。

海春や夏海と一緒にウドンを啜りながらほんわかモードである。

羨ましい、俺もつまらない戦いだったとか失望してみたい。

「焦ってバッジを取られちゃったらしょうがないでしょ」

麻衣はただ単に動きたくないだけであろう。

「バッジを取られて『×』バッジになっても挑戦権はあると聞くが」

「……それはダメ。ソレをさせるくらいなら私が出るかな」

凛子先輩の言葉に、蜜柑先輩も強く頷いておられた。

敗者復活というか、特別ルールを使うのはＮＧのようだ。

本来『×』バッジになった選手は、賭けるべきバッジがないのでバトルを挑まれることはない。

だが、バッジを持った相手に挑むことは可能だ。

挑む相手がバトルを承認すれば、『相手が提示したモノ』をバッジの代わりに賭けることができる。

たとえば銭、マジックアイテム、冊子によれば自分の身体やパートナーを賭けた前例もあった。

実行委員が認めさえすれば、最初からバッジの代わりに賭けることも、賭けさせることも可能だ。

たとえ相手が拒否したとしても、『代価に見合う』と評価される報酬を提示すれば、強制的に成立させることもできる。

この期間限定の学生決闘《メンズーア》みたいな感じか。

実際に対抗戦実行委員会の方々は、ほとんど学生決闘委員会のメンバーが兼任しているらしいので、その辺りの判断も手慣れているのだろう。

「ま、お前は大人しくしててくれよ。本戦が始まったら嫌でも戦うことになんだから」

「ああ」

味方してくれる人がいないので了承するしかない。

だが、バトルを挑まれたら致し方なし。

バッジを見せびらかしていれば、誰かひとりくらいはバトルを仕掛けてくるはずだ。

＊　＊　＊

何故だ。

何故、誰も俺に声をかけてくれないのだろうか。

欲求が不満で心がムラムラする。

もう誰でもいいのでバトルを挑んできてほしい。

代わりにこのバッジをあげるので。

もはや、予選終了間際の金曜日。

早く、俺の大事なモノを奪い取るために襲いかかってくるチャレンジャーと戦いたい。

ハリーハリーハリーハリーハリー。

「叶馬くんが目を血走らせながら殺気ビンビンな件について」

校内で活発に行われていたバトルは、もはや散発的だ。

これ見よがしにバッジをつけている生徒も、少なくとも一年ではだいぶ減ってきたと思う。

さあ、見るがいい。

ここに獲物がいる。

遠慮なく襲いかかってくるがいい。

「どんなキ○ガ○が今のお前に顔を合わせると思ってるんだよ……」

「放送禁止用語だ」

「知らねえよ。キ○ガ○つう言葉がなくなりゃキ○ガ○が治んのか？　だいたい、そういうキ○ガ○連中が言葉狩りっつうキ○ガ○行為をやってんだから、ヘソで笑っちまうっつうの」

どうでもよさそうに切り捨てた誠一が、椅子の上で反っくり返っている。

机の上に、のべーっと弛れた麻衣といい、バトルを堪能したやつらは余裕がある模様。

「ていうか、あたしは面倒だから戦いたくなかったんですけどー」

「叶馬さんはがっつき過ぎかな、と」

ひとり真面目に次の授業の教科書を準備している静香がアドバイスをくれた。

たしかにまだ午前の授業は残っているし、本番は放課後になってからだ。

いや、クラスメートにもバッジをつけているナイスなガイが残っているので、手っ取り早く俺に殴りかかってくる可能性も微レ存。

「ねえよ。休み時間になったら、お前から真っ先に距離を取ってんだろ……。つうか、クラスメートの恨みを買うと面倒だから、手え出そうとすんじゃねえ」

「しかし」

「しかしもカカシもねえ。バッジはもう十個確保できてんだから諦めろ」

それも獲得バッジで十個、ロストしたバッジはゼロである。

もはや誰が負けようとも、本戦進出は確定してしまった。

俺にバトルを禁じておきながら、自分たちだけでキャッキャウフフを堪能するとは何という裏切り者。

まあ、半分以上のバッジを狩ってきたのは沙姫なのだが。

それも自分からではなく、挑まれたバトルを返り討ちにした結果らしい。

羨ましい。

俺と沙姫の何が違うというのだろうか。

「顔。っていうか、性別でしょ。それに、ぱっと見で姫ちゃんがあんまり強そうに見えない、のかなぁ？」

「見えるやつが見りゃ、歩き方だけでコイツヤベエとわかるけどな。叶馬は……ぱっと見でコイツと関わっちゃ駄目感あり過ぎる」

麻衣と誠一が俺の顔をディスってくる。

「叶馬さんはかっこいいですよ」

静香さんの慰めが心に染みる。

だが、誠一たちの言葉責めで新しい作戦を思いついた。

俺の顔が悪いというのであれば、覆面をしてチャレンジャーを釣ればいいだけの話。

いや、正体不明のマスクマンであれば、こちらから好きにバトルを挑んでもいいのではなかろうか、とチラッと頭を過ったただけなので疑いの眼差しを向けてくる静香さんは同行しなくても大丈夫です。

一度約束したことは守るべき。

放課後まで待ってから、さり気なく教室を抜けだした。

とりあえず購買部に覆面マスクを探しに行ったら、何故か売っていなかった。

ガスマスクは置いてあったが、これを装着して校内を歩いていると少しだけ威圧感があるような気もする。

台湾特殊部隊が使うケブラーマスクも何故か置いてあったが、不意に鉢合わせしたら腰を抜かすほど怖いと思う。

舞踏会でオホホしそうなベネチアンマスクも微妙。

これなら俺の変身アイテムその一である、ヒゲメガネのほうがマシだ。

もっとこう、威圧感がないファンシーなマスクが欲しいところ。

思わず、ちょっと俺とバトルしようぜ、となるようなフレンドリーさが必要だ。

学生通りの百均ショップかコンビニで売ってないだろうか。

あってもホームパーティー用のジョークグッズだろうし、方向性が違うような気もする。

こうなったらもはや自作するしかない。

蜜柑先輩たちにお願いすれば、きっと出来のよい逸品を作ってくれると思うが、欲しい理由を聞かれても答えられない。

先輩たちに嘘を吐いたり、騙したりするのは俺のポリシーに反する。

俺が作るしかあるまい。

五秒ほどで完成。

さっそく、装着してさり気なく校内を散策。

多少視界が制限されるが、頭部全体を覆い隠す完璧なマスクである。

両目の位置に穴を開けた紙袋をかぶった俺は、さり気なく教室棟の廊下へと足を向けた。

「ク……ククッ、クックック」

あまりにナチュラルな正体不明《アンノウン》感の演出に、自然と笑いが零《こぼ》れる。

パーフェクト、この購買でもらった紙袋を使ったマスクであれば、誰も俺が俺だとは思うまい。

胸の倶楽部バッジをさり気なく主張しながら廊下を歩く。

予選も終盤とはいえ、まだお祭りの雰囲気は続いている。

放課後の廊下には、普段以上に生徒たちが残っていた。

さあ。

さあ、恥ずかしがることはない。

遠慮なく、いきなり殴りかかってきてもオーケーだ。

当方に迎撃の準備はできている。

なのに、誰もこちらを見ようとしないのは何故だろうか。

廊下に落ちているゴミが気になるのか、一様に顔を俯《うつむ》かせていらっしゃる。

もしや――――。

俺があまりにもさり気なさ過ぎて、誰にも気づかれていないのか。

これは盲点だった。

少しばかり、さり気ない自己アピールが必要だ。

窓際に立っている胸にバッジをつけた茶髪男子の前に止まり、下から顔を覗き込むようにしてさり気ない自己アピール。

だが、茶髪でガタイのいい男子くんは視線を泳がせまくって、ッハア、ッハァと過呼吸になりかけておられた。

どうやら体調がよくない模様。

というか、保険療養棟まで連れていってあげたほうがいいのだろうか。

手を貸そうとしたら、ヒッと身を翻して廊下の彼方へとダッシュしていった。

よくあることなのだが、急な運動をして大丈夫なのか心配だ。

気を取り直して、次のバッジホルダーへとさり気なく接近していく。

枝に止まったトンボを捕まえると時と同じ。

そちらは気にしていませんよ、という自然さを装った動きを心掛けるのだ。

視線を向けないようにさり気なく、刺激を与えないようにスゥ、と接近していく。

だが、三人目の標的が立ち眩《くら》みを起こした時点で、流石に俺も何か変だな、とは気づいた。

みんな過呼吸になっているし、おそらく廊下の酸素濃度が低いのだろう。

さり気なく廊下の窓を開いて換気しておく。

そして狩り場を移動しつつ、プランを練り直すことにした。

ふむ、これは認めざるを得ない。

マスクが完璧ゆえに、ナチュラル感を演出しすぎであるということを。

少し改良するべき。

とりあえず、正体がばれないように近くの男子便所へと入った。

「ひっ、ひぃいいぃぃ！」

「ハワッ、ハアアァァァ!?」

奥でニヤニヤ笑いながら屯《たむろ》していた数名の男子生徒が、妙な雄叫びを上げて便所から飛び出していく。

ズボンを降ろしてケツ丸出しの男子がピョンピョン跳ねて、前のブツもビョンビョンさせていた。

すごいストリーキングパフォーマンスだと思う。

だが、開きっぱなしの個室から飛び出してきたということは、もしや捻り出したブツを未処理のまま放置しているのではあるまいか。

パフォーマンスの演出とはいえ、それは少々いただけない。

紳士として後始末するべきだろう。

「ふむ」

便所の奥にある個室には、洋式便器の上にひとりの女子生徒が腰かけていた。

男子便所なのだが、という突っ込みは今更だ。

後ろに回された手首と、便座を跨いだ足首を、ガムテープらしきもので拘束されている。

そして本人は虚ろな目を天井に向けたままタンクに寄りかかっていた。

大きく開かれた股間はハードなプレイの名残に塗れ、全裸に剝かれた素肌のあちこちに卑猥な落書きがマジックで書き込まれている。

双方同意のアブノーマルプレイにしては女の子の満足感が低そうなので、おそらくは先ほどの男子たちから連れ込まれて輪姦されていたのだろう。

凌辱度合いと女の子の衰弱具合から、ひと晩くらいはここで放置されていたのかもしれない。

まったく、やんちゃが過ぎるというものだ。

ここは紳士として人道的に保護してあげるべき。

ロールティッシュで残滓を大雑把に拭い、申し訳ないが俺の上着だけ羽織らせてから担ぎ上げた。

さて、どこに保護してもらうべきか。

「――――いたわ！　通報にあったＰＯＰモンスターよ」

「マズイな。生徒が捕らわれてるぞ」

「酷いわね……。ヤリ捨てせずに確保するってことは、かなり上位のセックスモンスターだわ」

完全武装で武器を構えている先輩方は、対抗戦実行委員会のワッペンを腕に填めていた。

ちょうどいいタイミングである。

この子の保護はお任せしてしまおう。

少しばかり認識に誤解があるようだが、なに話せばわかる。

幕間　対抗戦群像艶戯

・暴龍鶏王［ヴォルケイオウ］

「お〜ぃおぃ。せっかく元カレが会いに来てくれたんだ。顔くらい見せてやれや」

むさ苦しく生え揃った陰毛から、赤黒い肉杭が勃起している。

使い込まれてグロテスクなほど発達したペニスは、現在進行形で使用中だった。

スパァンと心地よい音が鳴り響く。

「はあンッ」

瑞々《みずみず》しい果実のように引き締まり、ゆで卵のように滑らかな桃尻に、赤い手形が浮き上がってくる。

彼女が穿かせられているスカートは、普通に立っていても尻が出るほどの短丈だ。

ストレートの艶やかな長髪に、文句のつけようがないほど整っているルックス。

お淑やかな微笑みを浮かべれば、大和撫子《やまとなでしこ》という言葉に相応しい美少女だ。

街を歩けばほぼ全ての男子から視線を向けられるであろう彼女は、両手両足を地面につけて子鹿のようなポーズになっていた。

高く掲げられた腰に捲れたスカートがはためき、青空に照らされた尻には極太のペニスが突っ込まれている。

背後の巨漢は、堂々と見せびらかしながら腰を振り続ける。

それはロマンティックさなど破片もない、動物の交尾だ。

また、スパァンと心地よい音が鳴った。

清楚なルックスを蕩けさせていた彼女が、開いた唇から犬のように舌を出して喘ぐ。

肉棒を突っ込まれた膣をズコズコと掘られながら、桃尻をスパンキングで奏でられていく。

「おお～ぅ。いい締まりだ。ホントケツ叩きが好きなマゾ女だぜ、コイツは」

刺激にヒクヒクと締まる膣穴を堪能しながら、赤く染まった尻肉をつかんで肛門の穴まで剝き出しにする。

「ぁ、アッ、お尻の穴に……指が、ぁ」

「くっ！　もう止めるんだ、この卑劣漢め！」

歯を食い縛っていた傍観者が声をあげる。

それなりにハンサムと言えなくもない、苦悩に満ちた顔を歪めているのは彼女の元パートナーだった。

そして、彼女を悠々と犯しているのは現在のパートナーだ。

「審判っ、『対価』として認められた彼女への暴行はルール違反じゃないのかっ？」

わなわなと震える手で、見上げんばかりの巨漢と、その股間に据えつけられている彼女を指差す。

「アー、これ以上イチャモンつけんのは止めてくれや。コイツは正式な俺のパートナーで、俺らの倶楽部の部員だぜ？　オメェが必死に頼み込むから、無茶な条件のトレードにも付き合ってやろうってんだろうが」

やれやれと肩をすくめた巨漢だが、腰の動きに変化はない。

肛門の穴に入れた指と一緒に、ペニスもねちっこくピストンし続けている。

「コイツが使えねぇと俺も困るんだよなぁ。俺ぁ、精力絶倫だからよぅ。ムラッとしたら即ハメできる尻オナホは必需品なんだよ」

「審判！」

「……ルール上は問題ありません。現在のパートナーは彼ですので」

背後に控えていた対抗戦実行委員のひとりが、少しばかりあきれたようにため息を吐いている。

にっかりと笑った巨漢だが、威嚇しているようにしか見えなかった。

ぶっちゃけ、これ以上ないくらいの悪人面である。

二メートルを超える身長に、横にも膨れた巨体には威圧感があった。

だが、丸みを帯びた巨軀には、奇妙な愛嬌が同居している。

学園の有名人でもある彼は、自他ともに認める紛れもない悪役《ヒール》だ。

「コイツぁ俺らの倶楽部で大事にパワレベしてやって『戦乙女《ワルキューレ》』にまで仕上げたんだぜ。それをオメエ、今更返してくれたぁ、ずいぶんと都合のいい話じゃねぇか」

「ふぁ、んぅ」

ずるりっと抜き取られたペニスが、尻の谷間を滑り抜けた。

べっとりと体液に塗れてビンビンに反り返った巨根を、見物人へアピールしながら再挿入していく。

唇を嚙んで背筋を反らせている女子は完全に牝の顔をしていた。

「ずいぶんと小っちぇえ穴だったが、もうすっかり俺用のオナホ穴になっちまってるぜぇ。んおっ……っとお、また出ちまったな」

「……アッ、アッ」

巨体に相応しい大量の射精が、ブビィブビィと腹の奥に排泄《はいせつ》される音が響いていた。

結合部から逆流する白濁液は、彼女の尻を伝って背中まで伝っていった。

胎内にこれでもかと充填された主人の精気に、元パートナーに見られている尻がビクビクと痙攣している。

歯軋りの音が聞こえても気にする様子はない。

「ほれ、ちゃんと残り汁まで搾り取れ。いつもみてぇにな」

「はぁはぁ……はぃ、ご主人さま」

彼女は命じられるまま、仕込まれたとおりに括約筋を絞めつけた。

じっくりと丁寧に、子鹿のポーズで掲げている尻を小刻みに揺すり始める。

尻たぶの肉が凹むほど搾りながら、子どもが甘えるように尻を押しつけていた。

巨漢は顔を上げてご奉仕を堪能する。

「あぁ……このパートナーはマジで俺と相性ばっちりだぜ。オメェから奪い取ってこの方、どんだけ搾り取られたかわかんねぇ」

「貴様あっ！」

元パートナーが腰の得物に手を添えると、クリップボードを片手に静観していた実行委員が間に入った。

「そこまで。私闘はルール違反となり、Aランク倶楽部員であっても重大なペナルティーが科せられます」

「そういうこった。まあ本戦で俺らと当たるまで、精々気張って勝ち抜けや。俺ら『暴龍鶏王《ヴォルケイオウ》』は逃げも隠れもしねぇからよォ」

「あっ、申し訳、ありません、ご主人、さまぁ」

「ん、なんのこった？」

「ご迷惑を、おかけして、あんッ」

放課後の構内には、いつもより出歩いている生徒の姿が多かった。

お祭り騒ぎを楽しんでいるのは、対抗戦の選手だけではない。

だが、道のど真ん中を歩いている彼らは自然と道を譲られていた。

「気にすんな。テメェの情婦《オンナ》を奪いに来るヤツを叩き潰すのは、オスの義務だぜ」

「でもぅ、ん、ああっ」

「おいおい。デモもクソもねぇんだよ。メスの義務は魔羅を咥え込んでアへることだって教えただろうが？」

ニヤリと笑う男に縋りついてる彼女は、その義務を忠実に果たしていた。

尻を抱えている左手で、軽々と持ち上げられている彼女は、巨漢の股間に据えつけられている。

歩きながら性処理に使われている、まさに肉オナホ扱いだった。

オープンセックスが気風の学園とはいえ、フリーダムな行いが許されるのは相応の実力があるからだ。

「けどま、アイツのマヌケ面みてると思い出すよなぁ。オメェが日本人形みてぇなお嬢様だった頃をよ」

「んあ、ごしゅ、じん、さまぁ」

「今じゃ俺のチ○ポにドハマりした一匹のメスだけどな。元華組だろうと関係ねぇよ。オメェは黙って俺のオンナやってりゃいいんだ」

害意も敵意も、全てをねじ伏せれば問題はない。

そんな彼は名前ではなく、ただクラス名称の『山賊王《バンデッドキング》』と呼ばれていた。

・一心仙念&一心仙女［パブリックス］

「近寄らせなきゃ、この程度ッ！」

振りかぶった彼女の指先に、ポウッと青色の魔法球が生成される。

腕を振り下ろすモーションの軌跡にそって、にゅうっと伸びた魔法が扇状に放たれた。

水平方向に広がった『線』の攻撃は、ただ弾を撃ち込む『点』よりも回避がしづらくなる。

だが、それは対人用のテクニックではなく、ただ魔法の収束が未熟なだけだった。

「えっ、えー!?」

両手をクロスさせた対戦相手が、青い一閃をよろめきもせずに受け止めて踏み込んできた。

『術士《マギ》』クラス向けの講義では、魔法の制御はよく『水』に例えられる。

ダンジョン内のように空気中で薄く広く拡散している状態が『気体』であり、モンスタークリスタルのように安定化して『固体』となる場合もある。

そして『術士《マギ》』が扱う魔法の制御は、『液体』であると考えられていた。

自分の内側から搾り出した魔力に、イメージを付与して放出する。

コントロールが甘い状態であれば気体に近く、より練り上げれば固体に近い性質へと変化する。

どちらに威力があるのか問うまでもない。

彼女の放った魔法は、見た目よりもずっと薄くて軽かった。

近接クラスが闘気として身に纏うＨＰバリアを、少しばかり削っただけだ。

一度間合いを詰められれば、彼女に勝ち目はなかった。

放出から加工、という二段階のプロセスを踏む必要がある魔法に比べて、肉体を触媒としてスキルを発動させる前衛クラスは瞬発力に優れている。

ましてや、肉体強化の方向性がスピードに特化した『盗賊《シーフ》』系クラスであるなら尚更だ。

「チェックメイト、だ」

彼女の右側に並び立った男子が、右手に持ったナイフの腹を首元に押し当てていた。

対人戦闘の場合、手足を失う、あるいは命に関わるような傷を負うよりも、気管へのダメージが致命的になる。

トリガーワードを封じれば、スキルは使用できないのだから。

「……降参」

両手を上げてギブアップした彼女に対し、茶化すような野次が飛ぶ。

自分の倶楽部や選手でなくても、暇を持て余している学園の生徒にとって、生のバトル見物は格好の娯楽だ。

庭園に設営されたバトルフィールドの周りには、他の会場よりも多くの見物人が見守っている。

稼ぎ時とばかりに屋台を出しているエンジョイ系倶楽部もあった。

観戦している生徒たちは、終わったバトルの結末など気にしていない。

何を賭けて、何のために戦ったかなど興味はないのだ。

「うし。それじゃ約束だからな」

「あ……」

敗北した『術士《マギ》』の女子は、舞台袖で倶楽部メンバーと思われる男子たちと言い争ったあとに見捨てられ、対戦相手から手を引かれて生け垣の奥へと連れ込まれていた。

「ホントに、もうっ、アイツら、最悪……っ」

ベンチの背もたれをつかんだ彼女は、途切れ途切れに悪態を吐いていた。

前屈みになって突き出した臀部から音が鳴っている。

スカートを捲って丸出しにさせた尻を突いているのは、バトルで戦っていた男子生徒だった。

無論、ふたりに面識などなかった。

バトルを申し込んだ側と申し込まれた側、そして敗者と勝者という関係だ。

「ま、気の毒だとは思うが、バトルを申し込んできたのはソッチだぜ」

初々しい少女の生尻を抱えた彼は、悪びれた様子もなく膣孔をペニスで味わっている。

一年生とはいえ、初対面のペニスをスムーズに受け入れている姿は、立派な学園女子生徒の姿だった。

生け垣の奥で行われている情事など周囲には筒抜けだ。

だが、ステージから聞こえる歓声と熱気に紛れて、誰も気にしてなどいなかった。

「あぁンッ……ゃ、やだ」

ぬぷっと粘っこい音がでるようになった奥まで貫通され、本気の喘ぎが漏れた彼女が首を振った。

「ヤダって言われても最後まで使わせてもらうぞ。俺は条件を聞いてやっただけだしな。恨むんなら俺じゃなく、お前を売った仲間にしてくれよ」

「恨まない、けどぉ…あっ、まだイかな、いのぅ？」

簡単に終わると思っていた罰ゲームは、彼女の予想よりも長引いていた。

優しく丁寧に、ねっとりと続いている。

「ああ、心配すんな。ちゃんと締まりのいいキツマンだから」

「そうじゃな……あっ、ウソ、私イクッ」

「可愛いもんだな。いいぜ。俺からハメられたままイケ」

ガクガクッと腰を震わせた彼女が、背後から単調に腰を打ち込んでいる男子を相手にオルガズムした。

尻の真ん中へペニスを挿れたまま、冷静にイキっぷりを観察する男子が尻を撫でる。

火照った桃尻はじっとり汗ばんでいた。

気を散らして果てている、まだ誰の色にも染まっていない身体だった。

「負けた後も身体を張ってバッジを稼ごうなんて、ホント健気なやつだよ。お前」

「あ……ん、わたし、頑張って…あんッ」

達してヒクヒク震える尻に過敏な刺激を与えないように、ゆっくり優しくペニスを穿り込んでいく。

「もう、魔力も尽きただろ？　あんな屑みてえなやつらのために、お前みたいなイイ女が淫売みてえな真似はしなくていいんだよ」

「あ…あ…うん、スゴイ…気持ちイイ……こんなの初めて」

背中を反らせて尻を掲げた彼女が、うっとりしたまま馴染ませられていく。

穴の背中側をこそぎ取られるようにペニスが抜かれると、追いかけるように尻が突き出されてくる。

エンジョイ組や弱小Fランク倶楽部がバッジを稼ぐ手段として、ルックスを餌に自身を報酬にしたバトルを提示するパターンは珍しくなかった。

多少腕に自信がある男子ならば、普段遊んでいる女子よりワンランク上、あるいは目新しい女体を味わえるイベントでしかない。

「いい塩梅だな」

「あうっ、す、スゴイ……ぴったり填まってるよぅ……」

「屑みてえな仲間っぽいしな。これからは俺が優しく使ってやるよ」

パン、パン、パン、パン、と再び尻が鳴らされ始め、舌を出した彼女も蕩けだしていた。

＊＊＊

「クッソ。有利亜《ありあ》のヤツ、つっかえねぇ」

舌打ちをした男子が教室の床を蹴っていた。

「そりゃ、四人分も客引きバトルさせたら有利亜もキレるだろ。バッカじゃねーの」

そんな彼にクラスメートの男子があきれ顔で突っ込みを入れている。

「だけどよ、さっさと帰ってこないのはルール違反だろ」

「自業自得だっての。今日の有利亜のパートナーだからって、強引に賭けを承諾させてたのもお前だろ」

ため息を吐いた男子は、腰に跨がらせているクラスメート女子の尻を揉んでいた。

雑談する級友の男子から、昼間の教室で堂々と性処理に使われている女子は、もはやソレが当たり前のように尻を揺すって奉仕を続けている。

実際、この教室の生徒にとっては、ソレが当たり前なのだ。

学園公式のパートナー制度とは違い、この教室にのみ適応されている特殊ルールだ。

教室に課せられたルールは三つ。
・クラスメートの男女は全員二人一組のペアとなって一日限定のパートナーになる。
・パートナーになる相手は毎日ローテーションで違う相手にする。
・女子はパートナーとして誠実に男子に（性的）奉仕すること。

それが学園も正式に認可している、この教室限定の特殊ルールだった。

少なくとも教室の男子は全員、その権利を自由に活用していた。

「だいたいさぁ。いくら有利亜が『術士《マギ》』だからって、ウチの女子はひ弱なんだから勝てるわけないだろ」

椅子に座っている別の男子は、正面から抱きついている女子と結合していた。

その両手はスカートの中に潜り込み、小刻みに弾む尻を撫でている。

教室の女子生徒たちは、日々のセックスパートナー制度にどうしようもなく牝として調教され始めていた。

男子と女子が、自分たちの主張を賭けて『学生決闘《メンズーア》』をしてから、もうひと月以上が経過している。

反抗的だった少数の女子も、男子パートナーが一巡する頃には心が折られていた。

女子がグループを作って男子に抵抗しようとしても、そもそもグループを作る機会すら得られない状況だ。

登校したらすぐに新しいパートナーと妻合《めあ》わせられ、休み時間や放課後もこうして性奉仕に使われる。

彼女たちは分断されたまま、もはや男子との力関係を逆転させるチャンスは見えなくなっていた。

フリーセックスが公認された空間で、ヤリたい盛りの男子が我慢できるはずもない。

今も教室の中では、ほぼ全てのペアがさまざまなスタイルで性行為をしていた。

クラスの男子からすれば日替わりで彼女が入れ替わり、毎日が新鮮な気持ちでセックスに没頭できるのだ。

まして彼らは、ダンジョン攻略の恩恵で体力も精力も増している。

そんな彼らに付き合わされている女子たちだ。

性癖も形状も違う男子と妻合わせられ続ける彼女たちは、さまざまな手段手法で身体を開発させていた。

「ああ、イクぜ……イク」

背もたれに仰け反ってパートナーの尻を鷲掴みにした男子に、跨がった女子も抱きついて甘えた吐息を漏らす。

「ん、はぁ……奥に、いっぱい」

一度吹っ切れてしまえば、一日中セックスで本能が充たされた生活も悪くなかった。

目覚めさせられた身体は交尾に反応して気持ちよくなってしまう。

一日でも放置されれば、下腹部が疼いてしまうくらいには調教されてしまった。

好みではない男子のパートナーでも、一日限りだと思えば割り切って受け入れられる。

そのように考えている女子も段々と増えていた。

ただ、クラスメート女子の間でコミュニケーションが断絶しているので、自分だけが開き直るわけにはいかなかった。

なにしろ男子は口が軽かった。

女子の品定めや品評を、教室の中で雑談するのだ。

女子コミュニティーの繊細さと冷酷さをわかっていない。

結局、女子生徒は全員、当初からの嫌々受け入れているというスタンスを崩すことができなくなっていた。

「お、お、ヌルヌルマ〇コで中勃起しちまったぜ」

何も言わずとも、ヌチヌチと腰振りを再開させた女子の尻を撫で、ブラからはみ出した乳を揉み回す。

まだ未成熟で小振りな乳房が、意外なほど巧みに掌の中で捏ね回された。

「ふっ…あっ…あ〜っ…」

教室の中では極力抑えようとしていた喘ぎ声が口から漏れ、男子に跨がった腰が一層熱を持って擦りつけられる。

ダンジョン攻略で体力と精力が増しているのは女子も同様なのだ。

だからこそ、異常な性欲にも順応もできてしまう。

「すっかり女子連中も可愛くなっちまったもんだぜ。なあ？」

「うるせ」

彼らは基本的に、教室の外でも女子とペアになって行動する癖がついていた。

現在ボッチになっている男子数名は、パートナーを賭けバトルで放置してきた甲斐性なしだった。

他のペアが全員セックスしているのは、この教室では日常風景だ。

椅子に腰かけた男子に正面から跨がり、机に手をついて腰を振る女子。

隣の席では、椅子に腰かけた男子に背中を向けて跨がった女子が、机に突っ伏して尻を弾ませている。

机に覆いかぶさるように脱力している女子の背後で、腰を振り続けている男子もいる。

机に背中を乗せた女子には、足をつかんで腰を振っている男子がペアになっていた。

窓際で壁に突っ立った男子の足下には、跪いた女子がチャックからそそり立ったペニスをしゃぶっていた。

机に座って向かい合ったまま雑談している男子たちの隣には、パートナー役の女子が立ったままスカートの中に手を突っ込まれて腰を振っている。

たまに廊下から覗き込んでくる好色な男子の視線対策に、クラス会議で女子の訴えが承認されたのは、制服の脱衣禁止というささやかな禁則だ。

ただし、ボタンを外すのと下着の没収は含まれていない。

「っていうかさー。倶楽部のランキングとか、俺らには関係なくね？」

窓際でフェラチオさせていた男子が欠伸をしながら話に参加した。

しゃぶらせていたペニスはフィニッシュを迎えておらず、天井に向かってそそり立っている。

「きっちりクラス全員で倶楽部を作ったわけだし、さあ」

フェラチオさせていた女子のスカートをおもむろに捲り、無造作にピンク色のショーツをずり降ろす。

机に手を突かせて前屈みにさせると、自然と突き出された尻に手を添えて女性器へとペニスを挿入する。

犯す男子も、犯される女子も、スムーズな動きにためらいはない。

インモラルでフリーセックスな学園でも、まだ彼らほど倫理観を逸脱してはいない。

実際、特例が認められた彼らの教室は、学園からの観察対象になっている。

当人たちは気づいていないが、他の学級にはないペーパーテストや各種診断がさり気なく行われていた。

男子生徒の意識高揚と公共性の向上、女子の主体性の喪失化と倦怠化。

他にも、性行為によるＥＸＰ値の変動などがデータとして収集されている。

そして特殊事例の観察対象として、彼らの教室は五年間固定で進級することが決定されていた。

「ま～、使える穴がなくてイライラする気持ちはわかるぜ」

「そりゃそうだ。俺のパートナーの穴は使わせてやらないけど」

椅子に座った男子が、抱えている尻の谷間を撫でて肛門の窄まりを指先で開いて見せる。

アナルセックス好きなクラスメートの男子がいたせいで、クラスメートの女子は全員アヌスも貫通済みだ。

その男子がアナル処女が多いぜ、と級友たちに自慢した夜には、クラスメートの女子が全員アナル処女を卒業したのは今でも猥談のネタになっている。

「今更セックス我慢してろとか、頭おかしくなっちまうわ」

腰に縋りついた女子が振る腰の振動で、椅子の脚がガタガタと鳴っていた。

穴から抜けたペニスを指先で再度押し込むと、机に手を突いた女子が背中を反らせて天井を向く。

陰茎に絡みついてたねっとりとした汁は、精液ではなく彼女が分泌した蜜だ。

背後から突き込まれるペニスで捏ねられた膣穴からは、朝から既に何発も注入されていた精子が滴り落ちてくる。

空気を巻き込み、ぶびぃぶびぃと卑猥な音を奏でる結合部には、半日かけて熟成された精子がチーズのようになっていた。

「どうでもいいけど、夏服になってシャツから透けるブラインってエロくね？」

「あ、あんっ」

「わかるわかる。着たままでも勃起度アップ」

「ひぃ、ひぃん」

「学園の制服はブラウスも可愛くて萌えるじゃん。今のうちに堪能しておかないと」

「あっ、あっ、あっ、イク、イクッ」

「あ～授業中からずっと突っ込んでたけど限界ぃ。二時間耐久は新記録だなぁ」

「ん、んんんぅ！」

「クソクッソ、お前らマジウゼぇ」

一年申組四十名。

男子二十名で結成された倶楽部『一心仙念《パブリックス》』。

女子二十名で結成された倶楽部『一心仙女《パブリッガール》』。

彼ら彼女らにとって、倶楽部のランクアップで得られる特典に、特に興味は感じられなかった。

・無貌［ネイムレス］

少年がふたり、てくてくと廊下を歩いていた。

普段より賑やかな校内にも、完全に溶け込んでいる。

ある意味、普段どおり。

たとえ彼らの胸にバッジがついていても、特に意識していない自然体だった。

「とりあえずさ。やっぱ俺らもCラン目指しとく？」

「どうすっかね〜」

あからさまにやる気が感じられない彼ら『無貌《ネイムレス》』は、一年丙組のクラスメートで結成された倶楽部だ。

いろいろと普通の枠から外れているクラスメート、勇者や怪物に比べれば極めて凡庸。

いわゆる普通人《ノーマル》の集まりだと、彼らは自覚している。

目立たず、騒がず、自己主張せず、日常の中に埋没するモブ。

そう、モブになりきるのが彼らの処世術にして生存戦略なのである。

当然、倶楽部対抗戦に向けた意気込みもなく、とりあえずレベルの高いメンバーに選手役を押しつけていた。

嫌々引き受けて士気の低い代表メンバーだったが、何故かそこそこのバッジが獲得できている。

もしかして予選突破できちゃうんじゃないかという状況になれば、少しばかりのモチベーションも湧くというものだ。

「でもよく考えたら、俺らばっかり頑張る必要ないよな」

「そうなんだけどさぁ。わざと負ける必要もないじゃん。痛いの嫌だし」

ただ意識低い系なだけの彼らだが、『強者の余裕』に見えなくもなかった。

見た目がモブなのが、逆に怪しい説得力を与えている。

モンスターを倒してレベルを上げれば、誰でも超人的な力を得ることができるのだ。

外見と強さは比例していない。

それをまだ理解してない同級生が、彼らに勝負を挑んで返り討ちにされていた。

本人たちが自覚しているように、『無貌《ネイムレス》』メンバーは無才の凡人集団である。

だが、レベルだけは無駄に高かった。

少なくとも他の教室であれば、トップグループになれる実戦と経験値を積み上げている。

誰からも突っ込まれないし、教えてもくれないので、当の本人たちは気づいていない。

彼らにとっての比較対象は、見た目がなんかすごそうな勇者グループと、目を合わせたらメンチを切られるヤンキーグループと、見ただけでSAN値チェックが開始されそうな怪異グループだ。

そんなクラスメートの中に埋もれた彼らは、ある日思い至ってしまったのだ。

コレって、教室にいるよりダンジョンのほうが安全じゃね、と。

実際にダンジョンの中でオークやウルフが襲ってきても、あ、はい、と冷静に対処できるくらいには感覚が狂わされていた。

「あ、あのっ。わ、私とバッジを賭けてバトルしてください！」

「「あ、はい」」

背後から声をかけられたふたりが振り向き、反射的に承諾していた。

緊張している顔の女子生徒に鼻の下が伸びたが、その背後にいる彼氏っぽい立ち位置の男子に気づいた。

「……はぁ。美人局《つつもたせ》かよ」

「……俺はわかってたし」

顔を見合わせた彼らは、同時にため息を吐いていた。

＊＊＊

お祭りの雰囲気とは別に、その空間にはいつもどおりの熱気が籠もっていた。

特別教室棟にある迷宮資料室。

そこは一年丙組の担任教師である翠《みどり》が管理人となっている、倶楽部『無貌《ネイムレス》』の溜まり場だ。

放課後は毎日、今も補習授業を受けにきた教え子で賑わっている。

「翠ちゃんっ、また中に出る！」

「んっ、ああハァ、ン」

仮眠ベッドで教え子に跨がっていた翠は、大きく仰け反ってオルガズムを迎えていた。

ぶるんっと揺れる乳房に、もっちりと脂の乗ったヒップは火照りきっている。

乳肉が半分以上はみ出しているブラジャーに、レースで飾られたガーターベルトとストッキング、他にもチョーカーや手袋などのゴスロリ風セクシーランジェリーは、教え子たちからのプレゼントだった。

「翠ちゃん先生、ゴメン。俺まだイッてないから」

「ん、ンンあ、はぁ」

翠の背後に重なっていた別の男子が、肛門に挿入したペニスをズコズコと出し入れ続ける。

その要求を翠が拒むことはできない。

骨盤を脱力させて、アナルに若々しく勃起したペニスを受け止めている。

そして、自分がいくらでも受け入れる代わりに、教え子の女子に対する肛門性交は禁止させている。

そちらを使うには肉体の素質や、入念な準備が必要だと言い聞かせると、真面目な性指導を受けた男子たちは素直に聞き入れていた。

彼らも彼女たちに害を与えるのは本意ではない。

ぶぴっ、ぶぴっ、と胎内に精子を種付けされながら、アナルを犯されている翠が悶えていた。

緑の成熟した肉体であれば、二本差しも余裕で受け入れられる。

「あ、あ、翠ちゃん、ダメだって。そんなエッチに搾められたら、また中で硬くなっちゃうって」

「そんなこと言って、もう何連射してんだよ。ホントにお前は翠ちゃん大好きだよな……」

ハァ、とあきれ顔をしている男子は、ベッドに腰かけたまま翠にペニスを扱《しご》かせていた。

「もう一発、一発だけしたら俺も外回りに出るから」

翠の尻に敷かれた男子は、手を伸ばして乳首を弄りながら腰を突き上げ始める。

「あいあい。んじゃ、今日は俺が翠ちゃんとしっぽり子作りしようかな。今日は翠ちゃんの気分なんだよね」

無駄撃ちせずに翠の指を楽しんでいた彼も、巨乳に手を伸ばした。

翠は『無貌《ネイムレス》』男子メンバーのアイドル的存在だ。

全員からいろいろな意味で愛されていた。

同級生とは違った、成熟した女性の性的魅力《セックスアピール》。

『肉便姫《オルギニアン》』という性行為に特化した特殊クラスは、翠の魅力を必要以上に引き出していた。

とはいえ、同級生なクラスメートの女子部員も、彼らにとっては充分魅力的なアイドルなのだが。


「はっ、はっ、はっ。ヒナ、いいよ。ヒナの中、気持ちいい」

「あぁ、あぁ、はぁん」

宝箱の模型に跨がった陽菜子《ひなこ》には、背後にぴったりと男子が重なっていた。

下半身は丸裸にされて、ボタンを全開にされたブラウスを羽織っているだけだ。

ふわふわとした柔らかい癖っ毛と、小振りな乳房が揺れている。

陽菜子の顔は、翠と同じように蕩けていた。

なにしろ彼女たち女子部員は、翠と同じく毎日放課後に性処理を務めているのだ。

身体は開発され、学園の女子として相応しく育ちつつあった。

「あっ、ゴメン、ヒナ。ちょっと出た」

「はあぅ、ん」

一発出したら交替、というのが彼らのローカルルールだ。

だが、実際には有名無実となっている。

陽菜子も膣をピストンし続けているペニスから、どぷどぷっと本気射精が出ていることに気づいても指摘はしない。

「ヒナのお尻可愛くて、アソコも可愛く絞まって、マジ大好き」

ひとりでは内気で根性なしの彼らだが、集団になればテンションも上がって口が回るようになる。

褒め言葉も連発するし、好意をストレートに告白してくる。

女子部員にとっては嬉しくもあり、不評でもあった。

なにしろひとりになると本当にヘタレたシャイボーイになるので、個人的な関係など発展のしようがないのだ。


「琉菜《るな》のオッパイのほうが絶対可愛いって」

「真穂《まほ》のビンチクがイイんだよ。陥没してんのがチ○ポスイッチでビンビンになんのが萌えんじゃん」

向き合って言い争っている男子の間には、同じくふたりの女子が向かい合わせになっていた。

それぞれ椅子に座った男子に、跨がっている格好だ。

全裸に剝かれている彼女たちは、それぞれの男子からペニスを胎内に埋め込まれていた。

「ちょっと毛深い琉菜のアソコだって、絶対締まりがいいし」

「そんなんパイパンの真穂だって、めっちゃ締まりいいし」

自分が交尾をしている相手を、卑猥な言葉で褒めちぎっているのだ。

彼女たちは羞恥心で真っ赤に染まっている。

今では多少慣れっこになっているが、恥ずかしいものは恥ずかしいのだ。

背が高くてスレンダーな琉菜と、背が低くて胸の大きな真穂は、同性愛のカップルだと認識されている。

実際には仲の良い友達関係くらいだったのだが、男子部員はガチだと思い込んでいた。

こうやって可愛がるときも、ダンジョンに連れていくときも、二人一組がデフォルトだ。

斜め上の気遣いをする男子の勘違いを、琉菜のほうは割り切って利用している。

なにしろ、ガチなのは自分だけなので。

ある意味で愉快な男子連中も嫌いにはなれなくなったし、たまにでも真穂とレズれるのは本来望んでも叶わない夢だった。

男子たちからレズ専を卒業させられそうになっているのは、意地でも我慢しているのだが。

対して真穂のほうは、琉菜を姉として見ていた。

状況に流されるタイプであることは自覚しており、琉菜と一緒に男子からシェアされている状況も、まぁ、いつか、と受け入れている。

スケベの度が過ぎているとはいえ、憎めない連中であると真穂も感じていた。

「あ、う。真穂、そろそろ出そう」

「う、うん……。いいよ、出して？」

「んじゃ、琉菜。俺も出そうになってるからさ」

「あ、そ……ッぁ……勝手に、出せば？」

「心配すんな。ちゃんとタイミング合わせて、真穂と一緒にイカせてやるから」

「バカ、よけいな気づかい……あンゥ！」

「ぁ、私も熱いの出て……あ、イクッ！」

「ふう〜、またちょっとだけタイミング狂ったな」

「参ったな、もう一回チャレンジしないと」

ぽやーっと蓬けている真穂を抱えた男子がニヤリと笑った。

真穂の尻を抱え込んだまま、もう一時間ほど経過している。

何度も中でフィニッシュしているが、勃起し続けているペニスは一度も抜けていない。

それは琉菜も同様だった。

「一緒にイカせてやらないとかわいそうだもんな。琉菜、今度こそ一緒にイカせてやるから」

「もうっ、いい加減に……ウンッ」

「真穂、スッゲーいっぱい出しちゃってゴメンな。今度はもっといっぱい出してやるから」

「あっ、あっ、なんでこんなにいっぱい、出るのぅ……」

「そりゃ真穂の中はチ○ポにぴったり吸いついてくるし。実は真穂がチ○ポ大好きエロ可愛い子だって知ってるからさ」

「ま、真穂。負けちゃ……負けちゃダメよ、ン、んんぅ」

「そうそう。琉菜も一緒に頑張ろうな。あ〜、琉菜のアソコはスッゲー絞まってずっと勃起するわ」

しっかりと腰をホールドされて、ズコズコとピストンを再開されていた琉菜は、男子の腕をつかんでアへり始めていた。


「あ、はぁ、んっ……また、すっごい、いっぱい出てる」

「ハァハァハァ、ゴメン。樹里亜。ダンジョンからずっと、チ○コ痛いくらい滾ってて」

「ん。大丈夫。……スッキリするまで何回でも出して、いいから」

先ほどからずっと自分の尻を抱えている男子に、樹里亜は困った顔で頷いていた。

いつも調子に乗っている男子メンバーが弱っていると、調子が狂ってしまう。

普段なら女子の気持ちなど考えず、取っかえ引っかえ輪姦してはしゃいでる連中なのだ。

その分だけ手厚く保護してくれているのはわかってる。

学園での一般的な女子の取り扱いについては、女子寮で話を聞かせられていた。

普通の男子は、もっと自分勝手なのだ。

樹里亜は自分が、そこそこ可愛くて、そこそこ世渡りも上手で、そこそこ腹黒くて冷めた性格であることを知っている。

それこそ最初は教室のカーストバランスを考えて、勇者グループに身売りしようと思っていたくらいだ。

だが、変な勢力が教室の隅にいたので、様子見をしていたら現状に落ち着いてしまった。

思っていたより居心地がいいので、今更別のグループに移ろうとは考えていない。

窓枠に手を乗せたまま、ずっと立ちバックで腰を振っている男子が息を荒くしていた。

射精する目的の、小刻みでリズミカルなピストンに没頭する彼は、なんというか必死で可愛らしかった。

普段からお気に入り扱いで念入りにレイプされているのだけど、弱っているときに真っ先に私へ縋りついてきた彼は、まあ、そういうことなのだろうと樹里亜は察していた。

「んっ、待って」

「え、樹理ちゃん」

「違うから。同じ体勢だと疲れちゃうでしょ。だから、ほら、支えててあげるわ」

窓枠から離れた樹里亜は、展示棚に尻を乗せてから、正面へと腕を伸ばした。

「えっと、その……よろしくお願いします」

「うん。私が受け止めてあげる。つらいのは全部、私が吸い取ってあげるから。途中で私もアへっちゃうと思うけど、遠慮しないで最後まで使って、ね？」

正面からのし掛かってきた男子を、樹里亜は背中を抱き締めながら受け止めていた。

今日は彼のモノしか受け入れていないアソコが、また奥まで押し広げられて、キュンと疼く。

ただ、耳元で名前を連呼されるのは、顔が赤くなりそうなので止めてほしかった。


「レンちゃん。いっぱい出た。ありがとな」

「ん……んぅ」

ヘソの辺りを優しく撫でられた蓮華は、夢見心地で頷いた。

もちろん、咥えているペニスは噛まないようにしている。

机に仰向けで乗せられた蓮華は、ふたりの男子メンバーから挟まれていた。

ひとりからは生膣に挿入され、頭上から差し出されたペニスは喉の奥まで咥えている。

「蓮華、マジおしゃぶり上手になったよなぁ」

「んぅ」

「無理させせんなよ。つーか、レンちゃんも疲れたら休憩していいからな」

「あぅ」

蓮華は口の中でゆっくり動いている肉棒に、ねっとり舌を這わせていた。

一緒にイッた後もずっと中に入っていた肉棒が、じわじわと蠢き始めていた。

「ヤベ、マジ出そう。ちょっと交替してくれ」

「あいよ。レンちゃんに無理矢理ゴックンさせんのはかわいそうだもんな」

ゆっくり肉棒が引き抜かれていった穴に、入れ替わりの肉棒が挿入されていった。

それもじわじわと、膣肉を捏ねるような速度で奥まで到達する。

「蓮華の奥、ヤベーくらい精子でヌルンヌルンだぞ、おい」

「当たり前だろ。ふたりで何発中出ししたと思ってんだよ」

「ん、ちゅ……ん、ちゅう」

今まで自分の胎内に入っていた肉棒を、ペロペロと舐めてからチュウチュウと吸引する。

「あ、ヤベ。レンレン可愛いすぎ。永遠に勃起する」

「同意だけど、蓮華の身体が心配だし」

「まあなぁ。昨日の夜からずっと付き合わせちゃってるし」

顔を見合わせた男子の間で、ぽーっとしている蓮華が首を傾げる。

「ちゅ……今日もお持ち帰り、されちゃうの？」

「あ、う、いや。今日はゆっくり休んで、蓮華」

「そ、そうそう。今日は俺らが側にいて、ずっとフォローするから」

昨日は男子ふたりの寮へとお持ち帰りされ、ひと晩中ご奉仕をしていた蓮華がコクンと頷いていた。

「……ヤベ。マジ蓮華可愛いすぎ」

「……同意。けど、独占してると思われるのはヤベェよな」

独占禁止の紳士協定を結んでいるとはいえ、ガバガバルールなのが『無貌《ネイムレス》』クオリティーだ。


「あ〜あ。ゴメーン、バッジ一個取ったけど、俺のも取られてきたー」

「あ〜、しんどい。こっちは一個ゲットしたけど今日は休むぜ」

ガラリと開かれた扉から、外回りをしていた選手メンバーが帰還する。

「お疲れー。バッジはドンマイ」

「勝っても負けても問題ないっしょ」

そもそも、自分たちが予選を勝ち抜くとは思っていない彼らだ。

バッジを失った選手を責めることはない。

「んで。DV臭い彼氏から女の子奪ってきた。この子、新入部員ってことでいいよな？」

「あ、あの、ほんとに、私……」

おずおずと顔を出したのは、彼らにバトルを仕掛けてきた女子生徒だった。

あっさり敗北した彼女に、手をあげようとしていた彼氏。

その彼氏に、その場の勢いで決闘を申し込んだ『無貌《ネイムレス》』メンバーが、ドラマティックに負けたり勝ったりした結果である。

「大丈夫でしょ。元カレすげーイキってて怖かったけど、なんかただのザコくんだったし」

「ああ、俺を怒らせたなくんな。あんなザコくんだったらウチの女子メンバーでもボコせるわ」

「……でも、闇討ちされたら嫌だから、こっちから先に潰しに行こうよ。怖いし」

「……だな。怖いもんな。潰しに行こうぜ」

微妙に誰かの影響を受けていそうな彼らを尻目に、歓迎されている新入部員がオロオロとしていたのだった。

・艶媚［エンヴィ］

倶楽部に支給される部室は、ランクに合わせてグレードも高くなっていく。

彼ら『お尋ね者《ワイルドパンチ》』の部室はBランク仕様だ。

休憩室にロッカールーム、シャワールームに仮眠室まで用意されていた。

そこそこ余裕のあるスペースだが人口密度は高い。

「俺らも今回はAラン行けちゃう？」

「イケルっしょ」

「ふあ……ぁ」

がばりと指先でおっ広げられた彼女の大陰唇は、柔らかく伸びて大きな穴を開いていた。

外からピンク色の初々しい膣粘膜が丸見えになっている。

一年生の女子がこのような女性器になるほど、彼らの調教は手際よく、そして性欲にあふれていた。

穴を塞ぐようにあてがわれたのは、それ以上に太い肉棒だ。

ずるっと奥にまで滑り込めば、少女の尻はヒクンッと反り返っていた。

もはや仮部員の彼女たちも、毎日の日課として肉体が順応している。

仮部員は、お尋ね者たちが刈り集めてきた、一年生の美少女たちだ。

自分好みの下級生を拉致して、部室に連れ込み調教する。

この学園でもグレーとされている行為だ。

ベンチに並んで雑談しているふたりの男子部員は、同じように下半身丸出しの一年生女子を抱えていた。

部室にいる男子部員は、女子の仮部員を自由にレイプできる。

彼女たちが部室に入れば、挨拶代わりの即ハメが日課。

それが暗黙のルールとして当然だと、疑問に思わなくなるまで彼女たちは調教されていた。

今日も部室のあちこちで、仮女子部員が性処理に励んでいる。

彼ら『お尋ね者《ワイルドバンチ》』の部室は、完全にヤリ部屋になっていた。

彼らにとって、新しく入荷された一年生の女子生徒は、あくまでもお試し期間の仮部員だ。

数知れない女子をレイプして選別された名器は、手段を選ばず部員として勧誘され、彼ら専用の肉便器になるまで調教される。

そうして選別された肉便器のスペシャリストだけが、『お尋ね者《ワイルドパンチ》』の正式な女子部員になるのだ。

二十名のハイレベルハイクラスな男子部員枠と、十名分の肉便器女子部員枠。

それが現在の倶楽部体制だ。

仮部員として集められた一年生の女子生徒は、全員が部室の中でアへ顔をさらしていた。

素行の悪い嫌われ者集団であっても、レベルだけは高いメンバーが相手だ。

同級生の男子など比べ物にならない深さで、強制的にオルガズムを与えられている。

彼らにとっては暇潰しの玩具《オナペット》。

だが、自分たちの使える玩具は、多ければ多いほどいいのだ。

ランクアップすれば肉便器枠が増えて、何よりヤリ部屋もずっと快適になる。

充分な広さが確保されたワンフロアの休憩室には、ヤル用のマットレスや、使われないダンジョンアイテムなどが乱雑に散らばっていた。

部室の全てに、ツンとすえた性臭が染みついている。

そんな部室の奥にある一角で、『お尋ね者《ワイルドパンチ》』幹部による会議が行われていた。

会議中であっても幹部それぞれは、当然のように女子をはべらせている。

「つーか、話すことなんかねーだろ？」

正式な女子部員、オナペットを膝に乗せたひとりが呟く。

男子部員の女子利用権は序列順だ。

上物を独占して、好きなだけ侍らせて、自由に犯す。

ルックスもスタイルも、乳首の色形や、アソコの絞まり具合まで選別された上物が、ここに揃って喘いでいる。

とはいえ、新しい刺激も快楽には欠かせないスパイスになる。

仮部員を抱えている幹部もいた。

「んだな。トーナメント表見たけど、イイ具合にAラン連中とかち合わずにイケそうじゃん」

テーブルの下に女子を押し込め、股間をしゃぶらせていた男子が欠伸をする。

「イケルイケル」

隣に立たせた女子のスカートに手を突っ込んでいた幹部が、ニヤニヤ笑いながら頷いた。

その女子は平の仮部員ではなく、候補生として認定されている一年寅組の保奈美《ほなみ》だ。

俯いて顔を隠している黒髪のロングヘアは、与えられる刺激に合わせて揺れていた。

椅子に座っている幹部のペニスがヒクンと反応すると、そのまま立ち上がって保奈美の尻に即ハメする。

性処理行為に遠慮などはない。

女性器を姦通したペニスは、保奈美の膣肉をズボズボと掻き混ぜている。

つかんでいるスカートは手綱代わりだ。

白くてもっちりとしている尻肉がパンパンと音を奏でている。

部室に入った時点で、即種付けレイプされた保奈美に前戯などは必要ない。

幹部会議が始まる前にも、何名かの部員からレイプされていた。

べっとりと精液に塗れた女性器は、容易くペニスを受け入れて搾り上げていた。

「とりあえずー。Fランから勝ち残ってきたトコ潰せば、Bランは保持やね」

上等なマットレスの上でうつ伏せになっているのは、保奈美のクラスメートである李留《りる》だった。

全裸になった李留の尻に跨がり、腰を振っているのは副部長だ。

彼はトーナメント表を眺めながら、李留の尻を突き捏ねて精液を流し込んでいる。

マットレスをギュッとつかんでオルガズムしている李留は、尻をねっとりと精液に塗れさせていた。

幹部たちのお気に入りになった彼女は、既に仮部員ではない。

正式な女子部員として採用されることが内定していた。

対抗戦が終わり次第、正式な入部手続きと、幹部メンバーによるパートナー契約が予定されている。

期待の大型新人として、じっくりと丁寧な仕込みが続けられていた。

そこに本人の意思は反映されていない。

部室にいる間中、ほぼ誰かのペニスを挿入されている李留は、ただ一方的に注入され続ける快感に悶えていた。

彼女たち仮部員の女子には、スキルによる制約が施されていた。

ダンジョンの中で肉体に刻印された『落書き《グラフィティ》』は、地上に戻っても彼女たちの行動を縛りつけていた。

尻肉にペイントされた『お尋ね者専用肉便器』のペイントは、彼らの所有物になっている証しだ。

ただのボディペイントではない。

言霊として作用する貞操帯だった。

彼女たちに、その制約を自力で破る『力《レベル》』はない。

上位者から制約を解除されるか、あるいは倶楽部が消滅するまで、彼ら専用の肉便器《オナペット》として従属が続く。

今はまだ本人たちが気づいておらず、また女子寮で風呂などに入っていても、他の女子からは見られることもない。

『落書き《グラフィティ》』のスキルで描かれた絵文字は、任意の条件付きで閲覧者を選択できる。

本来であれば、パーティーメンバーや倶楽部メンバーだけといった情報のやり取りに使う便利スキルだった。

ヌルリと反り返ったペニスを抜いた副部長は、李留の子宮を捏ね回していた亀頭にゴブリンの媚薬を塗りつける。

中毒にならないように、ほんの少しだけ。

そして両手の親指で李留の尻肉を捲ると、膣孔からぶじゅりと押し出されてくる精子に栓をするように、ヌルヌルとペニスを埋め直していく。

現状の李留は『盗賊《シーフ》』系第一段階レアクラス『山賊《バンデッド》』だ。

だが、『お尋ね者《ワイルドバンチ》』の総意で『娼婦《ニンフ》』へと再クラスチェンジさせることが決定されている。

彼らは李留の再クラスチェンジに向けて、本人の素質を改造するべく快楽漬けにしていた。

「まあ、レア系上位になるんなら、それはそれで使い勝手のええ肉便器やけど」

「は、ああ、あ、あ……ひぃ」

肛門の窄まりから伸びたコードを引っ張りながら、子宮に密着した先っちょで捏ね続ける。

李留は頭を真っ白に染められたまま、下腹部をヒクヒクヒクヒクと断続的に痙攣させていた。

「部長は……まあ、どうでもええ感じか」

部長専用としてあてがわれ、確保されている女子部員は二名ほどいる。

巨根でなおかつハードセックスを好む部長用に仕込まれた女子一名、そして現在進行形で仕込んでいる女子一名だ。

マットレスの上で胡座をかいた部長の股間には、彼の専用になっている女子がうつ伏せて跨いでいる。

女子が自分から腰を揺すっている今は、彼にとってのインターバルだ。

「んぅ……ふぁ……やぁ」

切ない喘ぎ声を漏らしているのは、もうひとりの部長専用となりつつある由香《ゆか》だった。

部長の正面に立っている由香は、挿入されている女子を跨いだ格好だ。

全裸の由香は、真正面から股間を視姦されている。

年相応の陰毛で覆われている大女陰は、何度も挿入されて、何度も射精された精液に塗れている。

人並み外れた巨根で貫かれる膣孔は弛み、中から精子が滴っている。

それは真下で揺すられている先輩女子の尻に、ポタポタと垂れ落ちていた。

後ろに回された尻を揉んでいる手と、肛門に埋め込まれている指の動きに、由香の腰がクネクネと捩られている。

由香に拒絶する権利はない。

後ろの穴を弄られるまま、前の穴にも指先が滑り込んでいった。

思わず腰が引けてしまうほど的確に、繊細な指使いで膣中の性感帯を刺激されていく。

掻き出された精液がボタボタと足下に滴った。

今日もこんなにいっぱい種付けされたのだと、由香は太股をヒクヒクさせながら実感していた。

「……なあ、オイ。ちゃんと竜也《たつや》くんとヤッてるか？　今度はちゃんとヤッた後、ケツに精子溜めたまま見せろ」

「やぁ…ひ、ぅ」

「やり方わかるか？　マ○コにギュッとリキ入れて踏ん張るんだよ。中出ししてもらった精子が漏れないように」

膣に指を挿れたまま、親指をクリ○リスに押し当て、内側と外側から肉を挟み込む。

由香は部長の肩に手を乗せたまま、下腹部の痙攣を堪えていた。

「なんなら毎回、部室来る前に竜也くんから抱かれてこいや。ちぃっと広げちまってるがまだまだ締まんだろ。愛しの竜也くんからガバマンで捨てられねぇように、気張ってマントレしとけよ」

実際に由香が誰をどう思慕しようと、彼には関係なかった。

自分の性癖が反応するシチュエーションを、脳内妄想で押しつけているだけだ。

「スジ切れちまったら元も子もねぇな。今日はもう勘弁してやるぜ。代わりに、ホレ」

「ひっ」

「俺のブツよりちっと小せぇが、このバイブで慣らしてやるよ」

ズブリと押し込まれた極太の張型に、由香が背筋を反り返らせる。

入口の粘膜がギリギリまで伸びた状態になっており、由香が股間を開いても食い込みは弛んでいない。

「スイッチオン、ってな。寮の門限まで填めっぱなしにしてやる。俺の精子を子宮でぐちょんぐちょん掻き回しとけや」

由香の腹の奥からブンブンと振動が響き始めていた。

複雑に可動する玩具は、膣の底でぐりんぐりんと回転しながら精液をシェイクしていた。

膣の奥底まで機械でほぐされ、巨根専用に改造されていく。

由香の胎内いっぱいに射精されていた精液が、機械のミキサーで子宮の奥にまで精子をめぐらせる。

足を閉じることもできず、ピンク色のバイブを股間から生やした由香は、そのまま堪えるしかなかった。

せめて手を使わずにバイブを押し出そうとしても、自分のソコはそういう作りにはなっていなかった。

まるでもっと咥え込みたいとばかりに、玩具を奥へと引き込んでいる。

「ほらあ、オメェはもっとバンバンケツ振れやっ」

パァンパァンと填め込んだままの尻をスパンキングしながら、部長自らマットレスを激しく軋ませ始める。

それが彼にとっての交尾スタイルだ。

由香も同じように、尻叩きされながら何度もレイプされている。

「ア……ぁぁ…竜也、くん……」

責め貫かれながら彼氏と言い聞かせられてきた由香は、どうしようもなく竜也のことを意識し始めていた。

第五十章　謎の賞金首

学園オフィシャル掲示板
【予選開始】 倶楽部対抗戦情報交換スレｐａｒｔ４ 【水無月杯】

４１１：名無しの将軍
ビンゴの連中マジうぜえ
五年になったらさっさと引退しろ

４１２：名無しの竜騎士
『悠久庭園』と『千年王国』はしゃあない
Ｓランは五年ガイジの隔離場だろ、常考

４１３：名無しの祝部
結構主力抜けて実行委員に回ってるみたいだけどさ

４１４：名無しの牢名主
今回のオッズはどんなもんかにゃー
年度初めの対抗戦は読みづらくて嫌いにゃー

４１５：名無しの鑑定人
公認のブックメーカーは学園管理のデータベース使ってる
選手のクラスとレベルから計算してるんだから大番狂わせはない
順当にしかならんよ

４１６：名無しの道化師
そこはプレイヤースキル（笑）ですわ

４１７：名無しの聖霊使い
チート装備ゲッターなら、まあワンチャンあるでしょ
あとは初見殺しの規格外クラスは番狂わせになる。

４１８：名無しの探検家
イリーガルの強さもピンキリだからなぁ
能力がピーキーすぎて羨ましいとは思えんわ

４１９：名無しの聖騎士
レベルだけ高いデクノボウ、マジ倒れないだけの鉄壁カカシ
そういうのに限ってレア装備でカッチカチ
観客ウケしねー泥仕合マジ勘弁

４２０：名無しの略奪者
＞＞４１９
お前が言われてるんやで
鏡見ろや雑魚

４２１：名無しの格闘士
Ｓランの残り二枠に、どのＡランが食い込んでくかだろうな
他に見所ないよね

４２２：名無しの隠密
Ｆランク倶楽部同士が必死にヤリ合ってるの好きｗ
勝った方が血を見てヒイイってなるのとか

４２３：名無しの暗殺者
対人慣れしてない一年は初々しいよね
今じゃ死んだふりウゼェからの首スパーンですわ

４２４：名無しの竜騎士
とりあえず対戦したくない武闘派Ａラン倶楽部って
『天上天下』『黒蜜』『天罰』『暴龍鶏王』？

４２５：名無しの凶戦士
ヴォルケの親分と愉快な山賊たちは、見ててオモロイけど微妙じゃね？

４２６：名無しの祝部
なして毒男の味方、『聖夜の偶聖』が入ってないんや
ウゼェし俺も嫌いだけどw

４２７：名無しの女衒
＞＞４２５
それな
戦士と盗賊系しかおらん脳筋集団やから対策立てやすい
術士系だけの『東方三賢人』と同じや
爆発力はあるから油断はできんけど

４２８：名無しの元素使い
意外と『黒蜜』に隙がないような気がする。
あんま対人してないダンジョン攻略専だけど、レベル高いし銘器も揃えてるしさ。
やっぱ強いマジックアイテムは重要だよ。

４２９：名無しの聖騎士
黒蜜はなぁ
あのヤル気のない部長と、意気軒昂な幹部連中の温度差がいつ見ても草生える
けど天上天下みたいにガチ過ぎるのもつまんねぇわな

４３０：名無しの魔女
ゆるキャラ部長さん、こないだ学食で特盛りパフェ幸せそうに食ってて和んだw

・
・
・

６４８：名無しの戦士
謎の化け物が校舎の中を歩いてた件について

６４９：名無しの盗賊
俺も見た
ラップ現象？みたいなので窓とか天井ガタガタいわせてた
なにあのモンスターマジ怖い

６５０：名無しの陰陽師
ああ、予選期間中って構内の瘴気濃度が高くなるから
ＮｕｌｌＭＯＢ結構出てくるよね

６５１：名無しの暗殺者
>>６５０ガッ
特に害はないし
風物詩みたいなもの

６５２：名無しの盗賊
便所破壊して討伐隊を返り討ちにして
まんさんを滅茶苦茶レイプしてたんですがそれは

６５３：名無しの獣騎士
セックスモンスター湧いてワロスｗ
性獣カテゴリーだとオークかな。
レアとかユニークだと結構ツエーからね。

６５４：名無しの武闘士
うせやろ
実行委員ってほとんど五年の元Ｓラン連中やぞ

６５５：名無しの無法者
点数稼ぎ乙なんだよなあ
レアモンだったことにして内申ポイントアップ狙ってんじゃね？

６５６：名無しの盗賊
マジっす
討伐隊のちんさんワンパンＫＯ、まんさん公開レイプ
別のまんさん拉致って逃走

６５７：名無しの聖騎士
なにそのセックスモンスターキング。

６５８：名無しの略奪者
そんなんマジだったら緊急討伐クエストでるわ

６５９：名無しの術士
クエスト掲示板にマジで依頼出てるじゃんｗ
高額報酬がガチすぎて草生えるｗ

「謎の叶馬くんが五百万銭の賞金首になってる件について」

「それはもう謎じゃねえだろ……」

頭を抱えた誠一の隣で、ノートパソコンを覗いている麻衣が爆笑していた。

そのノートパソコンは、学生寮のグレードを問わず生徒全員に支給されているものだ。

それらには寮の各個室まで配線されている有線ＬＡＮケーブルが接続されていた。

学園の周囲はダンジョンから漏れ出している瘴気により、無線の類いが利用できなくなっている。

生徒たちが寮や授業で利用しているパソコンは、同様の有線ネットワークが利用されていた。

ただし、生徒が気軽にアクセスできるのは、学園独自のイントラネットまでだ。

外部ワールドワイドウェブへのアクセスには厳重なフィルタリングが施されていた。

情報のダウンロードはともかく、アップロードは禁止されている。

無線が利用できない環境下において、ダンジョン関係の情報流出はほぼ統制されている。

だが、そうした外向けの管理はされているものの、内側のイントラネットまでは管理しきれていなかった。

膨大なログ全てを監視、管理することは不可能であったし、学園公式のサーバー以外にもフリーダムな個人鯖が乱立している。

とはいえ、生徒が一番利用しているのは、やはり学園オフィシャルサイトだ。

ダンジョン攻略情報の提供や、各種クエストの提示、学園の行事や各種スケジュールについても随時更新されている。

それらはダンジョン攻略を優先して、授業に出席できない生徒に対してのサポートになっている。

麻衣が閲覧していたのも、そんな学園オフィシャルサイトのひとつだった。

『クエスト掲示板』は、学園から生徒へのクエストを提示する、文字どおりの『掲示板』である。

情報提供や雑談用に開放されている電子掲示板《BBS》とは別物だ。

そこには学園が発行する、各種の『依頼《クエスト》』が掲載されていた。

クエストにはさまざまな種類があり、当然ながら報酬も用意されている。

学園通過である『銭』、進級に必要な『単位』、そして学園に対する貢献度である『評価』を獲得できる。

評価については目に見える形の報酬ではないが、トラブル時の裁定で有利になったり、上級寮へ引っ越すための条件であったり、卒業後の進路にも影響してくる重要な要素だった。

そうしたクエストを管理しているのは、購買部の二階にある『クエストラウンジ』だ。

受注や達成の手続きはラウンジで行う必要があった。

ラウンジにある大型の液晶ビジョンでもクエスト掲示板は表示されており、条件のいいクエストはその場ですぐに受注されてしまう。

実際、おいしいクエストを目当てに、ラウンジに張りついている生徒の姿も見られる。

クエストを重要視している生徒は、非戦闘系クラスの者が多い。

学園からの依頼は、モンスターを討伐するものばかりではないからだ。

クエストはそれぞれ『討伐』『蒐集』『調査』『護衛』のカテゴリーに分類されている。

『討伐』については、ダンジョンのマップ内領域に出現した『軍戦推奨敵《レイドエネミー》』の討伐や、『軍戦試練《レイドクエスト》』の討滅などがメインだ。

他にも、モンスターの密度が高くなったエリアの駆除なども含まれている。

特にレイドクエストの攻略は、ハイリスクだがハイリターンの見込める人気クエストだった。

『蒐集』については、学園が指定するモンスターのクリスタルや素材をダンジョンから回収してくるクエストになる。

学園の研究材料や遺失術法《ロストマギアロジー》アイテムの作製に必要な素材はさまざまだ。

ダンジョンの低層から採取できるものも多く、エンジョイ組の主な収入源になっていた。

『調査』については、ダンジョンの未踏破エリアのマッピングや、新しい『軍戦試練《レイドクエスト》』の調査などがメインだった。

探索《サーチ》系のスキルが必須となる依頼だが、逆にそうした非戦闘系クラスにとってはおいしいクエストになる。

特に『軍戦試練《レイドクエスト》』内の出現モンスター鑑定や『核《コア》』の特定などは、難易度は高いが重要な役割だ。

『護衛』については、表向き普通の生徒が受託できるクエストではなかった。

評価の高い上級生に指名依頼されるクエストであり、特級科の華組がダンジョンダイブする際の護衛役になる。

難易度が低く報酬は高いが、精神的につらいクエストだ。


麻衣が見ていたのはカテゴリー『討伐』のレッドネームクエスト、つまり『緊急討伐クエスト』の掲示板だ。

緊急を要するモンスターの討伐依頼であり報酬も高めだ。

稀に地上へと顕現する高レベルモンスターの討伐は、ダンジョン内と違って生命の危険もある分、報酬倍率は最高値に設定されている。

生徒の誰かが学生手帳で撮影したらしき画像には、あられもない姿をした女子生徒を担いだ、謎の上半身裸のワイルド紙袋マスクマンが映っていた。

足下でノックダウンしている男子に蹴躓いたシーンを切り取ったらしく、巻き込まれて一緒に倒れそうになっている女子生徒のスカートが、何故かずり下ろされてパンツが丸見えにされていた。

「流石はセックスモンスターキングだわ。今頃、討伐部隊とか組まれてるのかも」

「笑い事じゃねえよ。なんでアイツはあっちこっちで騒ぎを起こしやがるんだ」

ケラケラと笑う麻衣に、顔をしかめた誠一が天井を仰いだ。

麻鷺荘にある麻衣と静香のふたり部屋は、白鶴荘とほぼ同じ作りをしていた。

エントリークラスの学生寮であれば、男女ともに大きな違いはない。

「戦えなくて、かなりフラストレーションが溜まっておられましたので……」

謎のセックスモンスターキングが持ち帰った被害者をケアし終えた静香が、乾かした髪に櫛を入れていた。

湯上がりの火照った肌に、艶やかな黒髪が映えている。

コロンを多少キツ目にまとう。

後から参戦するならそれくらいでちょうどいい。

「ダンジョンも自粛してたのがまずかったか」

「ええ、段々と夜も野獣のように激しく……」

「わはー。今朝の蜜柑ちゃん先輩たちがニマニマしてたけど、だからかぁ」

新しいランジェリーを身につけ、セクシー系のネグリジェを着た静香がカーディガンを羽織る。

すぐに剝ぎ取られる予定だったが、そのためだけに選んだ装備だ。

「それでは、私も叶馬さんの元にいきます」

「はーい。セックスモンスターキングによろしく」

猫耳がついたフードパーカーをかぶっている麻衣が、チェシャ猫のような笑みを浮かべていた。

「いやぁ。ホント、叶馬くんと一緒にいると退屈しないよねぇ～」

「限度があんだろ、つう話」

ぼふっとベッドにダイブした麻衣を追うように、ため息を吐いた誠一もベッドに腰かけた。

「誠一は真面目すぎぃ。もっと、はっちゃけてもさー……ふにゃっ」

「んじゃ遠慮なく」

ずるっとスウェットパンツを脱がされ、麻衣の尻が剝かれた。

「もー。そうじゃなくてぇ」

「モゥじゃなくて、ニャーだろ？」

うつ伏せる麻衣の背中側から、両脇へと手を差し込んで乳房を掌に収める。

小振りだが手に馴染んだ感触を確かめるように、両手の指を蠢かした。

「お。ブラしてねえじゃん」

「んっ……ぅん。かーいいパーカーだから、脱がせないでエッチしてくるかな……って」

スウェット生地越しに揉みしだかれる胸元の膨らみが、自在に形を変えられていた。

「んっ…にゃ…にゃあ」

猫耳パーカーに合わせた猫足プリントのショーツに、前を膨らませた誠一のボクサーブリーフが押しつけられる。

そのまま下着越しに、尻の谷間へずりずりと擦りつけていく。

「あン？　このニャンコロ尻尾ねえじゃん」

「にゃあ……あっ」

「撫で心地は悪くねえけどな」

股間に滑らせた指先が、ショーツの奥に潜っていた。

人差し指と薬指で女陰の割れ目を押し開き、中指を中心へヌルリっと潜らせる。

そうして焦らず、じっくりと愛猫の秘所を愛でていった。

「お上品な毛並みの、ココもな」

「にゃ、にゃあ」

陰毛を掻き分けて、陰核をクリクリと指先でくすぐられた猫娘が、切なげに腰を捩った。

三本の指で肉襞を掌握された部分は、中からぐしゅりとした粘りが滲み出している。

「にゃ、あっ、あっ」

「もう堪んねえってか、このスケベ猫が」

尻を持ち上げて押し当ててくる麻衣の上で、太股を跨いだ誠一が腰を揺すり始めた。

ショーツはそのまま脱がせずに、指先でズラしあげた隙間から肉棒が突き入れられている。

尻の谷間から、膣に出入りする陰茎が見え隠れしていた。

誠一は指先の猫蜜をペロリと舐めて、従順に猫プレイを続ける麻衣の尻を貪っていった。

「にゃぁ？　あっ、あっあっ……にゃ、にゃーっ」

ぐいっと臀部が引き寄せられ、奥まで貫通される尻がパンパンパンと激しく打ち据えられていった。

勢いは最後まで弛むことなく、胎内の深くへとフィニッシュが注がれた。

「……にゃ～、お尻がジンジンするにゃあ」

猫耳パーカーをかぶったまま、誠一の上に跨がっている麻衣がカリカリと爪を立てた。

「ちょーっとがっつき過ぎでしょ」

「たまには、な」

「もぅ、しょうがにゃいなぁ。……ん～、スンスン」

誠一の股間に尻を乗せている麻衣が、胸板に頬ずりをして猫のように臭いを嗅いでいる。

「ひとりじゃない、よねぇ。今日はふたりかなぁ？」

「あン？」

ひた、と爪を立てた指を胸に添え、身体を起こした麻衣がペロリと唇を舐める。

「たしかにあたしは馬鹿だけどさ。そんなに鈍くも、面倒な女でもないつもりなんだ～。でも、適当に誤魔化しとけみたいなのはムカツク」

「アダダ」

ギリ、と爪で引っかかれた誠一の胸に赤いミミズ腫れが走る。

「セーイチがすることの邪魔はしないし。……軽蔑もしないよ？」

「何のことだか、な」

「にゃー、ホントに意地っ張りだにゃあ。共犯者になってあげるっていってるのにゃー」

繋がったまま誠一の上で足を伸ばし、両足で顔をフミフミと踏みつけた。

「こらやめ、ったく。足癖の悪い猫だぜ」

「あ。ちなみにあたしを捨てたら後ろから刺すから。それはガチ」

「コワッ。……まあ、そうならないように上手くやってくさ」

＊＊＊

麻鷺荘一階、食堂の奥にある宿直室からは、啜り泣くような女の喘ぎ声が漏れていた。

廊下の肌寒さにカーディガンの前を押さえた静香は、臆することなく扉を開けて中へと入り込んだ。

部屋の温度に変化はない。

だが、ムッと咽せるような熱気が部屋の中に籠もっていた。

「んぅー…あ〜…んぅー…」

喉から鼻の奥に抜けるような嬌声を響かせていたのは沙姫だった。

寝ている叶馬の顔に跨がり、浮かせた腰をヒクヒクと震わせている。

叶馬の頭を片手で押さえ、もう片方の手の指を噛んだ沙姫が仰け反った。

ほとんど無毛の恥丘は艶々と濡れており、チュッと啜ればビクッと腰が跳ねて、ねろりと割れ目を掻き分けられれば切なげな声が絞り出される。

並べられた布団に乗っているのは沙姫だけではない。

いつものメンバーが、既に全裸となって絡み合っていた。

仰向けになった叶馬の右足には、四つん這いになった夏海が抱きつくように跨がっている。

股間に顔を寄せて、激しく反り返っているペニスの先っちょをチュッチュと吸っていた。

同じように叶馬の左足を跨いでいる海春も、横からはむはむと舌を絡ませながら陰茎を舐めていた。

口を離して掌で揉んだり、根元をシュッシュと扱く様は、もはや手慣れたご奉仕だった。

「…あ…あ…あへ…」

乱れた布団の片隅には、正座した格好から後ろに倒れたポーズでブリッジした乙葉が、極楽昇天《オルガズム》した余韻でビクッ、ビクッ、と痙攣していた。

盛り上がってぱっくりと口を開いている女性器の穴からは、餅のような粘度の精液がシーツに垂れていた。

その顔は間抜けながらも可愛らしいほどに蕩けている。

ちゅぽっと亀頭から顔を上げた夏海が、ビクビクと限界まで剛直した陰茎を握り締めた。

そして指を重ねている海春と頷き合う。

ふたりが押さえ込んでいた叶馬の上から退くと、そのまま沙姫が押し倒されてズブリと挿入されていた。

「あっ、あ〜っ……すご、旦那様スゴイ。旦那、さまぁ……あっ、あっ！」

ガシガシと貪るような腰の動きに、組み敷かれた沙姫はポニーテールを振り乱して悶えま

くった。

センシティブで過敏な肉体は、すぐにオルガズムへと到達する。

だが、沙姫のために限界まで口戯手淫で昂ぶらせられた叶馬のペニスも、早々に射精を吐き出していた。

「あーっ、あーっ、旦那様、すごく気持ち、イイ…旦那様、好きぃ……」

射精されながら膣をゆっくり行き来するペニスの刺激に、足を絡ませた沙姫が譫言のように訴えていた。

お互いを思いやる優しい睦事。

だがそれも、叶馬の暴走する性欲を、乙葉が身体を張って発散させたおかげでもあった。

最初に生贄として捧げられた乙葉は、野獣レイプからの連続射精、連続絶頂でアヘ落ちしている。

ただ、本人は至極幸せそうではあったが。

「静ねーさま……」

布団の上で並び寄り添った海春と夏海が、どちらともなく名前を呼んだ。

はらりと畳にカーディガンを落とした静香は、頷いてふたりの側に腰を下ろした。

そして深いオルガズムの中で脱力してしまった沙姫に、再び漲り始めた衝動を打ち込もうとしていた叶馬の尻へと手を伸ばす。

悪戯するような、誘うような指先に反応して振り向いた叶馬は、放精したばかりだというのに呼吸を荒げていた。

静香は怯えるように身体を縮こまらせた海春と夏海が、もう充分に潤わせているのを確認すると、ふたりまとめて身体を抱き寄せた。

倒れるように引っ張られたふたりは、下半身を叶馬に突き出す格好になった。

「あっ」

「あっ」

最初に夏海へぬぷりっと入り込んだ叶馬の逸物に、ふたりの口から同時に喘ぎが漏れた。

肉体と精神をシンクロするふたりのユニゾンは、以前よりも強い結びつきが生まれていた。

夏海が胎内を突かれると、並んでいる海春の陰部もヒクヒクと口を開いて痙攣している。

夏海の尻を抱き寄せれば、同じ高さまで海春の尻が持ち上げられていた。

叶馬もふたりの身体に手を伸ばし、ひとりの女性を愛でるように交わりを続けていった。

鏡合わせで同じ格好となった双子の間を、交互にじっくりとペニスを抜き差しさせていく。

小柄なふたりの身体は、まだ叶馬の全力を受け止められるほど成熟していなかった。

交互に膣を貫かれているふたりだが、彼女たちにとっては抜かれている合間も休息にならない。

お互いに挿入されるペニスを、腹の奥に生々しい感触が伝わってくるほど同調していた。

海春の右足と、夏海の左足を、それぞれ肩に担いだ叶馬が一緒に引き寄せる。

「ぁ…吾主、さま…あっ」

「吾主様…わぬし、さまぁ…」

海春のゴム鞠のような小振りな尻が、逸物をずるりっと挿れられるたびにわななく。

夏海が陰茎を咥えると、幼く盛り上がった恥丘が恥ずかしいほどに痙攣していた。

生で与えられる刺激とわずかにズレる感覚は、優しく愛撫する静香がチューニングしてくれていた。

やがて姉妹の性汁が糸を引き、女性器を繋げて橋となっていた。

フィニッシュが海春の中に放たれた後、絡みつくように抱き締め合っているふたりは、精根尽きたように甘い吐息を混じり合わせていた。

「……叶馬さん」

「ハァ……ハァ、ハァ、ハァ」

膝立ちになっている叶馬の股間では、ねっとりと蜜液に塗れているペニスが硬くそそり立っていた。

正面から向かい合い、同じように膝立ちになった静香は、ネグリジェの裾を捲って自分からスルリ…とショーツを降ろした。

隠すことも我慢することもしていない肉の疼きに、股間の割れ目からショーツに糸が繋がっている。

そして静香はそのまま後ろを向き、四つん這いから土下座をするように上体を伏せ、叶馬の目の前に突き出した尻を掲げてみせる。

「叶馬さん……どうか、私にはご存分に。……っ、あッ」

がしりと、その安産型の臀部をつかまれるのと同時に、ズボッと勢いよくペニスが静香の胎内を貫いた。

充分に潤った膣内とはいえ、ほぐれていない肉を一気に穿り貫かれた痛みに、静香は堪えられない随喜の呻きを漏らしてしまった。

自分が一番、叶馬の欲情に応えられるという、牝としての悦び。

ガツガツと道具のように、尻を貪ってくる叶馬の遠慮のなさ。

その心の近さは、静香が望む叶馬との距離に近い。

乙葉とはまた違う、奉仕できる悦びが静香の尻と心を熱く疼かせていた。

「はあっ…あっ…いっ…ああっ」

あっという間に馴染んだ性器と性器は、静香のエクスタシーゲージを急速に押し上げていく。

パートナーとして馴染んでいる肉体は、お互いの気持ちいい部分を適確に刺激している。

身体ごと持ち上げられそうな撃ち込みに、尻肉がスパァンスパァンといい音を響かせていた。

「あっ！　あっ！　あぅ！」

ガクガクと痙攣する尻に、叶馬の指が食い込んでいた。

染みひとつない静香の餅肌は、火照りとピストンの殴打に赤く染まっている。

ヘソの内側で爆ぜる射出にスイッチを入れられていた。

頭を真っ白に染め上げるオルガズムが、子宮から脳髄へと立て続けに走り抜けていく。

断続的に込み上げる絶頂感に、布団に突っ伏したまま失神しかけていた静香が抱き起こされる。

赤子をあやすように膝の上へと乗せられ、シースルーのネグリジェの中へ潜り込んだ両手で乳房をつかまれていた。

機能よりもエロティックなデザインが優先されたブラジャー越しに、同級生に比べて大きく性徴している乳房が揉みしだかれていく。

静香のテンションを支配する陰茎は根元まで填め込まれたままだ。

それどころか奥に食い込む亀頭がなお盛って膨らみ、健気に締めつける膣肉をがっちりとロックしている。

腹を突き出すように背筋を反らせ、カップの中に潜り込んだ指で乳首を抓《つま》まれる静香が舌を出して悶えていた。

腹の奥で存在を主張しているペニスが熱かった。

「ああ……叶馬、さん」

叶馬の手に指を絡めて握り合い、獣のように昂ぶり続ける唯一無二のパートナーに全てを委ねた。


麻鷺荘の朝食風景はいつもどおりだった。

食堂に俺や誠一が座っていても、寮生の皆さんから向けられる視線は身内に対するソレだ。

警戒心なさすぎだろうと、たまに思わないでもなかったりする。

「私の扱いがもうちょっとよくなっても、罰は当たらないのかなって思うんですけど」

「乙葉先輩はダウンされている時間が長すぎかと。まあ、アへられていても身体はちゃんとご奉仕できているので」

「寮長さんはエッチ、です」

「寮長さんは寝顔がほにゃー、です」

「あ〜ぁ、あたしも姫ちゃんみたいな変身アイテム欲しいなぁ。ニャンコ系の覚醒《アギト》アイテムないかなぁ」

「ご飯がおいしいですー」

仲間の様子もこれ以上ないくらい、いつもどおり。

朝食のプレートを手にした凛子先輩が、にんまりとしたお顔で隣に座った。

「あの子たち、またずいぶんとツヤツヤのテカテカしちゃってるかな」

「あはは。でも宿直室の防音しっかりしてほしいって、上の階の子に泣きつかれちゃってるんだよね。また材料集めてこないと！」

朝からお元気な蜜柑先輩も合流だ。

寝不足な身の上には笑顔が眩しすぎである。

「……眠そうだな」

「ユートゥー」

誠一の目の下にも隈《くま》がある。

テーブルを挟んで向かい合った俺たちの前には、濃く煎れられたコーヒーのカップが置かれていた。

「そいや、お前が掠ってきた子はどうしたん？」

また人聞きの悪いことをおっしゃる。

不幸なすれ違いによりトラブルに巻き込まれてしまった結果、保護した女の子は麻鷺荘まで連れてくることになってしまったのだ。

ちなみにお任せくださいモードの静香さんにお任せしてしまったので、どうなったかは知らない。

「事務室に寝かせていますので、起きたら勝手に帰るかと」

「新しいハーレム要員じゃねえのか」

「……叶馬さんは手を出されていなかったので」

抜群の信用度、流石の静香さんである。

俺のジェントルマンな振る舞いをわかっておられる。

「叶馬さんの臭いがしませんでした」

と思ったら何やら変な特殊スキルを覚えた模様。

「……男より女のほうが、臭いに敏感なのかね？」

「知らぬ」

第五十一章　対抗戦トーナメント

さて、本日は月曜日だ。

なんら特筆すべき盛り上がりもなく、倶楽部対抗戦の予選が終了してしまった。

我ら『神匠騎士団《アデプトオーダーズ》』は無事に本戦進出である。

この時点で倶楽部ランクは『C』にランクアップ確定だ。

Cランクの特典としては部員枠が二十↓二十五名まで増加、プレハブの倶楽部棟に部室が支給される。

なんというか、どーでもいい。

「いや拗ねるなよ。ガキか、お前は」

キャッキャウフフと戦いを楽しんでいたやつは余裕である。

他のクラスメートたちも、自分たちで新しい倶楽部を結成していたようだ。

それぞれ無事に予選を突破したような雰囲気。

そこはかとなく教室の空気も盛り上がっているような気もする。

「ウチのクラスはなかなか優秀だねぇ。もしかしてエリートクラス？」

麻衣の言葉に、あきれ顔になった誠一だが首を傾げていた。

「んなわきゃねえだろ。まあ、一年オンリーで予選突破する倶楽部は珍しいらしいんだが

「……」

あまり机にぐてーっと突っ伏していると、静香さんが反応し始めるので起き上がる。

機先を制されたのか、ピクッと反応した静香さんにドキドキする。

気分は悪くないので付き添いはいらないです。

「本戦はトーナメント形式だと聞く」

バトルロイヤルだった予選とは違い、本戦のルールは勝ち抜き戦《ノックアウトシステム》だ。

一度負ければそこでドロップアウト。

Sランクが四枠、Aランクが十二枠、Bランクが四十八枠の合計六十四枠の席を奪い合う。

元々の倶楽部ランクや、バッジの取得数によるシード枠が設けられたトーナメント表は、ぱっと見かなり歪《いびつ》になっていた。

俺たちの場合は、有象無象が混じった最下層から這い上がっていくことになる。

本戦での予選みたいな感じ。

発表されたトーナメント表を見れば、とりあえず三戦ほど勝ち抜くとBランクが確定するようだ。

「ま。適当なとこで負けとくか」

「何故だ」

がしりと誠一の肩を掴むと、静香の鼻息が荒くなったが毎度のことなのでガンスルー。

何故かクラスメートの女子もガン見しているような気もするが、おそらく気のせい。

「……あんま目立ってもしょうがねえだろ？　リンゴ先輩とも話はしてるぜ」

声を潜めた誠一が耳元に囁くように告げると、何やら発酵臭のする視線圧力が高まった感じ。

しかし、凛子先輩に話を通しているとは、やり口が汚い。

「Ｂまでなら問題なかろう？」

「我慢しろ」

「それは話が違う。我慢すれば思い切りやっていいと言っただろう」

外野が騒がしいのはともかく、静香さんが間近でガン見しつつ鼻血を出しておられるのがホラー。

「……帰ってから話をしようぜ。つうか、なんでこんなガン見されてんだ、俺ら？」


夜も更けたプライベートタイム。

俺は蜜柑＆凛子部屋にお邪魔していた。

ちなみに、麻鷺荘に引っ越してきた先輩たちは、一応新参という扱いでみんなふたり部屋になっている。

「う～ん。妥協してもＢランク手前まで、かなっと。それ以上は悪目立ちするからね」

「ぐぬぬ」

セクシーなパジャマ姿の凛子先輩が、ベッドの上で足をパタパタさせながら駄目出しされる。

寮に戻った誠一は、話し合いをまるっと凛子先輩に放り投げた卑怯者だ。

俺は誠意を示すために、床へ座って直談判モード。

「あは。でも勝っちゃ駄目なんて、叶馬くんがかわいそうかも……」

プリティーなパジャマ姿の蜜柑先輩が、女神様のような慈悲をくだされる。

「蜜柑ちゃん。これは叶馬くんのためかな。叶馬くんが非常識なパワー全開で暴れたら、ハイランク倶楽部に目をつけられてヘッドハンティングされちゃったり、学園にマークされて隔離監禁されちゃったり……しちゃうかも」

「だ、駄目！　叶馬くん、勝ち進んじゃ駄目なんだからねっ」

ベッドから身を乗り出した蜜柑先輩がぎゅっと抱きついてきた。

この時点で俺に抵抗する術はなくなった。

全面降伏である。

「……うん。やっぱり叶馬くんの説得は、蜜柑ちゃんからお願いしてもらうにかぎるかな」

うーっと涙目で縋りついてくる蜜柑先輩を振り払えるやつがいるなら見てみたいものである。

そんな人非人には次の瞬間、鉄拳制裁をくれてやるわけだが。

「というか、そもそもの話。先輩方は俺を誤解していらっしゃると思われます」

「どういう意味でかな？」

よし、この機会に正しい認識を持っていただくべき。

誠一もそうなのだが、俺のことをまるで化け物や祟り神とでも思っている様子。

今の俺は、まだその他多勢のひとりに過ぎず、本当の強者の足下にも及ばない存在だ。

故に、己を鍛え上げる絶好のチャンスには全力で挑むべき。

「はい。ＮＧ」

即行で駄目出しを食らった。

凛子先輩マジ無慈悲な夜の女王。

「確かに、叶馬くんより強い人はいるかな。トップランカーの人には、ホントに人間止めちゃってるような生徒がいるし。でもね。叶馬くんの自己評価で問題なのは、その特異性に無頓着なところなんだよ」

「おっしゃる意味が」

「んっとね。叶馬くんの同類って、やっぱり頭のネジが外れちゃってる人たちなの」

まるで俺の頭のネジが外れているかのようなおっしゃりよう。

「人外の力を得て変わっちゃった人たちは見てる世界が違うっていうか、……うん、いや違うかな。同じものを見ても、見え方が変わってしまうんだと思う。本性が出てきたのか、新しい何かに目覚めたのかはわからないけれど」

まだぎゅーっとしている蜜柑先輩を、膝に乗せて抱っこする。

「そういう人たちが鉢合わせしちゃうと、どうなると思う？」

「戦いになるかと」

「迷わず即答するあたり、やっぱり叶馬くんも同類だと思うけど、まあ正解かな。一度だけ学園祭の武闘会で、そういう戦いになったのをみたことがあるかな。酷い潰し合いで、アレは完全にお互いを殺すつもりだった……。途中でレフェリーストップがかかったんだけど、半死半生で片方は再起不能」

ああ、わかる。

よくわかる。

本気で潰して本気で潰される、悠久機関な闘争の桃源郷《バトルニルヴァーナ》。

そんなのは絶対、血が滾《たぎ》る。

俺の様子をじーっと観察していたらしい凜子先輩がが、ハァ、とため息を吐いた。

「……やっぱり駄目。絶対に駄目かな。あ～あ～うん、緊急集合、場所と、装備は、っと」

目を瞑った凜子先輩が、何やら自分の胸元をトントン、トトンとノックしている。

何となくモールス信号っぽいリズム。

嫌な予感がしなくもないのだが、がっしとハグしてくる蜜柑先輩が潤んだ瞳でロッキング中。

「蜜柑ちゃんは理解できないことでも直感で間違わない子だからね。ソッチ側に行っちゃ駄目ってコトかな。うん、叶馬くんには人のままでいてほしいから」

コンコン、と扉がノックされる音が聞こえた。

鍵はかけたはずなのだが、ガチャーと返事を待たずにオープンザドア。

パジャマ姿の久留美《くるみ》先輩を筆頭に、倶楽部の先輩たちがみんな枕を抱えたイントルーダー。

「リンゴ。どういう風の吹き回しなの？」

ぷいっと目を逸らして不機嫌そうな久留美先輩ですが、何故かお顔を赤くしている。

「ちゃんと伝わったね。いやぁ、叶馬くんが聞き分けのない駄々っ子になってるから、みんなで一緒に説得しないと駄目かなって」

わやわやと入ってくる先輩方を止める術はなし。

ちょっと人口密度が高すぎませんかね。

「さぁ。今日もいっぱい溜まってるみたいだし。叶馬くんがいい子になるまで部屋から出してあげないかなっと」


ビジュアルイメージとしては最終的に肌一色でした。

麻雀の新必殺技かと。

毛布とかクッションとかいろいろ持ち込まれていって、みんなで蜜柑&凛子部屋へお泊まりになったのは物理的快挙。

レイドクエストのときに慣れてしまった予感。

というか、先輩方十二名を相手に奮闘できてしまう自分にビックリする。

まあ、今更なのだが。

それに先輩方は敏感なタイプが多いらしく、何もしていないのにダウンされている場合があったりする。

だが、やはり戦いにおいて数の暴力は正義である。

トロンとフェロモンをあふれさせながらも蕩けきった凛子先輩に、ラストエンペラーまで扱き抜かれた俺は無条件降伏を約束させられてしまった。

敗北は致し方なしとしても、総力戦で消費されたカロリーを摂取しないと、たぶん死ぬ。

ほとんどの先輩方は空が明るむまで起きていたはずなのに、どうしてああも、お元気だったのか。

ぐったりとした敗残兵モードだった俺は遅刻しかけてしまい、朝ご飯をすっぽ抜かしてしまった。

空腹でグーグーと鳴る腹を抱えながら必死に授業を受けていたら、食われそうで怖い、とクラスメートから嘆願を受けたらしい誠一から学生食堂に追いやられてしまった。

授業をサボるなど学生にあるまじき不徳。

しかしながら背に腹はかえられず、あとで静香さんにノートをお借りすることにした。

学園の学生食堂は、基本的に年中無休だ。

教師などの職員も利用しており、早朝から深夜までオープンしている。

一番混雑するのはランチタイムだが、モーニングの時間帯では朝食バイキングを実施していて好評だと聞いていた。

利用するのは初めてなので楽しみだ。

授業時間中なのでガラガラかなと思っていた学食は、ポツポツと席が埋まっていた。

四、五年生になればほとんど選択授業になるので、時間に余裕ができるとは聞いている。
こっそり紛れ込んでしまえば、気まずい思いはしないだろう。

五百銭という良心的な支払いを済ませ、トレイを受け取りこっそりとフードカウンターへ向かった。

和食、洋食、中華、イタリアン、フレンチ、エスニック、ラーメンから粉物にスイーツまで対応している学生食堂なので、バイキングのメニューといえど手は抜かれていなかった。

このご馳走を目の前にしたワクワク感がバイキングスタイルの醍醐味である。

だが、ちょっと待ってほしい。

ここで欲望のままにドカ盛りするのは素人の所業。

分別を弁《わきま》えぬこと、餓鬼の如し。

俺は焼きたてで小麦の香りが素晴らしいバゲットを手に取り、うどんの丼《どんぶり》、磯辺焼き、和風きのこスパゲティをこっそりゲット。

そう、最初は腹を落ち着かせるための前菜だ。

ローストビーフを切り分けていたシェフさんがギョッとした顔をなされていたが、後で必ずお伺いします。

席を探すために見渡すと、なんか手前にすごいのがいた。

全身もふもふの、あれはモンスターの一種なのだろうか。

情報閲覧《インターフェース》で見ると、名前が文字化けしている。

こっそりと前に回ってみると、金魚鉢みたいな器にゴテ盛りされたフルーツパフェを幸せそうに食べていた。

爪みたいな手でもちゃんとスプーンを持てるらしい。

頭部の造型は、たぶんワンコ。

デフォルメされたシベリアンハスキーっぽい、可愛らしい着ぐるみを着た女の子だった。

蜜柑先輩や鬼灯先輩並みにミニマムサイズな子は、椅子の後ろから垂らした尻尾を上機嫌に振っていた。

着ぐるみ自体がマジックアイテムらしく、こっちの情報は問題なく見られた。

『底無し穴の獄犬』という、どっかで見たことがあるような名前だ。

俺の不躾な視線に気づいたのか、金魚鉢を抱えてうーっと威嚇されたが、お鼻をヒクヒクさせた後はじーっと俺の手元に目線が釘付けになっていた。

どうやら、この焦がし醤油の香りも香ばしい、磯辺焼きがロックオンされた模様。

愚かな。

バイキングなのだから、さっさと自分で取りに出向くべき。

だが、パフェをちびちび食べながらグーグーお腹を鳴らしているワンコさんにシンパシー。

とりあえず、ひとつだけ摘まんであーんっと恵んであげた。

疑いもせずに餌づけされたワンコさんは、目を細めた至福の表情でもぐもぐしている。

なんとおいしそうに食べるのか。

もはや我慢の限界だ。

ワンコさんのテーブルで向かい合う位置に陣取り、バゲットに噛りついた。

焼きたてのバゲットは、外側のザクリとした歯応えが香ばしく、モチモチふわふわの中生地がほんのりと温かい。

焼きたてパンにジャムやバターは不要。

パンだけでいくらでも食べられる。

朝はご飯派の俺だったが、レイドクエスト中に焼きたてパンのうまさに目覚めてしまった。

出汁の香りが素晴らしいうどんの汁は、薄く透明な西仕様だ。

濃い目で濃厚な東仕様も好きだが、あっさり目の関西風も嫌いではない。

お約束のように一切れのせられているカマボコも心憎いアクセントだ。

少し冷えて餅が堅くなった磯辺焼きも、これはこれで完成品だと思う。

焼きたてもうまいが、醤油が程よく馴染んだ別のうまさがある。

きのこスパは口直しだ。

バターオリーブの香りづけに、少しぴりりとした鷹の爪が混じっている。

少し伸びているのも愛嬌だろう。

まったく、炭水化物は正義と言わざるを得ない。

ひと息ついてオレンジジュースを飲んでいると、じーっと面白そうに俺を見ているワンコさんの視線に気づいた。

無論、手は止まっておらず、デコ盛りパフェは空っぽになっていた。

なかなかの大食漢。

頭くらいの大きさがある金魚鉢の中身は、どこに入ったのだろう。

まあ、そんなことよりメインディッシュだ。

こっそりと切り分けられたローストビーフを三十段くらい重ね取り、上からたっぷりとソースを滴らせる。

シェフさんの笑顔が引き攣っておられるようだが、必ずまた来ます。

金魚鉢を抱えたワンコさんも調達に出向き、デザートコーナーでチョロチョロしていた。

ソフトクリームマシンの下に金魚鉢を置いてレバーを操作し、ぐにょーっと金魚鉢の中に入れている。

途中で大皿に飾り切りされているフルーツやら、ヨーグルトやジャムなど盛り盛りにデコっていた。

どうやらデコ盛りパフェは自作だった模様。

子どもは甘いものが好きなのだろう。

幸せそうなワンコさんだが、気持ちは理解できる。

おいしいものを好きなだけ食べられるのは幸福だ。

「……周りがドン引きしているようだけれど、原因になっているテーブルだけ幸せオーラがあふれているわね」

二皿目の三十段ローストビーフを平らげていたら、いつの間にかワンコさんの後ろに彼、ではなく彼女さんがあきれ顔で立っていた。

いつぞやの闘技場《コロッセウム》でキャッキャウフフされていた先輩さんだ。

「ウチの部長と同じ席に座って、普通に食べられるなんて、アナタやっぱりおかしいわ」

「あーんしてもらった。この子いい子なのだ」

「あらやだ。部長が餌づけされちゃった」

甘いものを食べ続けていると、たまにしょっぱいものを食べたくなるのはわかる。

そして、人が食べてるものはうまそうに見えるものだ。

ローストビーフを数枚取られても、また取りに行くだけなので。

「もしかしたらと思ってたけど、君が香瑠《かおる》ちゃんが言ってた子かな。ね、ウチの倶楽部に入らない？」

突然のスカウトをしてくるワンコさんは、三杯目の金魚鉢からモリモリ食べ続けている。

俺が来る前からずっと食べ続けているような気もするが、お腹が冷えてしまわないのだろうか。

「『黒蜜《ブラックハニー》』って聞いたことない？　ちょっと血の気が多い子たちもいるけど、基本はのんびりまったり倶楽部でダンジョンの中からおいしいものを狩ってこよう、っていう集まりなのだー」

「ダンジョンのモンスターということですか？」

「うんっ。モンスターだけじゃないけど。十層以降のネイチャーフィールドがメイン活動場」

なるほど、先に進めばそのような階層もあるらしい。

雪ちゃんや、『植栽士《ガーデナー》』の朱陽先輩あたりが喜びそう。

「お誘いはありがたいのですが、既に倶楽部の部長を務めているので」

「あらあら、振られちゃったわね」

「ウチに来ればおいしいものが食べられるのにー」

たしかにダンジョンのモンスターや特殊植生の食材は、地球上に存在しない未知の味と言えるだろう。

彼女たち『黒蜜《ブラックハニー》』は、そうしたグルメ素材を狙うハンター倶楽部のようだ。

だが、ウチの倶楽部の『調理士《シェフ》』たる久留美先輩や、『菓子調理士《パティシエ》』な芽龍《めいろん》先輩の腕前も一級品。

クラス特性だけでなく、元から料理を得意としているおふたりである。

いや、これは逆か。

そういうおふたりだからこそ、そういうクラスを獲得したのだろうから。

実際に現状でも、ダンジョンの謎食材を使っておいしいお菓子や料理を作ってくれている。

職人《クラフター》系先輩方の手により、ウチの倶楽部はダンジョン素材を余すところなく活用できるのだ。

「あらまあ。『調理士《シェフ》』はともかく、『菓子調理士《パティシエ》』なんて珍しいクラスねぇ」

「……お菓子？」

ワンコさんの口元から涎《よだれ》が。

甘党らしいが、ずいぶんと残念な子のようだ。

まあ、確かに芽龍先輩のスイーツは、寮のみんなも絶賛の逸品だ。

談話室で無料提供を始めたケーキスタンドとか、最初の頃は目を覆わんばかりの悲惨な奪い合いになっていた。

一計を案じた乙葉先輩が談話室に体重計を設置してからは、お札に怯える幽霊のように葛藤している女子の姿が見られるようになって大分落ち着いている。

「それでは、お先に失敬」

ちょうど時計塔の鐘の音が響いてきた。

腹の塩梅もちょうど八分目。

この朝食バイキングのクオリティーならば、静香たちや先輩たちも連れてまた来てみたいところだ。

「……残念ながら振られちゃったけれど、どうだったかしら？」

「んー。あんなおかしな子、同類に決まってるし」

「やっぱりねぇ。それで、どっち側だった？」

「わかんない。けど、いい子だったから敵じゃないといいな。……ハァ、お腹空いた」

月曜日に倶楽部対抗戦の本戦トーナメント表が発表されて、火曜日から対戦が開始される。

対戦会場は野外施設の『闘技場《コロッセウム》』だった。

正式名称は『タルタロスの闘技場《コロッセウム》』。

かつてダンジョンから地上へ臨界し、討滅された後も存在し続けている超級異世界の残骸だ。

その遺跡には今もなお異世界《レイド》の不可思議な力が宿っていた。

ダンジョン浅層と変わらない瘴気濃度は、地上においても一般生徒のスキル使用を可能とする。

そして対抗戦の期間中は、羅城門とは異なる不死化《アンデッド》システムも起動されていた。

原理はわからずとも、生徒たちにとっては定期的なお祭りイベントだ。

熱気と興奮の中で対戦が進んでいく。

本戦トーナメントに残った倶楽部の数は二百を超えている。

これは年度最初の対抗戦ということで、一年生が創部した倶楽部の数が多いことに起因していた。

対抗戦が終わって一度格付けが決まれば、既得権益を目当てに上位ランク倶楽部へと人員が集まってくるからだ。

実質なんの恩恵もないFランクになった倶楽部の多くは解散してしまう。

Cランク以上の倶楽部員でも、実力者はさらに上位ランクの倶楽部へと引き抜かれていく。

上位ランク倶楽部の特典がなくとも、自分と同じレベル帯の仲間が作れるというのは大きな利点だ。

学園の倶楽部システムとは本来、ダンジョン攻略を教室や学年という枠組みの外からサポートする手段だった。

「中堅戦、勝負あり！　三戦連取で『神匠騎士団《アデプトオーダーズ》』が勝ち抜けです」

対抗戦実行委員の審判が勝敗を告げる。

観客席に囲まれた中心の舞台《バトルフィールド》は、四面のステージに分割されていた。

フィールド内には充分なクリスタルが投入されており、『祈りの壁』に人影はない。

四面のステージでは、それぞれFランク倶楽部同士の対戦が行われている。

両手に構えていた双剣を弾き跳ばれて、尻餅をついている女子戦士《ファイター》に手が伸ばされた。

「悪かったな。立てるか？」

「う、うん。……すごいね。全然見えなかったよ」

ほとんど一方的に、開始直後に瞬殺された女子は、悔しさを感じるよりもあっけにとられていた。

パワーに優れた『戦士《ファイター》』系と、スピードを武器にする『盗賊《シーフ》』系を比べた場合、対人戦では『戦士《ファイター》』が有利だといわれている。

同レベル帯であっても、利用できる装備に差があるからだ。

だが、圧倒的な速度差を見せつけられれば、悔しさすら湧いてこない。

「この先も頑張って勝ち抜いてね」

「あんがとさん」

爽やかにお互いの健闘をたたえる選手だったが、勝利チーム側からは聞くに堪えないブーイングが上がっていた。

「タラシ野郎きたー」

「卑怯者め」

「すごく嘘っぽい笑顔でした」

「……なあ、なんで勝った俺が罵倒されてんの？」

本戦トーナメントは一週間にわたって実施される予定となっていた。

Sランクが四倶楽部、Aランクが十二倶楽部、Bランクが四十八倶楽部の枠を奪い合う。

Aランクが確定したベスト十六倶楽部のファイナルトーナメントは土曜日に、Bランクが確定したベスト六十四倶楽部でのトーナメントが木、金曜日にかけて行われる。

ダンジョンの第一線を攻略するメンバーが超常戦を繰り広げるバトルだ。

特にファイナルでは闘技場が満席になるほど人気があった。

逆に今日の観客席には、空席が目立っていた。

なにしろ強豪と呼ばれるような上位ランク倶楽部は、ほとんどがシード枠を獲得している。

本日対戦が行われているのは新設のFランクのみ。

つまり、一年生で結成された新規倶楽部の、ふるい落とし戦だった。

対人戦に慣れていない、ある意味のんびりとしたバトルを観戦しにくる部外者は少なく、同じ倶楽部の仲間たちが一喜一憂していた。

「みんなすごいよー。ストレート勝ちだもん」

「蜜柑ちゃん先輩あざっす。それに比べてお前らときたら……」

四組ずつ消化されていく試合には、三分間の時間制限が設けられていた。

これはFランク同士の対戦に限った特殊ルールになる。

対抗戦とはつまり、生徒同士のリアルバウトだ。

モンスターとの戦いに慣れた生徒であれ、人間を相手にするにはまた別の慣れが必要だった。

学園に染まっていない一年生であれば尚のこと、戦いにならずタイムオーバーとなる場合もある。

最初から吹っ切れているタイプは少数派だ。

「つまらないです。もっと強い人と刃を交わしたいです……」

「沙姫ちゃん、落ち着くです」

「姫っちが叶馬くんの悪影響を受けてるんですけど？」

「元からだと思われる」

予選で蒐集したバッジ数にもよるが、今日の対戦を二回勝ち抜けば明日のバトルへと進むことができる。

Fランクに混じって余裕を見せているのは、上級生が選手になっている新設倶楽部だった。

元の倶楽部が解散したり脱退した生徒が集まったり、上位ランク倶楽部がサブ倶楽部として作る場合もある。

特に後者の場合、本来所属している倶楽部の実力者が、一時的にサブ倶楽部に移籍して選手メンバーに出てくることもあった。

選手の二重登録はできないが、二軍だとしても上位ランクに所属しているような生徒はハイレベルでハイクラスだ。

「……嘘だろ、オイ」

「先鋒戦、勝負あり！　勝者、『神匠騎士団《アデプトオーダーズ》』！」

「つまらない、です」

チャキリ、と鞘に切っ先を収めた沙姫の足下で、右腕を肩から落とされた男子が脂汗をかいて顔を引き攣らせていた。

「おっしゃ！　沙姫ちゃん、よくやったわ。私も続くわよっ」

「……あー、乙葉先輩。負けとくにはちょうどいい相手じゃねえかと思うんですけど？」

「……乙ちゃん先輩って、叶馬くんや姫っちと同じ脳筋だし。そういう腹芸は無理でしょ」

先鋒戦を落として本気になった相手と、ギンギン剣先を打ち合わせる乙葉はとても楽しそうだった。

「これで乙葉先輩が勝っちまうと、俺と麻衣が負けても叶馬が発進すんのか……もう無理ダナ」

「無理ダヨネ」

トーナメントの本戦において、戦わずにギブアップしたり、あからさまに手を抜いた選手には重いペナルティーが科せられる。

これは学園公認の賭博《ブックメーカー》が行われるからだ。

勝敗に不正行為が発覚すれば、両倶楽部の解散は元より部員全員にペナルティが待っている。

「よおっしゃああ、ヴィクトリー！」

「ノリノリですね、乙葉先輩。まあ、今夜ちゃんと理解できるまで身体に教えて差し上げますので……」

「はぁ……しゃあねえなあ」

「もう、誠一で決めてきちゃってね。あたしの相手っぽいやつ、目がエロいし」

スムーズに至極あっさりと、『神匠騎士団《アデプトオーダーズ》』は本戦二日目へと進出を果たすことになった。

第五十二章　逆鱗

一年丙組からは俺たち『神匠騎士団《アデプトオーダーズ》』の他にも、『勇猛なる者達《ブレイバーズ》』に『無貌《ネイムレス》』という倶楽部が対抗戦本戦トーナメントに出ていたらしい。

俺たちのような一年が倶楽部を作る場合は、組んでいるパーティーをベースにした教室単位の集まりが多いそうだ。

雑談をさり気なく聞いた感じ、どちらもトーナメントを勝ち残っているらしい。

これは決勝で会おう、という熱い展開の予感。

「ねえよ。とりあえず、次で負けとこうぜ」

「異議あり」

敗北主義者はシベリア送りだと言いたい。

水曜日の本戦二日目、午前中はいつもどおりの授業だ。

卓上のタブレットにトーナメント表を表示させた誠一が画面をつつく。

「あと二戦勝ち抜きゃＢランク確定で、明日のトーナメントに行けるんだがな」

「任せろ。蹂躙だ」

「いや、聞けよ。次の対戦は『お尋ね者《ワイルドパンチ》』っていう、現役Ｂランクの倶楽部だ。ＰＫの噂がある武闘派でな。少なくとも対人戦には慣れてんだろう」

ＰＫ【パーティーキラー】とは、ダンジョンの中で一方的に攻撃を仕掛けてくる輩であったはず。

それがゲームの中ならば笑って済ませもしようが、リアルのソレは暴行傷害に快楽殺人だ。

畜生の所業である。

幸い俺たちのパーティーがダンジョンの中でＰＫに遭遇したことはない、というか他のパーティーに会ったことすらない。

「普通に、殺しにかかってくるだろうな」

「ふむ」

なるほど、ポーションというデタラメな回復手段がある以上、試合ではなく死合にエスカレートするのは道理。

なにしろ対抗戦のルールでは、首を刎ねても反則にはならないのだ。

ルール違反になるのは、『甚大な肉体の消失を伴う攻撃』及び『頭部の破壊』だ。

特に後者は禁じ手とされ、違反した場合は重いペナルティが発生する。

逆に言えば、それ以外であれば相手を死に至らしめるような攻撃であれ許容される。

通常であれば、肉体をポーションで完全再生できるとはいえ、出血性ショック死などが免れないと思われる。

もしくは大きすぎる苦痛でも人間はショック死してしまう。

肉体が元通りになっても、既に死んでいては意味がない。

だが、『闘技場《コロッセウム》』には、羅城門とは異なるセーフティ機能が働いているらしい。

なんというか、この学園ではいろいろと死の取り扱いが軽すぎて気持ち悪くなる。

「あー、それってさ。闘技場でイッちゃっても、アレが失くなっちゃう？」

「わからん。ただ、『武闘会』じゃ華組も参加してるっつうから大丈夫だとは思うんだが、試すリスクを冒す必要はないだろ？」

机に肘をついて横顔を乗せていた麻衣が頷く。

「そりゃあね。痛いのは嫌だし」

「対戦辞退はできないのでしょうか？」

不安そうな静香の台詞に、ああ、と誠一が頷いた。

「残念ながら戦う前のギブアップは認められねえ。負けるにしても、キッチリぶちのめされなきゃ駄目ってこった」

「ええ～。あたしみたいな美少女だと、エロ同人誌みたいな展開になりそうなんだけど？」

「……魔法の制御ミスってことで自爆できるか？」

「ちょっとお！　否定してよっ。えっ、マジで貞操のピンチ？」

昨日の対戦を見たかぎり、戦闘続行不可になった時点で審判がギブアップを確認していた。

今日辺りから観客もそれなりに増えてくるようで、ヘタレた試合をすれば野次られた挙げ句、対抗戦が終わってからも他の倶楽部に総スカンを食らうらしい。

「……フルパワーの爆裂魔法をぶちかまして、自分も巻き込まれるように……」

ブツブツと敗北主義的な発言を呟いている麻衣だが、下手をすれば相手が粉みじんに吹っ飛ぶような気もする。

「乙葉先輩がちと不安だが」

「おそらく、わかっていただけたと思います」

昨夜はかなりアヘっていらっしゃったようだが、本当にわかっているのか不安。

静香さんが耳元で囁き洗脳しておられたのがすごくディストピア。

「姫っちは……あれは全自動キリングマシーンだから仕方ないか」

悟った目をしている誠一が沙姫をディスっていた。

だが、静香は視線を逸らしているし、俺も仕方ないと思う。

腰に佩《は》いたるは玻璃の黒鞘『水虎王刀』、纏った指貫籠手《さしぬきごて》は『剣牙王虎《パンツァーティーゲル》』。

凜とした立ち居振る舞いに華があった。

その場にいるだけで否応なしに人目を引く。

沙姫とは、そんな少女であった。

本戦二日目のトーナメント会場は、舞台ステージが三つに変更されている。

『タルタロスの闘技場』の機能がアクティベートされていれば、ステージ設定のコーディネイトは自由に改装が可能だ。

円形階段式の観客席には、冷やかし、暇潰し、上位倶楽部のスカウト要員などの姿もあった。

「彼奴らはずいぶんと侮っているようだ」

「旦那様……」

沙姫の隣に並んだ叶馬が、じっと相手を見据えている。

舞台袖に控えた『神匠騎士団《アデプトオーダーズ》』の対面に、『お尋ね者《ワイルドバンチ》』の姿があった。

彼らにとっては戦いにもならない消化試合。

一年生メインのFランクと、現役Bランクの倶楽部では、それが当たり前の認識だ。

レベルという純然たる実力の基準値。

たとえそれが前衛系クラスであろうと、後衛系クラスであろうと、非戦闘系クラスであろうと、変わらない差がSPの総量だった。

肉体を防御するシールドであり、それを打ち破るための根源力でもある。

学園において一人前のダンジョン攻略者とは、第三段階のクラスチェンジに到達した者を指す。

累計レベルに換算すれば60。

そして、第四段階のクラスチェンジに到達したひと握りがエリートと呼ばれた。

到達に必要な累計レベル100の前には壁があるといわれている。

突破した第四段階クラス者は別格として、Aランク倶楽部のエースメンバーであっても80前後のレベル帯が多い。

その段階になれば、多少のレベル違いは誤差となり得る。

だが、レベル差がダブルスコアほど離れていれば、本来勝負にもならない。

レベルとは、それだけ絶対的な力の指標であった。

大将：叶馬（雷神、レベル3）累計＊＊＊
副将：麻衣（魔術士、レベル27）累計57
中堅：誠一（忍者、レベル26）累計56
次鋒：乙葉（騎士、22）累計52
先鋒：沙姫（剣豪、レベル28）累計58

「乙ちゃん先輩が一番レベル低い件について」

「もうちょい時間ありゃあ、クラチェンできたか」

誠一が手にした情報閲覧《インターフェース》を書き出したメモを、背後から麻衣が覗き込んでいた。

「相手の情報、こっからでも見えるか？」

「ああ、問題ない」

「うーん。叶馬くんのソレ、ホントに便利だねぇ。私じゃそんなに遠くは視《み》えないかな」

選手名簿に記載された先鋒の相手は、『戦士《ファイター》』系第三段階クラス『戦闘士《グラディエーター》』だった。

戦士の正当進化形ともいうべきスタンダードな前衛クラスであり、秀でた特技はないが欠点もない。

『戦闘士《グラディエーター》』クラスのレベルは5となっており、クラスチェンジしたばかりであることが察せられる。

しかし、第二段階と第三段階クラスの差は大きく、累計レベルも65と沙姫を上回っていた。

「でも、これなら普通に沙姫ちゃんが勝っちゃいそうかな」

「だね～」

叶馬たちよりレベルシステムを熟知しているはずの、凛子と蜜柑が頷き合っていた。

「なんていうかな。沙姫ちゃんが負けるシーンを想像できないんだよね」

「うんうん」

対戦待ち倶楽部の控え場所には、正選手と補欠選手のみが入場できる。

静香たち他部員たちは観客席から見守っていた。

「うーん。試合前のこの感じ、いいわよね。なんか……こう、血が冷たくなるっていうかさ」

「乙葉先輩……ちゃんとわかってますか？」

「わ、わかってるわよ。だ、だから静香ちゃんに告げ口はしないでね」

前試合が決着し、『お尋ね者《ワイルドバンチ》』と『神匠騎士団《アデプトオーダーズ》』が舞台へとコールされた。

ステージに控えた相手選手メンバーは完全武装スタイルになっている。

ダンジョンに挑むときとは違い、対人戦用に調整された装備だ。

さまざまな装備を使い熟《こな》せる『戦闘士《グラディエーター》』は、当然そのアドバンテージを生かしてくる。

「ガッチガチのフルアーマー装備でワロス」

「対サムライ用スタイルだな。クリティカル斬撃を物理装甲で弾いて、あわよくばウェポンブレイク狙いってとこか。舐め腐ってる割りにはキッチリ対策してくんのが手慣れてるぜ」

折れず曲がらずよく斬れる、と評されることもある日本刀だが、やはり武器としては脆《もろ》い部類になる。

武器を打ち合わせる、装甲を破壊する、というような使い方は考慮されていない。

扱いも難しく、刃筋を誤れば簡単に折れ曲がり、斬り貫けられなければ折れ欠ける。

それは現世に在らざる精神感応鉱石や魔力をもってしても変わらない。

刀とは、ただひたすらに愚直なまでに、斬るという機能に特化している武器だ。

それはダンジョンのモンスターやクラスチェンジャーが身に纏っている、不可視のＳＰ装甲に対しても有効に機能した。

ＳＰ装甲を貫通する攻撃、『クリティカルアタック』を発生させやすい。

装甲を『破壊』するのではなく、力点を集中させて装甲を『切り裂く』スタイルだ。

ダンジョンにおける侍クラスの立ち位置は、ＳＰ装甲を無効化する格上殺しになり得るが、重装甲の硬い相手は苦手なスピードアタッカーと認識されていた。

「それでは、『お尋ね者《ワイルドバンチ》』バーサス『神匠騎士団《アデプトオーダーズ》』戦を開始します。先鋒はステージに入場してください」


「本当の強者なら、油断していても身体が反応するはずです」

珍しくキリッとした顔でそう言っていた沙姫は、開幕の居合一閃で相手の首をスパーンッと刎ねてしまった。

すごく盛り上がらない。

まあ、アワアワしていた沙姫が可愛かったのが眼福。

ゴア表現になっていた対戦相手だが、レスキュー要員がゴロゴロしていた頭部を回収し、胴体と繋げてポーションざぱーであっという間に復活させていた。

スプラッターやホラーというよりは、ギャグ漫画を見ている気分。

派手に血飛沫《しぶき》が舞っていたので、苦手な人は苦手だと思う。

「んじゃあ、私の番だね。……悪いけど、手は抜けないみたい。それでも勝てないだろうけどね」

重甲冑を装備したガチ戦モードの乙葉先輩が、魔剣『偽重の鎧刺し《オーバーレイエストック》』を手にステージに上った。

手にした盾はダンジョンでは使うラージサイズではなく、取り回しやすいバックラーだ。

対して舌打ちしながらかったるそうにステージに上がってきたのは、『盗賊《シーフ》』系第三段階クラス『追跡者《ストーカー》』レベル22の強者だった。

累計レベルにして82は、相手の倶楽部で二番目に高い数字になっている。

そして、そんな数字だけではない、こわい空気を纏っている男だ。

「つたく、雑魚がウゼぇんだよ。さっさと死んどけっつーの」

だらりと無造作に提げた両手に、ふた振りの魔剣が握られていた。

『火傷の山刀《バーンマチェット》』と、おそらく対騎士用に準備した『貫通の突剣《ペネトレイトスティレット》』だ。

他にも『毒の短剣《ポイズンダガー》』やら『麻痺の小刀《パラライズナイフ》』など、いくつもの魔剣を隠し持っている。

こうしたマジックアイテムを揃えられるのも、本人の実力の一部と見なされるらしい。

「次鋒戦、開始！」

ステージ上の審判が試合開始をコールする。

このスタート時の位置取りは大事だ。

ステージの半分を自陣とし、自陣内ではどの位置から始めてもよい。

前衛クラスであれば前に、『術士《マギ》』のような後衛クラスであればできるだけ距離を離したほうが有利になる。

ちなみに沙姫の開幕スパーンは、五メートルほどの距離を一歩で踏み込んでいた。

「アン？　騎獣喚《よ》ばねーのか……いや、まさか喚べねーのかよ。マジ雑魚じゃねぇか」

「うるっさいわね。余計なお世話よ！」

あっさりと挑発された乙葉先輩が、剣先を向けて突っ込んでいく。

基本アーキタイプの戦闘系クラス、『戦士《ファイター》』『盗賊《シーフ》』『術士《マギ》』は三竦《さんすく》みの相性だといわれている。

『戦士《ファイター》』はその硬い防御力とスキルで、速いが軽い『盗賊《シーフ》』の攻撃を封殺できるが、距離を離された『術士《マギ》』遠距離攻撃には対抗しづらい。

『盗賊《シーフ》』はその速度と手数で、魔法の制御で攻撃がワンテンポ遅れる『術士《マギ》』を封殺できるが、重装甲の『戦士《ファイター》』を相手にする決定打がない。

『術士《マギ》』はそのアウトレンジ攻撃で、防御ごと『戦士《ファイター》』を封殺できる火力があるが、スピードに特化した『盗賊《シーフ》』からクロスレンジに潜り込まれると対応できない。

だが、それらはあくまで相性に過ぎない。

作戦、実力、スキルやマジックアイテムで、いくらでもカバーリングできるだろう。

乙葉先輩がスタンダードタクティスを捨てて突貫したのは、挑発に乗せられたのではなく、受けに回ったら勝てないと直感していたのだと思う。

「く、ウッ」

「おっせぇ……ハエかよ」

『虚影《ミラージュホロウ》』『影踏《シャドウウォーク》』『成歩《ラピッドステップ》』と、対戦相手の情報閲覧《インターフェース》に自己バフらしきスキルが起動していた。

乙葉先輩は圧倒的な速度差に、攻撃を当てることすらできず翻弄されていた。

「ほぉれ。もう一発、『喰らえ』」

「くっ、アッ」

薙ぎ払われた切っ先をひょいと潜り抜け、薄暗いオーラを纏って覚醒《アギト》した『貫通の突剣《ペネトレイトスティレット》』が乙葉先輩の脇腹に埋まった。

モンスターの甲皮を重ねた複合装甲をあっさりと貫かれている。

軽量で動きやすさを追求した甲冑なのだと聞いていたが、作製者である蜜柑先輩たちの顔色は青ざめていた。

鍔元まで刺さった突剣が抜かれると、乙葉先輩の足下に赤い雫が流れていた。

甲冑の胴部に空いた穴が三つ。

臓器にまで届いている刺し傷に、乙葉先輩の動きが目に見えて鈍っていた。

戦闘不能に至らしめる急所を、敢えて外した嬲《なぶ》り殺しプレイだ。

「……ちょっと、アレはないいんじゃない？」

顔色を変えた麻衣は、怒るというより怯えている感じ。

確かにポーションを使えば、肉体のダメージは回復できる。

だが、無用な痛みを与えて、いたぶる必要があるだろうか？

戦術的にはアリだと、冷めた頭のどこかで肯定している。

敵を威圧し萎縮させる示威行為。

俺たちに逆らえば痛い目に遭わせてやるというデモンストレーション。

「誠一」

「ああ。……相手の倶楽部がクソすぎる。舐められたままだと後々まで祟りそうだ。殺《ヤ》るぞ」

その判断は正しいと思う。

あの手の輩に一度退けば、延々としゃぶりついてくる。

たとえ格上であろうと殴りつけ、関わり合うのは割に合わないと思い知らせる必要があった。

「まだ立てんのかよ。そんなに俺からブッ刺されんのが気に入ったかぁ？」

「うる、さい。……この、短小っ」

青を通り越して白い顔を歪ませた乙葉先輩が挑発する。

「カカカ。活きのイイ女は嫌いじゃねぇ。腰ガクガクいわせて誘いやがってよぉ。あとでたっぷり可愛がってやるぜ」

「短小包茎はお呼びじゃないの……よ！」

剣を囮にした『盾撃《シールドバッシュ》』が乙葉先輩のラストアタックだった。

＊＊＊

「く、く、く、クソが。み、身の程を、わ、わきまえや、がが れ。は、ハは」

先鋒戦で沙姫から首を刎ねられた男子が、首元を撫でながら品のない笑みを浮かべていた。

ポーションによる肉体の再生は、致命的なダメージであろうとも健常な状態に復帰させる。

首を切断されたとしても、骨、血管、神経、細胞は元通りに繋ぎ合わされ、元の状態へと戻ってしまう。

それは治癒というより、復元と表現すべき効能だ。

「首ちょんぱチョーダセェ」

「油断しすぎだろ、お前」

「う、う、ううるせぇ、んだよ。こ、殺すぞ」

それでも、一度切断された神経パルスの混乱やショック症状により、致命傷を受けた直後の身体には副作用が残ることもある。

一時的な麻痺や吃音などがダメージの名残《なごり》だ。

ステージでは心臓をひと突きされて崩れ落ちた女騎士を、調達隊長が文字どおりに死体蹴りしていた。

審判に対して決着をアピールしている相手倶楽部の必死さが笑える。

「く、く、クソ、あのアマぁ、ブチ犯してブチのめして、ションベン漏らしながら命乞いさせて、や、やる」

ステージ上をこわい目で睨んでいる沙姫に、濁った視線を向けながら舌舐めずりをしている。

「よく見たらなかなかイイ女が揃ってるじゃねーか。試合終わったらアイツらで遊ぼうぜ」

「逃げらんねぇように見張らせとくか？」

彼らにとって『神匠騎士団《アデプトオーダーズ》』はどうしようもないほど格下で、道端に転がっているゴミでしかなかったのだ。

上位者は自分たちで、相手は蹂躙されるだけの哀れな獲物。

少なくとも彼らは、そう信じて疑いもしてない。

だが、彼らは知っていたはずだ、理解していたはずだった。

ダンジョンという世界の理《ことわり》を逸脱した混沌からは、時に全てを台なしにするような理不尽が生まれ出《い》でることを。

「あの女騎士は俺の玩具な。……イイ蹴り応えのケツしてやがったぜ。勃起しちまった」

ステージから戻ってきた『追跡者《ストーカー》』の男子は暴力に酔った顔をしていた。

はっきりとわかるほど股間を盛り上がらせ、ベロリと唇を舐める。

入れ替わりでステージに上がった中堅の選手は、自分の対戦相手が男子ということに舌打ちをしていた。

それは応援する側も同様だ。

先鋒と次鋒が美少女であったから尚のこと、どうでもいい空気になっている。

既に試合が終わった後のお楽しみタイムで頭がいっぱいだ。

闘技場の中で暇を持て余している他の部員にも指示が飛ばされていた。

そんな彼らの中で、補欠選手として登録している副部長が首を傾げた。

「これ、ちと……アカンわ」

「アン？」

『お尋ね者《ワイルドバンチ》』の副部長は、『文官《オフィサー》』系でも珍しいレアクラスの『占術師《アストロロジー》』を持っている。

搦め手を得意とし、正面からの戦いを苦手としている彼が補欠とはいえメンバーに加わっているのは、対戦相手の情報収集のためだった。

欠伸をして半分寝ていた部長に、もうひとつの取得クラスである『鑑定人《アプレイザー》』で鑑定したデータをシェアする。

ちなみに混同する者も多いが、『文官《オフィサー》』系の『鑑定人《アプレイザー》』は人やモンスターを専門にしており、『職人《クラフター》』系の『鑑定士《オーセンティケーター》』はアイテムやフィールドに対する鑑定を得意としたクラスになる。

実際、生徒が鑑定スキル使いとして認識しているのは『鑑定人《アプレイザー》』のほうだった。

「おっ、アイツ『忍者《ニンジャ》』かよ、一年坊主でこのレベルはパネェな」

「倶楽部の公式データと全然ちゃいまんな」

むしろ感心した様子でステージを見た部長に、あきれ顔になった副部長が突っ込みを入れていた。

学園の公式データには、全校生徒のステータスが登録されている。

オフィシャルサイトで公開されているそのデータは、各自が所有している電子学生手帳から抜き出された情報だ。

手帳はＵＳＢ端子経由で充電するときに、自動的にデータベースへアップロードする仕様になっていた。

「あの馬鹿、ベロベロに油断してますわ。自力が上とはいえ、あんでは……ああ。まあ、こうなるわな」

『分身《ドッペルゲンガー》』に正面から突っ込んで翻弄され、背後に回り込まれた本体から首を掻き取られていた。

ぽーんっと、首をこちらの陣地へ向けて投げ込んできたのは、やられたらやり返してやるという、強烈でシンプルな意思表示だった。

「おおぅ。俺の琴線にビンビンきたわ。ありゃぁモテやがんだろうなぁ……」

「ビョーキはほどほどにしとってくださいね」

煽られていきり立っているチームメンバーを尻目に、副部長は手にした数枚のカードを弄んでいた。

それは遊技札でもモンスターカードでもない。

『占術師《アストロロジー》』のスキル『運命寓画《アレゴリータロット》』を具現化したものだ。

未来についての情報を、高確率で寓意《アレゴリー》イメージとして取得できる。

精度は低いが、万能な情報取得手段として重宝されていた。

そして、その二十二枚の大アルカナから選ばれた未来予知《アレゴリー》を改変する、それが副次的なスキル効果になっている。

万能な能力ではあったが、その分だけ効果はささやかだ。

運がよかった、あるいは運が悪かった。

その程度で片づけられる、小さなバフ・デバフという形でしか効果を発揮しない。

だが、その小さな悪意が、時として盤面をひっくり返すきっかけにもなると、彼は理解していた。

「ははっ。また可愛いのが出てきたな」

相手倶楽部から副将としてステージに上ってきたのは女子生徒だった。

武器も持たない軽装スタイルは後衛クラスなのだろう。

小柄な女子を鑑定してみると、戦闘クラスですらない『職人《クラフター》』系の『鍛冶士《ブラックスミス》』だった。

役立たずを生贄に差し出して、試合を放棄するつもりなのか。

もはや占うまでもなかったが、スキルが発動しているカードの中から一枚が浮かび上がってきた。


正位置の『死神《デス》』、不吉の象徴。


予想外のネガティブイメージに目を見張ったが、彼は自分のスキルに絶対の自信を持っていた。

カードに指を当て、ひっくり返す。


逆位置の『死神《デス》』、回生の徴し。


ささやかな運命の改変が、『運命寓画《アレゴリータロット》』の能力だ。

タロットカードの大アルカナには、それぞれ寓意のイメージが表示されている。

カードの寓意は本来の向きと、逆になった向きで、読み取るべき意味が変化してしまう。

それは、ほんの小さな悪意。

ガツンと鈍く大きな音を響かせて、相手の副将が殴り飛ばされていた。

観客席のほうからも、歓声ではなく小さな悲鳴が聞こえてくる。

『お尋ね者《ワイルドバンチ》』の中では穏健派だといわれている自分だが、他の部員の趣味嗜好に口出しをする趣味はなかった。

サディスティックな部員が多少暴れても、相手に舐められるよりはマシだ。

ゴツ、ゴツ、という殴打の音が続いても、ステージから悲鳴だけは聞こえなかった。

他の倶楽部の選手たちも、ステージ上の惨劇ショーには引いているようだが、元より悪名を馳せる自分たちには痛くも痒くもない。

むしろ、箔がつく。

倒れたまま動かなくなった相手を踏みつけている副将が、審判からレフェリーストップをかけられていた。

頭に血が上ると簡単にキレるやつだが、反則負けするほど馬鹿ではない。

単にキレ散らかすだけの雑魚が生き残れるほど、この学園は優しい場所ではないのだ。

「おう。オメェら、ちゃんと一匹残らず逃がさねぇように捕まえとけよ。帰ったら即行レイプ祭りだぜ」

巨大なグレートソードを手にした部長に、部員たちが盛り上がっていた。

今更の話ではあったが、もう少し人目を気にしてほしいとため息を吐く。

もみ消しや後始末をするのは、副部長である自分の仕事になるのだから。

部長である彼のクラスは、『戦士《ファイター》』系第三段階のレアクラス『凶鬼《ルナティック》』だ。

純粋な戦闘能力だけを見るなら、『戦士《ファイター》』系クラスでも最強のカテゴリーになるだろう。

己の身も顧みない常軌を逸したパワーは、近接戦闘において無類の力を発揮する。

ただし、力を全開放すれば敵味方の区別もつかない、理性を失った闘争本能の塊となるのだ。

それが一対一《タイマン》であれば、彼らの部長が誰かに負けたことはなかった。

対戦スコアは二対二の接戦だが、部員たちの誰ひとりとして部長の勝利を疑っていない。

たとえ、ゆっくりと、何かを軋ませながらゾルリと、ステージに上がってダラリと、四肢を脱力させた相手チームの大将が、鑑定不能のエラーを表示させていても。

手の中から勝手に飛び出した一枚のカードが、勝手にグルグルと回転して今まで見たことがないほどに黒ずんでいたとしても。

我知らず、冷たい汗が身体中から噴き出していたとしても。

『塔《タワー》』、神の家、バベルの災い。
正位置＝崩壊、惨劇、悲惨、破滅、破壊、踏んだ尻尾
逆位置＝緊迫、不幸、災難、無念、屈辱

二十二枚の大アルカナのうち、全てのヴィジョンがネガティブである唯一の寓意《アレゴリー》。

第五十三章　ぶっ潰せ

『タルタロスの闘技場《コロッセウム》』は人間が作り出した建造物ではない。

そして学園も内部の全てを管理しているわけではなかった。

未《いま》だ瘴気を宿している施設の内部は、当然のように空間が歪んでいる。

定期的に変化する区画も残されており、まだ発見されていないレイドギミックだと考えられていた。

そうした管理外エリアを利用、というより悪用している生徒もいる。

何故かモンスターの出現しないダンジョン空間として。

「おいおい。アイツ負けてやんの」

そこは観客席の下に位置する場所だった。

闘技場の外壁にあるいくつかの飾門は、実際に侵入できるギミックが仕込まれていた。

管理されていない未確認ルートの先は、管理されていない立入禁止エリアに繋がっている。

偶然にも彼らが発見した未確認エリアだが、価値のあるアイテムなどは残されていなかった。

そんな、ただのデッドスペースを、彼らは人目をはばかる場所として活用していた。

彼らの被害者にとっては悲劇となる場所として。

「つーか、即殺とかマジ笑える」

隠し部屋にはステージを見下ろせる小窓があった。

鑑定できる者がいれば、貴賓室の類いであると判断したかもしれない。

「アイツ、クラチェンしたばっかでイキってやがったからなぁ。クラスが馴染まねーまま対人戦とかマジで馬鹿すぎ」

用を足したペニスをティッシュで拭っている男子が笑っていた。

「イキりたいヤツは好きにイキらせときゃいいんだよ。ステージで踊るより、オナペットと遊んでるほうがマシだっての」

そう言ったまた別の男子は、腰を振りながら壁に手をついていた。

彼ら『お尋ね者《ワイルドバンチ》』の部員に、馴れ合いの仲間意識はない。

所詮、似たもの同士が集まった、はみ出し者の集団だ。

それでも『うまい』思いをするためには団結もするし協力もした。

彼らが別働隊として隠し部屋にいるのは応援のためではない。

対抗戦に出場している倶楽部の、品定めと物色が目的だった。

観客席を使わないのは、いつものお楽しみを兼ねているからだ。

「あ〜、ダンジョンファックは延々と射《で》るから際限なくて参るわ」

「わかるわかる。賢者タイムがないから、ヤリ後の満足感がないんだよな」

同意した男子は、抱えている女子の尻に射精しながら頷いていた。

小振りだが引き締まっている臀部は、まだ初々しい一年生の女子生徒だ。

性器の締まりもそうだが、尻を撫でれば一発でわかる。

まだ男に馴染んでいない、メスとして成熟していない肌の感触だ。

たとえ既に飽きるほど突っ込んでやった尻でも、年単位で男の性を吸ってきた肌とは手応えが違った。

だからこそ彼女たち三名のオナペットは、『お尋ね者《ワイルドバンチ》』お気に入りの玩具として飼われているのだ。

「っても、ぼちぼち飽きてきたな。誰か替わる？」

「ふぁ～あ。んじゃ、一応俺がヤッておくかな」

欠伸をした別の男子が入れ替わりで彼女、保奈美《ほなみ》の背後に回った。

床に這いつくばって腰を掲げている保奈美は、当然のように全裸だ。

「んぁ……」

ずぶっと背後から挿入されたペニスに、ヒクッと反応した保奈美がゆるふわの髪を揺らした。

昼休み時間に呼び出されてから、ずっと暇潰しセックス要員として扱われている身体は、性処理オナペットとして完全に出来上がっている。

ダンジョン環境で無尽蔵に精力を滾らせている部員たちは、跡切れることなく延々と、小便を足すよりも気安く保奈美の性器を輪姦し続けている。

好き勝手に膣穴を使われ、どぴゅどぴゅと当たり前のように子宮へ精子を注ぎ込まれていた。

手軽に部員の誰からでも使い回される保奈美は、レベル差に圧倒される牝としての習性に服従させられながら、まだ定まった主人のない状態を維持している。

「あ……はぁ」

「おら、イク時くらいもっと搾めろ。んっとに股が弛いオンナだな、お前は」

壁に立ったまま貼りついている由香《ゆか》も同様だ。

裸婦像のオブジェにされた由香にも、飽きることのない部員たちのペニスが出入りしている。

膝をガクガクと震わせながらも、背後から膣を貫いている肉杭が倒れることを許さない。

突っ込むペニスの快楽よりも、彼女たちが肉欲に堕ちていく艶姿こそが、彼らにとって最高の暇潰しだ。

彼女たちを捕まえてからじっくりと調教していき、今では暇潰しの輪姦にも耐えられるまで仕上がっている。

「ふぅ。出した出した……コイツは可愛げない癖に、マジでアソコの具合だけはイイわ」

「おしゃぶりはいい感じで上達したけどな。コイツは確保決定だったし、丁寧に仕込んでやった甲斐があったぜ」

長椅子に座っているふたりの男子は、李留《りる》を膝の上に寝かせていた。

片方の男子の股間に、仰向けになった下半身が。

もうひとりの男子の股間には、腰を捩った李留が顔を埋めてペニスに吸いついている。

李留の太股を抱えた男子が、またユサユサと臀部を上下させていた。

「あんだけアヘ狂ってもチ○ポにキュンキュン吸いついてきやがる。マジでムッツリ助平なオンナだわ」

「ああ、コイツは絶対『娼婦《ニンフ》』に再クラスチェンジさせてやらないとな。姫系SSRにできれば最高なんだが」

蕩けた顔で自分のペニスをしゃぶっている李留を、優しく撫でながら乳首を抓んでいる。

三人のオナペットで、もっともお気に入りにされているのが李留だった。

保奈美と由香は飽きたら捨てるだけの穴要員だが、李留だけは上質のオナペットとして飼われることが内諾されていた。

「おっ。副長から伝言来たぜ？　相手チーム確保しとけってさ」

「また新しい玩具を調達するつもりかね。どんなヤツらよ」

壁際の男子が、繋がっている由香の腰を抱いたまま歩いてきた。

内股になって舌を出している由香は、ほとんど宙に浮かんでいる状態だった。

背後から押しつけられている股間は、由香の臀部に密着している。

肉棒は背中を反らせた由香の根元まで入り込んでおり、受胎準備万全で膨らんでいる子宮を押し上げていた。

無論、既に由香たちの胎内には、色んな男子の活きがいい精子がたっぷりと充填されていた。

「あ～あ、かわいそう。女子選手は珍しいんだから、もっと優しくいたぶってやればいいのに」

小窓の前に据えつけた由香の尻を、飽きずにピストンする男子が呟いた。

オルガズムした由香が大きなイキ声をあげても、外に聞こえることはない。

「副将マジギレしてるわ。こわいこわい」

「もったいねーな。あの侍っ子、可愛いのによ。ズタボロにリョナられちまうんだろうなぁ。か〜わいそ」

ヌッヌッと保奈美の尻を貪る男子は、抱えるように乳房を揉みしだく。

「けどま、面倒くさいし、相手が動くまで放っておこうぜ」

「つか、誰かひとりに見張らせときゃいいだろ」

「そーそー。逃げてもツラと名前は割れてるしな」

「んんっ、んんぅぐ」

鼻で必死に呼吸をする李留が、喉仏を上下させている。

喉の奥まで入れられた亀頭にも、もはや咽せることはない。

ただ際限なく流し込まれる射精液を、蕩けている頭で呑み込み続けていた。

「よ〜しよし。今日も牛乳瓶一本分くらいは流し込んでやったな。ちゃんと消化してオッパイを育てる栄養にしろよ」

「つーか、コイツらは俺らの精子で育ってるみてーなもんだろ」

「そりゃそうだ。レイドに連れ込んだときは、マジ精子だけで腹いっぱいだったじゃねーか」

自分たちのことを話題にされていても、今の彼女たちに考える余裕はなかった。

苦痛ならあるいは耐えられたのかもしれないが、彼女たちを侵蝕していたのは快楽だ。

肉体に与えられ続けた快楽に、未熟な彼女たちの精神はどっぷりと浸かっている。

だから彼女たちが、今日これから訪れる分岐点に。

果たして、どのような影響を受けるのか知る由もなかった。

今はただ、自分たちの道を選べるもっとも遠い場所で、彼女たちは溺れているだけだった。

＊　＊　＊

「ねーねー、君たちさー」

小さな身体に大きな紙バケツを抱えた女子が、観客席で小首を傾げた。

話の合間にもバケツへ手を突っ込み、爪の生えた肉球で器用にポップコーンをすくい取っている。

大きな口を開けてもぐもぐと咀嚼しているのは、可愛らしい狼の着ぐるみ娘だった。

「ねーねー。どうして何もしてないのに、そんなに痛がってるの？」

「うる、さいわね……さっきから」

観客席の一角、『神匠騎士団《アデプトオーダーズ》』の部員が集まっている場所から、抑えきれない呻き声が漏れていた。

椅子に座ったまま俯き、頬や腹を押さえて涙を流していても、ぎゅっと歯を食い縛って何かを堪えている。

十人の女子全員が同じように苦しんでいる姿は、どうみても異様であった。

静香と海春と夏海は、観客席でも辛うじて発動できたスキルで、必死にみんなを手当てして回っている。

「んーあー、わかった。あの子のダメージを共有してるの？　ＨＰでも共有プールしてるのかな。ヘンテコなスキルだね」

ステージの上で動かなくなった蜜柑を見下ろす着ぐるみ娘が、バケツを掲げてあーんっと口の中に流し込んでいく。

「変なの。変なのー。そんなのリスク高すぎで意味ないじゃん」

「何も知らない、部外者が、勝手言ってんじゃないわよ……意味なら、あるから」

先ほどからチョロチョロと舞台を見下ろすポジションをうろついていた着ぐるみ娘に対して。ではなく、久留美は自分へと言い聞かせるように断言する。

「今まで、蜜柑ひとりに押しつけてきた痛みを、少しでも肩代わりできるなら、意味は……あるんだからっ」

「ふ～ん。ま、どうでもいいけどね。それより……おっ。おー、やっと出てきた」

べしゃっと潰したポップコーンバケツを一呑みにして、欄干から身を乗り出した着ぐるみ娘がはしゃいだ声をあげる。

「わっ、わっ、すごいー。すっごい怒ってる。空気がビリビリしてるっ。あの子、『憤怒《ラース》』かな？　やっぱり仲間だった」

そのモコモコな尻から生えた尻尾が、ブンブンと振られていた。

＊　＊　＊

あるいは最初に、『強化外装骨格』の召喚に成功していれば結果は違ったのかもしれない。

少なくとも鎧であり兵器ともなるゴライアスを身に纏えば、戦いになりえたのかもしれない。

「……え、えへへ。ゴメンね、負け、ちゃった」

「蜜柑先輩！」

舞台袖に戻った蜜柑へ真っ先に駆け寄ったのは、本来の副将選手である麻衣だった。

赤黒い染みのある制服と、血痕で汚れた顔に傷はない。

武器を使わない殴打痕。

内出血や砕けた骨ですら、ポーションを投与されれば元通りだ。

ただ、神経に残留した痛覚とショック症状は残っていた。

「ご、ゴメ……ゴメンなさい。蜜柑、先輩……あ、あたし足が動かなくって、蜜柑先輩が代わりに……っ」

「え、えへへ。だいじょうぶ、だよ。麻衣ちゃん。こんなの、慣れっこ、だから」

へたり込んだまま力なくガッツポーズを取った蜜柑に、口元を押さえた麻衣がボロボロと涙を零した。

「それに、ほら、ね？　私、これでも先輩さん、だもん」

「うん……蜜柑ちゃん、頑張ったね」

そっと足下に跪いた凛子が、手にしたタオルで蜜柑の顔を拭った。

無理矢理作った笑顔を浮かべていた蜜柑だが、凛子の顔に青黒い痣が浮かんでいるのに唖然とする。

「ど、どうして、ちゃんと『組合《ギルド》』は、抜けた、はずなのに……」

「どうして、かな。おかしいね。……けど、これでいいんだよ。やっと逃げずに正しい道を選べた、かな」

泣き顔のような微笑を浮かべた凛子が、ぎゅっと蜜柑を抱き締める。

ステージの上では、審判から厳重注意を受けた相手が舌打ちしながら退場し、大将である『お尋ね者《ワイルドバンチ》』の部長が登場していた。

禍々しいオーラを放っている大剣を担ぎ、愉快そうにこちらを見下している。

その余裕は侮っているだけではない。

ダンジョンで己を鍛え上げて、死闘を繰り返してきた強者の立ち姿だった。

審判からのコールが、『神匠騎士団《アデプトオーダーズ》』の部長を呼んでいる。

「蜜柑先輩」

「叶馬、くん」

鈍色にくすんだ『重圧の甲冑《ストレッサーアーマー》』を装備した叶馬が膝をついて、そっと優しい手付きで蜜柑の頭を撫でた。

「よく、できました」

「あ……アハ。うんっ。叶馬くんも、頑張ってね！」

繰り返される審判のコールには、軽い同情が込められているようだった。

結果が見えている試合であっても、ルール上は試合開始前のギブアップが認められていない。

それが、公開処刑であったとしても。

蜜柑に向けられていた優しい目がステージを振り返る。

その顔は、もはや蜜柑には見えない。

ハア、と息を吐いた叶馬が足を踏み出す。

ギシリ、と軋んだ足下に、小さなヒビが走っている。

しゃくりあげる麻衣の肩を抱いていた誠一が、いつも以上に感情が抜け落ちている叶馬と視線を交わす。

「叶馬」

スコアを見れば二対二、敗退するにはいいタイミングだ。

少なくとも、倶楽部対抗戦でこれ以上、誰も痛い思いをすることはなくなる。

目立つことなど論外だ。

相手は現役Bランク倶楽部の部長、ダンジョンの深層を第一線で攻略している猛者だ。

「――――ぶっ潰してこい」

伸ばされた拳に、親指が突き立っていた。

「ふぁ～……待たせやがって。ホレ、さっさと始めっぞ」

悩んでいたことがある。

戦いとは、フェアでなければならないと。

「おぅ。得物も持たずに真っ正面から来るたぁ、思い切ったじゃねぇか。どうせ殺られんなら、ひと思いにぶっ殺してほしいってか？」

俺の『雷神』というクラスが、どういうクラスなのか未だにわからないが。

少なくとも、SPの他にGPというステータスを持っているクラスは他に見たことがない。

故に、フェアな戦いを挑むのなら、GPを封印して戦うべきではないかと。

「お望みどおり、まっぷたつにしてやんぜ。……心配すんな。オメェらの女どもは、みぃいいんな俺らが調教してやっからよぉ。ま、飽きたら返してやっから、マスでも掻きながら指を咥えて待ってなよ」

そんな温《ぬる》いことを考えていた。

俺が馬鹿だった。

審判の試合開始のコールとともに、『凶鬼《ルナティック》』が担いでいたグレートソードが唸りを上げて振るわれる。

右上から左下へ、前言どおりに、俺をまっぷたつにできる袈裟《けさ》斬りだった。

躊躇いのない、重く、速い剣筋だ。

巨大な剣を振るって、空気を切り裂く音を出すには、どれだけの研鑽を積んできたのだろうか。

ああ、わかっている。

ただイキり散らかすだけの弱者ではない。

だが、しかし。

「つ、チィッ！」

掲げた右腕のガントレットで斬撃を流した。

火花が散り、甲高い音が響く。

弾かれた大剣を両手でグリップした男が、その勢いのまま身体を反転させる。

捩るような軌道で、頭上から振り下ろされた連撃。

力の流れを理解している、これは実戦で練り上げられた剣術だ。

今ではないときと場所で、俺にこの剣が向けられていたのなら。

きっと俺は感動していた。

「ッ、テメエ……そんな重鎧を装備してやがる癖に、無手の格闘クラスだったのかよ！」

左腕のガントレットに、金属を弾いた感触が残っていた。

ああ、俺は冷静さを維持している。

敵が、何かを囀《さえず》っている音がちゃんと聞こえている。

一歩、二歩と、前へと進む。

三歩目で腰を落とし、そのまま右手の拳を打ち込んだ。

みぞおちの中心に向けた拳は、黒い大剣の腹で防御されている。

だが、それが何だというのか。

振り抜いた拳の先で、剣を盾にした男は空を飛んでいた。

「軽い」

その研鑽も、レベルも、鍛えられている肉体も、ダンジョンから略奪してきたマジックアイテムも、すべて。

蜜柑先輩の覚悟に比べれば、ゴミクソのように意味がない軽さだ。

「く、クソがあっ、舐めやがって！」

口から赤い唾を吐いた男が、立ち上がって大剣を頭上に掲げていた。

「マジでブッ殺してやる。……苦痛に溺れて『踊り狂え』！」

黒い大剣から霹が剝がれ落ち、象牙色をした刀身が現れる。

それが手にした魔法大剣の覚醒《アギト》か。

基本スペックの上昇に、切断補正や苦痛付与や治癒阻害、その他諸々の特殊能力がオンパレードしている。

「ハッ、ハハハーッ！　こうなっちまったら、もう誰にも止められねぇ。俺を怒らせたテメェを恨むんだなぁ！　テメェをブッ殺した後は、テメェのオンナも同じ目に遭わせてやるぜぇ」

「ああ」

もう、いい。

何か囀っているが、もうどうでもいい。

本人からもオーラが立ち昇り、筋力上昇、痛覚無効、その他諸々の自己バフが見えるが、どうでもいい。

あの不快なゴミの口を引き千切ろう。

さあ。

「死ねえええっ！」

思い切り振り下ろされた斬撃は、三日月のような軌跡を残していた。

漫画のような衝撃波も構わず、大剣ごと弾き落とした。

剣をビカビカ光らせて、赤黒いオーラを垂れ流そうとも、お前の覚悟は軽いままだ。

足を踏み出せば、足下のステージがビシビシとひび割れて蜘蛛の巣のようだ。

両腕を差し出し、迎え入れるようにクソの大将へと歩み寄る。

安心すればいい。

そんな怯えた顔をしても、ちゃんと俺はお前を捕まえる。

そんな鬼のような顔をして歯を剝き出しにしても、目の奥が怖がっている。

音だけは勇ましく、ゴオンゴオンと弾ける魔剣の一撃は、手甲を揺るがせもしていない。

ミシミシと骨を軋ませる『重圧の甲冑《ストレッサーアーマー》』は、俺の力を吸い取って鈍く輝きと重量を増していた。

エネルギーは質量と速度に比例する。

お前はまったく、重さも速さも、覚悟も何もかも足りていない。

「ぐがああがあアガガッッ!!」

後退《あとずさ》りしながら狂ったように大剣を振り回すゴミを、ゆっくりと追い詰めていく。

髪を逆立てて筋肉を膨らませようと、駄々っ子が振り回す剣は小枝のように軽い。

砕け散る衝撃波の破片が、花弁のように舞っていた。

ただ、ただ狂乱して剣を振り回すだけのゴミは、ステージの中と外を隔てる障壁に行き詰まる。

唖然と口を開いて、ただ俺たちを見上げている相手倶楽部のゴミクズ連中に口元が弛んだ。

ああ、俺はきっと、笑っている。

「待っていろ」

この哀れな駄々っ子を潰したら、お前たちの順番だ。

「あがあぁあぎィイ！」

「……声を、出すな」

剣を握った手首をつかみ、ミシリと軋ませる。

ひと言も、呻き声すら堪えてみせた蜜柑先輩に比べて、クソ蟲のように哀れな泣き声が不快にすぎる。

両腕をへし折り、顔をつかんで空中に吊り上げた。

そして、泡を吹いて白目を剥いたゴミに向けて、ミシミシと何の音かわからない軋みを立てる拳を大きく振りかぶった。

最初は乙葉先輩の分を、その後は蜜柑先輩のお返しを。

そして、全員に等しく制裁を！

「はーい。ストーップ、そこまで、そこまでー！」

相手チームの舞台袖。

腰を抜かして小便を漏らしている男子たちを尻目に、何やら可愛らしい狼少女がブンブンと両手を振っていた。

「暴走《オーバーロード》してるー？　君がそのまま終わらせたら、本当に生き返らなくなっちゃうぞ。懲罰房に閉じ込められて、ひもじい思いをしちゃうんだぞー」

「目には目を、歯には歯を、苦痛には苦痛を」

「あれれ、なんかレクスの連中みたいなコト言うんだね。ま、いいや。暴走して自分がわからなくなっちゃったときは、友達を頼るのがいーんだよ。ほらほら、後ろを見てごらんよー」

パタパタと可愛いジェスチャーに背後を振り返ると、必死の形相になった誠一たちが腕をクロスさせてバッテン印を作っていた。

なんだろう、上からザパーッと水が振ってきそうな感じ。

そのイメージのおかげだろうか。

灼熱していた激情が、スゥと治まったようなような気がする。

ああ、どうやら――――俺は間違った道を選んでしまったようだ。

「そこまで。試合終了です。……ハァ、ビックリした。まさかオーバーイリーガルを担当するとは思わなかったよ」

　ホッとしたようにため息を吐いた審判さんが、レスキュー要員を呼んでいた。

「さて、勝敗コールを無視して追撃したペナルティーを受けても勝ち抜けるか。ペナルティーの代わりに敗退するか、どっちがいい？」

　審判さんの裁量で温情をかけてくれるらしい。

　俺たちの答えは決まっている。

「敗退します」

「うん。君は正しい判断をした。……大将戦、勝負あり！　勝者『お尋ね者《ワイルドバンチ》』、『神匠騎士団《アデプトオーダーズ》』敗退です！」

＊＊＊

　振り回される大剣は、まるで暴風が吹き荒れる竜巻のよう。

　右に左に、力任せに振り降ろされる剣撃が唸りを上げていた。

　無骨で巨大な片刃の大刀は、鉈をそのまま長く、広く、厚く、サイズアップさせた形状をしている。

　剣としてのバランスを逸脱した、ただぶった切るための鉄塊だ。

　銘を『鈍重の肉切り包丁《マッシブブッチャーブレード》』。

その狂乱から生み出される圧倒的なパワーを武器とする、『凶鬼《ルナティック》』に相応しい獲物だった。

ギィンギィンギィン、と右から左から撃ち込まれる圧撃が、小枝のように弾かれている。

暴力の嵐の中で、拮抗する金属と魔力が火花を散らしていた。

徒手空拳で構えた両腕が、まるで空手の演武のように、滑らかに空を掻く。

べた足で、一歩、二歩、と踏み込むたびに、猛る『凶鬼《ルナティック》』が退いていく。

破壊と暴力が吹き荒れる空間が、食われていく。

触れただけで吹き飛ばされそうな剣先は、全て手刀で打ち落とされた。

スッと突き出された掌底が胸鎧に当てられれば、それだけでメキリと骨が捻れた音がステージの外にまで聞こえた。

『凶鬼《ルナティック》』のスキルで痛覚を無効化していようと、肉体を破壊されたダメージに変わりはない。

血嘔吐《へど》を撒き散らしている猛者は、もはや完全に怯えている。

番狂わせの展開に、まばらな観客席もザワザワと昂奮していた。

空気を唸らせて振り回される大剣は、肉体のダメージを超越した剛撃となっていた。

それが狂乱をスキルとして使う、『凶鬼《ルナティック》』というクラスの真髄だ。

雄叫びを上げて髪を逆立たせ、その巨体から可視化できるオーラを噴出させる様は本当の鬼のようだった。

だが、その暴風も、そよ風が薙ぐように、薮の小枝を払うように。

ギィン、と火花を散らしていた打ち合いが、バジリ、と鼓膜を打つ響きに変わっていく。

まるで無造作に、無防備に歩みを進める彼の両腕には、バチバチと白い蛇のような放電が絡みついていた。

ズドン、と鎧の破片を砕け散らせながら、『く』の字で吹き飛んだ『凶鬼《ルナティック》』がフィールド結界に接触する。

バチバチと結界の境界を走った放電は、果たしてフィールドの斥力エフェクトなのか、別の何かであったのか。

再びズドン、と腹に打ち込まれた拳で巨体が浮き、大剣を手放した『凶鬼《ルナティック》』の両腕がボギリ、とへし折られる。

肉体を挟んでフィールド自体をたわませる殴打が、まるで轟雷のように舞台の外まで響いていた。

憤怒の表情で暴虐を振るう、その同級生の口元は、楽しそうに歪んでいた。

「すごい」

暴力を圧倒しているのは、更なる暴力。

理不尽に押しつけられる暴力は、理不尽なまでの暴力で押し潰すのだと雄弁に語っていた。

羨ましい。

と、心の底から憧れた。

羨ましい、悔しい、妬ましい。

あんな力があれば、こんな惨めな思いはしないのに。

「すごい」

すごく、妬ましい。

「ああ」

ああ、ああ、なんて、妬ましい。

＊　＊　＊

「みんな、倶楽部対抗戦、お疲れ様でした〜」

グラスを掲げた蜜柑先輩が乾杯の音頭を執る。

夕食の時間帯が過ぎた麻鷺荘の食堂を貸し切りにして、『神匠騎士団《アデプトオーダーズ》』のお疲れ会だ。

本戦の日程はまだ残っているが、俺たちにとっての戦いは終了した。

結果的にCランクに落ち着いたが、妥当な結果ではなかろうか。

みんな頑張った。

「叶馬さんもお疲れ様でした」

静香が凛子先輩メイドのしゅわしゅわ葡萄《ぶどう》ジュースを注いでくれる。

テーブルの上に並べられたオードブルやスイーツは、久留美先輩や芽龍先輩たちが作ってくれた。

ふたりは日頃からお手伝いやら何やらで、毎日の料理を作ってくれるおばちゃんたちと仲良しさんになっている。

　取り置きや冷蔵庫にある食材も使っていいよ、と言ってもらえたらしく、ちょっとしたホテルディナーっぽいご馳走が並べられていた。

「沙姫ちゃんもお疲れ様、でした」

「格好よかった、です」

「ありがとー。でも……下衆どもはもっと細切れにしておくべきでした」

　いかんな、沙姫がダークサイドに堕ちかかっている。

　まあ、沙姫も蜜柑先輩大好きメンバーのひとりなので。

「あまり気に病むな。クジ運が悪かったってのもあるさ。アイツら、割と有名なクソ倶楽部だったしな」

「うん。だけどさ……」

　試合後からずっと引き摺って落ち込んだままの麻衣を、寄り添った誠一が慰めている。

　戦いを前に動けなくなってしまった麻衣の気持ちはわかる。

　人間から害意や殺意を向けられて萎縮してしまうのは、人として当然の本能だ。

　モンスターとはまた違う、生臭くて薄っぺらい、だからこそ汚くおぞましい悪意は人間特有だと思う。

「あたしには覚悟が足りてなかったんだなって……」

「麻衣、済まない。俺は」

「そう……相手をブッ殺す覚悟が足りてなかったのよ、あたしは。んもぅ、アイツらチョームカツクっ。あたしの蜜柑ちゃん先輩に何してくれてんのよ。次に会ったらぜーったいブッ殺す！」

「あ、はい」

ムッキーと吠えた麻衣が唐揚げをモリモリと頬張り始めた。

何やら不穏な発言が交じっていたような気もするが、おおむね同意だ。

「もうね、私の立場がなくないって思うのよ。そりゃあね、たしかに活躍はできなかったけど、私も頑張ったんだよ。あ、でもさー、聞いてよ。前に所属してた倶楽部のやつらさー。本戦にも残れないでやんの、マジざまー」

「はいはい」

凛子先輩の隣でくぴくぴとグラスを空けている乙葉先輩が、即効で出来上がっていた。

美人なのだが本当に残念な先輩だ。

「あ、叶馬くん。お疲れ様でした」

「はい。蜜柑先輩も」

立食パーティー形式の食堂で、ポツンと窓際に座っていた蜜柑先輩の元へ近づく。

「静香ちゃんも、みんなを助けてくれてありがとね」

「私は微力でしたが」

観客席で応援してくれていた先輩たちにも、一悶着《ひともんちゃく》あったとは聞いている。

静香たちがフォローしてくれたおかげで事なきを得たそうだ。

「何か、ありましたか？」

「えっ」

ニコニコ笑顔を浮かべていた蜜柑先輩がピクッとする。

「……あは。叶馬くん鋭いなぁ」

いつもの笑顔が一〇〇パーセントだとすると、今は八〇パーセントくらいの蜜柑スマイルだ。

「えっとね。私がまた先走って、みんなに迷惑かけちゃったなって……」

「先輩たちはみんな、そう思ってはいないようです」

「でもね……ふあ」

たまに蜜柑先輩はひとりで思い悩んで、ドツボモードに填まってしまう癖がある。

それは、自分よりも仲間を大切にしているが故の袋小路だ。

「蜜柑先輩は俺より、ずっと正しい道を選びました。きっと、それは誰にもできることじゃ、ないんです」

「も、もう。どうして叶馬くんは、私を子ども扱いするのかな……」

自然と伸びた手が、蜜柑先輩の頭を撫でていた。

文句を言いながらも、心地よさそうに目を閉じる蜜柑先輩がラブリー。

これは完全に私事になるが、蜜柑先輩と乙葉先輩をイジメたやつらには、後日お礼参りをさせていただく。

勝敗の結果を、後々まで引き摺るのは女々しい行為だろう。

なので、可及的速やかに制裁せねばならない。

まあ、今回の戦いを通して、いろいろと倶楽部の結束が高まったような気がする。

悪くない結果だったと言えるのかもしれない。

「うまー。何これ、うまー」

改めて食堂のみんなに目を向けたら、なんか変なのが交じっていた。

スイーツが並べられたテーブルのころとで、灰色っぽいモコモコさんがはしゃいでる。

右手にシュークリーム、左手にエクレアを持ち、銀のトレイに並べられたそれらをモリモリ貪っていた。

一応貸し切りにしているはずなのだが、どっからか部外者が入り込んだ模様。

「すっごいウマー。こんなにおいしいお菓子食べたコトないー」

「なるほど。お帰りはあちらです」

着ぐるみワンコさんの襟首を吊ってぶら～んとさせ、食堂の外へとご案内。

「やだー。もっと食べるだー。お菓子ーお菓子ー」

パタパタと暴れるワンコさんがご抵抗なされる。

「えっと、叶馬くん。その人、知り合いなのかな？」

「あっ。アンタは」

俺は知り合いといっていいのか微妙だが、久留美先輩がワンコさんを指差していた。

「ふふん。やっと気づいたみたいだね。『黒蜜《ブラックハニー》』の部長にして『暴食の猛獣《グラトニービースト》』、彩日羅《あすら》ちゃんとは私のコト……何するだー。追い出すなんて酷いー。お菓子ー」

「久留美先輩のお友達でしたか？」

「あ、うん、そーじゃなくて。会場で見ただけだけど……扉が壊されるんじゃない？」

着ぐるみの爪でガリガリ磨ぐのは止めてほしい。

仕方ないので中に入れてあげると、真っ先にスイーツが盛られたテーブルに噛りつく。

「うまーうまー」

完全に不審者なのだが、あまりにも幸せそうにお菓子を食べているのでみんなの視線が微笑ましい。

「えーっと、叶馬くん。『黒蜜《ブラックハニー》』ってAランクの倶楽部だよね。その部長さんと、どこで知り合ったのかな？」

「俺も知り合いというには微妙なのですが」

俺としても凛子先輩の問いには答えようがない。

このわがままワンコさんが何者なのか、情報閲覧《インターフェース》の表示はやはり読めなかった。

「……叶馬くんが鑑定できないのは格上ってこと、かな」

「『格《レベル》』が上っていうのじゃなくて、達してる段階《ステージ》が違うんだよ。そこ、大事だから」

口の周りをクリーム塗れにしたワンコさんが、テーブルの上に座って脚を組む。

「でも、見直した。こんなにおいしい料理を作れるなんて、『職人《クラフター》』系クラスも馬鹿にできないね。料理人は特別に、そこの叶馬くんと一緒にウチの倶楽部へスカウトしてやる。あっ、何するだー。降ろせー。私のほうが偉いんだぞー」

「たとえ、レベルやランクやステージとやらが上だとしても、わがままを許す理由にはならず」

無理が通れば道理が引っ込むとはいうが、人には守らなければならない道がある。

偉そうにお菓子を齧《かじ》っていたワンコさんをブラーンさせると急に大人しくなった。

「あーもう、食い散らかしてくれちゃって。みんなの分もあるんだから、独り占めしちゃ駄目でしょ。まったく」

「冷蔵庫、ある分、持ってきます」

「あ、メロン。ついでに寸胴《ずんどう》にも火を入れてきて。冷たいのばっかりだとお腹冷えちゃうから」

ある意味、被害者である久留美先輩と芽龍先輩に、暴食のワンコさんを差し出した。

「……えっと、食べてもいいの？」

「仕方ないでしょ。あんなにおいしそうに食べられたら、駄目なんて言えないじゃない」

「……私のコト、怖くないの？」

ツンな感じで顔を背けていた久留美先輩が首を傾げた。

「別に怖くなんてないけど、なんで着ぐるみ着てるのかわかんない。えっと、可愛いとは思うけど」

大人しいままのワンコさんを椅子に下ろすと、久留美先輩が俺の狙っていた鳥の丸焼きをワンコさんの前に置いた。

ちなみに海春と夏海も狙っていたらしく、あ～みたいな顔になっていた。

「スイーツはメロンが持ってくるけど、お腹空いてるならガッツリ溜まるものも食べなきゃ駄目よ」

「うん。うわ、スゴイおいしそうな匂い……あ、中にご飯が入ってるっ。うまー」

久留美先輩は面倒見がよすぎである。

「スゴイ、スゴイおいしい。こんなの食べたコトない。いいなーいいなー。あっ、私もこの寮に引っ越してくるだ！」

こんな目立つワンコさんを今まで見かけなかったので、麻鷺の子ではないと思っていた。

「んぐんぐ……そりゃキリン住みだもん。シチューもウマー」

「あー、麒麟荘って一番いいハイエンド寮かな……」

「彩日羅ちゃんスゴイ」

「でも、こんなにおいしいのが食べられるなら、私もこの寮の子になるだ～」

いや、普段の食事は久留美先輩や芽龍先輩が作っているわけではない。

「って、言ってるけど。乙葉？」

「んんぅ～……転入希望ぉ？　ダメェ～」

テーブルに突っ伏してポヤァンとした乙葉先輩がイイ感じでヘベレケ。

「えっ、なんでぇ！」

「だってぇ、もう部屋がいっぱいなんだもん。なんか転出届けを出してた子たちも、みんな取り下げちゃったし。そりゃあね、お洒落《しゃれ》でおいしいリラクゼーションに、新しい露天風呂。オンボロ部屋も蜜柑ちゃんたちが格安リフォームしてくれてるし、そりゃ出てくほうが馬鹿でしょって。でもね、私もずっと寮長として頑張ってきたんだよ。なのにね……」

何やらペットボトルに向かって絡み始めた乙葉先輩は放置。

「えー、そんなぁ……もぐもぐ」

尻尾をうな垂れさせながら、サーモンやカプレーゼがのったバゲットをモリモリ頬張っている。料理が載ったお皿を集めてくれている先輩たちは、たぶん捨てワンコにご飯をあげている感じなのだろう。

喰らい尽くされる前に自分の分は確保しておかねば。

「まあ、わざわざ引っ越してこなくても遊びに来ればいいじゃない。ウチの倶楽部はダンジョンから食べきれ……、ンんっ、たまに食材がいっぱい狩れるときもあるし」

「遊びに来てもいいのっ？」

なんというか蜜柑先輩とはまた別のマスコットアイドルが増えそう。

結局、明日の寮内無料提供分《フリースイーツ》のエクレアを、山ほど風呂敷に包んで担いだワンコさんは、上機嫌で帰って行かれた。

「……えーっと、結局、何だったのかな？」

「タダ飯を食いに来たのかと」

「あはは。すっごいお腹空いてたんだね」

ほとんどご馳走が食べ尽くされてしまったので、久留美先輩がモーとか言いながらサンドイッチなどを作ってくれている。

久留美先輩マジ女神様。

幸い、凛子先輩のしゅわしゅわ葡萄ジュースには手を出されなかったので、改めて乾杯だ。

「……な、なに、アレ？」

「……ッハあ。ヤッベ、手が震えてやがる」

悪酔いでもしたのか、隅っこに引っ込んでいた誠一と麻衣の顔が真っ青だった。

可愛く首を傾げている静香さんに、おまじないしてもらうべき。

「洒落になんねえ。食われるかと思った……」

第五十四章　アンノウンレイドクエスト

倶楽部対抗戦のAランク、Sランクを決めるファイナルトーナメントは大盛り上がりで幕を閉じた。

らしい。

特に大荒れすることもなく、下馬評どおりだったとは聞いている。

ちなみにワンコさんの『黒蜜《ブラックハニー》』とやらも、手堅くAランクを保持したそうだ。

俺たちの教室から本戦に出ていた、『勇猛なる者達《ブレイバーズ》』と『無貌《ネイムレス》』も早々に敗退している。

順当といえば順当な結果だ。

むしろ、本戦まで残ってCランクを獲得しただけでも快挙らしい。

今後の参考のために、俺たちもファイナルトーナメントを見ておくべきという意見もあったのだが、昂奮して乱入する恐れがあるということで自粛する方針になった。

まったく沙姫や乙葉先輩の、血の気の多さには困ったものである。

実際、対抗戦を通して俺たちの地力不足があきらかになった。

戦闘クラスのメンバーは最低でも第三段階クラスチェンジを、他にもスキル発動や召喚技術の訓練、武器や防具のグレードアップをしなければ、これから先の領域で通用しないだろう。

足下を固めつつ着実に進んでいくべき。

つまり、基本方針は今までと同じ。

ダンジョンアタックだ。


――穿界迷宮『YGGDRASILL』、接続枝界『黄泉比良坂』――

――第『捌』階層、『既知外』領域――


「……なるほど。確かにレイドゲートが消えちまってるな」

約二週間ぶりのダンジョンダイブでやってきた玄室《ルーム》には異界門《レイドゲート》が消えていた。

　どのみち、そのまま入るのは危ないらしいので、攻略に向かうときは夏海が記録している『位置《ロケーション》』座標を基に第伍羅城門を経由する必要がある。

「久々にダンジョン入ると、やっぱしゾクッとしちゃうよね」

「そうですね。慣れて麻痺していましたけど……」

　杖と槍を手にした麻衣と静香が、身体をほぐすように柔軟していた。

「『検索案内《ナビゲート》』、です」

「召喚、です」

「気合い全開です！」

　各自準備万端だ。

　今回は鈍ったダンジョン勘を取り戻すために、いつもの中核メンバーでダンジョンに挑んでいる。

　ウキウキと準備をしていた乙葉先輩がイジケていらしたが、甲冑の修復が終わるまで我慢してほしい。

　甲冑の構成素材は鎧犀《アーマーライノセラス》を使っていたらしいので、もっと高位モンスターのレア素材をゲットしてグレードアップさせてあげたいところ。

　このまま深層を目指して攻略していけば、遠くないうちに第三段階のクラスチェンジにも手が届くだろうし、未知のレイドクエストを攻略する選択肢もある。

　どれから手をつければいいのか迷うところだ。

「とりあえず、今日は通常の界門《ゲート》を目指して進めるところまで進んどこうか」

「ああ」

俺も最初から餓鬼王棍棒《オーバーグリードギア》を取り出して肩に担いだ。

思えば対抗戦では、ろくに戦うことができなかった。

暴走してヒャッハーな方々を薙ぎ払ったり、無実の俺に襲いかかってくる実行委員の方々を薙ぎ払ったり、蜜柑先輩をイジメた連中にお礼参りした記憶しかない。

ここは一心不乱の大闘争を敢行すべき。

「……さっそく、叶馬くんが暴走しかかってる件について」

「大丈夫です。準備は万全ですので」

静香さんがひらりとスカートを閃《ひらめ》かしておられました。


獅子奮迅の無双ゲー状態になっている沙姫にも、苦手にしているモンスターがいたりする。

それがこの階層から出始めたトロールという巨人型モンスターだ。

緑色の苔むした体皮は岩のように硬く、見上げんばかりの巨体から振り下ろされる棍棒の一撃は、戦車をスクラップにできるパワーがあった。

動きはゆっくりに見えるが、巨体だから相対的に遅く見えるだけで鈍くはない。

「ふぅ……シャア！」

棍棒をかいくぐっての一閃で、トロールの右腕が切断される。

硬い体皮はあっさりと切り裂かれたが、腕が落ちる前に泡を吹いた傷口が癒着していた。

何度見てもデタラメな再生能力だ。

再生には多少のSPを消費しているようだが、切れ味がよすぎる沙姫の斬撃が仇になっている感じ。

「ううぅ……ズルイです～」

現状の沙姫では相性が悪すぎるようだ。

こういう再生タイプの攻略法としては、傷を焼いてしまうのが手っ取り早い。

火《フレイム》属性の銘器《ネームド》や、火属性付与《フレイムエンチャント》の魔法を使用しましょう、と教科書に載っていた。

そういった属性付与が得意なのは同じ『術士《マギ》』系上位でも『精霊使い《シャーマン》』で、麻衣の『魔術士《ウィザード》』は攻撃魔法オンリーのタイプ。

「こういう無駄にタフなやつは面倒臭いっ」

ドンッ、と爆裂魔法で吹き飛ばされたトロールは、シュウシュウと煙を噴きながら立ち上がってくる。

苦戦している俺たちに対して、ひとりだけ無双しているのが誠一だった。

「『啜《すす》れ』、流血刃」

禍々しく赤いオーラをたなびかせた『流血のゴブリンソード《ブラッドシェッド》』が、トンッとトロールの左胸に突き立てられた。

自身の再生能力に絶対の自信があるのか、トロールは防御の動作をしない。

むしろ敢えて攻撃させて、その隙を狙って反撃してくる。

だが、覚醒《アギト》させた『流血のゴブリンソード《ブラッドシェッド》』が抜けた傷跡は塞がらず、逆に再生能力が暴走したかのようにどぶ色の血液を吹き出していた。

トン、トン、トン、と急所に撃ち込まれた誠一の一撃で、風船が萎むようにトロールの死骸が積み重なっていく。

「フッ……たわいない」

短剣を手に決めポーズを取っているドヤ顔がスゲーウザイ。

まあ、なんというかマジックアイテムとモンスターの相性を考えて戦いましょう、という教科書に出てくる見本のようなパターンだ。

覚醒《アギト》の制御が甘いのか、ごっそりＳＰが減ってたりするのは敢えて突っ込むまい。

「すっごい魔剣だね～」

「いい魔剣ですね」

「ズルイ魔剣です！」

「かっこいい、魔剣です」

「素敵な、魔剣です」

「……君たち、もっと使い手に対しての評価があってもいいと思わんかね」

誠一を尻目に、ドロップアイテムを回収していると『トロール』カードを発見した。

何とかして精算時に買い取り、俺のコレクションを充実させたいところだ。

こういうモンスターモンスターしているデザインは、夏海たちの好みじゃないっぽいので使うとは言わないはず。

「ところで、叶馬くんさ」

「どうした、何があった。敵襲か。このトロールカードなら問題ない。こっそり確保しておこうなど心の片隅にも思っていない」

「……叶馬さんは、そういうこっそりは無理なので諦めてださい。欲しいなら私が買い取っておきます」

静香さんはそうおっしゃるが、それではコレクション魂が充たされないのです。

「叶馬くんのヒモ事情はどうでもいいんだけどさ。叶馬くんの持ってるオーバーグリードギア？　とかいうのは結局覚醒《アギト》できたの？」

「ああ、いや、わからん」

凛子先輩曰く、『餓鬼王棍棒《オーバーグリードギア》』という固有武装《オリジンギア》なこの金棒。

一応、覚醒状態まで持っていけたと思うのだが、どういう効果があるのかわからないままだ。

何も起きなかった、というか、ただ金棒が消滅しただけ。

覚醒《アギト》を解除したらまた出現したが、消したり出したりするためだけに覚醒《アギト》させるのは、ごそっと持っていかれるSPに見合わない効果だと思う。

「絶対、とんでもない効果がありそうな予感がするんだけど、まあいっか。叶馬くんが覚醒《アギト》を使うときは、ちゃんと宣言してからにしてね。特にマジックアーマーの覚醒《アギト》」

「……アレは興味津々に近づいてきた麻衣が悪いのではないかと」

「今度巻き込んだら、ケツに魔法をブチ込むから」

先ほど、『重圧の甲冑《ストレッサーアーマー》』を覚醒《アギト》して見せたら、麻衣が足を骨折してしまった。

海春が即座に治療したし、俺は悪くないと思う。


「あっ。みんな、お帰りなさい～」

ダンジョン第八階層を踏破した俺たちが寮に戻ると、部室（仮）兼ミーティングルームで蜜柑先輩が出迎えてくれた。

ああ一応、Cランク倶楽部になった俺たち『神匠騎士団《アデプトオーダーズ》』には、プレハブの部室が支給されている。

物件は蜜柑先輩たちが好き勝手に改造していた、旧『匠工房《アデプトワーカーズ》』の部室だった。

元の旧部室は、シーズン外に倶楽部を立ち上げた蜜柑先輩が、タイミングよく空き部屋をゲットできた代物だ。

今回俺たちがFランクのままだったら、没収されていたはずの物件になる。

管理担当の人が気を使ってくれたのだろうな、と思っていたら、次からはちゃんと原状回復して返却するように怒られてしまった。

てへぺろしていた蜜柑先輩がラブリーでした。

まあ、あちらはシャッターが下ろされたままになっており、入口には『麻鷺荘に臨時出張部室アリ升』の張り紙がしてあったりする。

「もう、別にいいんだけどさ……」

蜜柑先輩たちと鎧の修復をしていた乙葉先輩が遠い目をしていた。

もはや一蓮托生《いちれんたくしょう》なので、麻鷺荘の臨時部室は黙認するべき。

「お帰り。順調だったかな？」

「第九階層まで到達っす。ま、到達しただけで、すぐにログアウトしましたけど」

補習の手伝いをしていた凛子先輩に、まだ少しドヤってる誠一が答えた。

第八階層の界門守護者《ゲートキーパー》だったビルディングトロールは、誠一のひと刺しで昇天してしまった。

すっごいドヤ顔がパーティーメンバーからすっごい不評を買っていた。

だが実際、まともに戦っていればものすごい消耗戦になっていた気はする。

今回のＭＶＰは誠一で間違いないだろう。

「……もう九層とか、二年生《わたしら》のノルマを超えてるじゃない」

「この子たちには今更かなっと。ダンジョン組のエース連中はもっと先に潜ってるしね」

あきれたような乙葉先輩の呟きに、にひっと笑った凛子先輩がカウンターに肘をついて顎を乗せる。

「とりあえず、一区切りはついたかな。乙葉の鎧が直ったら、いよいよアレだね。私たちもみんな準備は始めてるかな」

未登録《アンノウン》レイドクエスト。

凛子先輩の言葉に部室を見回せば、先輩方は物資の確認をされたり保存食の用意をしておられた。

レイド領域で発生するとき空圧差は、ざっと初級で二倍、中級で四倍、上級で六倍、超級で八倍、極級で最大十倍までの時差が確認されているそうだ。

ギブアップで途中脱出ができない以上、準備は最大限で設定しておくべきだろう。

ただ、丸一日ダンジョンダイブすることになるので、平日だと授業をサボってしまうことになる。

日曜休日を利用するべきではなかろうか。

「授業よりダンジョン優先な教育方針だから問題ないわ。レイドクエストなら尚更よ。レイドダイブ用の申請用紙はプリントアウトしてあるから、各自担任に提出しておいてね」

「乙ちゃん先輩ナイス。休日は寝過ごすためにあるのよ」

「ま。初級ランクのレイドなら、さくっと攻略して出てこられるしね～」

実際にそうした初級レイドを攻略してきたらしいお気楽な乙葉先輩に比べて、他の先輩方は黙々とガチ装備にガチ資材を準備中であった。

食糧に工作道具、クリスタルに素材片と、前回の極級レイドクエスト並みに念を入れておられる。

「……ねえ？　なんか、みんな極級レイドにでも挑む装備っぽいんだけど」

「あのね、乙葉ちゃん」

トンカチを片手に甲冑を仕上げていた蜜柑先輩が、真面目なお顔でニコッと頬笑んだ。

「叶馬くんが見つけたレイドクエストなんだよ？」

「……あー……」

それで納得されるのは納得できない。


麻鷺荘が女子寮として人気のなかった理由のひとつに、その立地の悪さがある。

学園に点在している施設への距離は、他の寮と比べて遠すぎるということはない。

だが、未舗装の坂道を上り下りする必要があった。

濃くて深い森林に囲まれた地形は澱《よど》んだ瘴気が溜まりやすく、無意味な怪異が湧くなど日常茶飯事だ。

学園七不思議にも含められるほど、怪奇現象が起こりやすい寮として知られていた。

それは同時に、結界やクリスタルなどを使って空間内の瘴気圧を増幅する、疑似ダンジョン空間を作りやすいということでもあった。

麻鷺荘の西側に面したスペースは整地され、野性味あふれる岩場の露天風呂が新設されていた。

対抗戦により学園敷地内であふれた瘴気が集まってくる期間に、非参加メンバーの梅香《うめか》たちが『職人《クラフター》』スキルを使って一気に土木工事をやり遂げた成果だ。

伐採された雑木は囲い塀や雨除《よ》けに、掘り出された岩はそのまま湯船に、本来の風呂場に引かれた送水管を分岐させた温泉は掛け流しにされている。

頑張りすぎた梅香たちのこだわりにより、まるでリゾートホテルにあるような露天風呂が完成していた。

無論、寮生に対しては無料で二十四時間開放。

老朽化して薄汚れていた室内浴場を使う者はいなくなり、寮生からの要望もあって洗い場やシャワーなどのオプションもどんどんと充実している。

ただし、女性男性のエリア分けはされていない。

叶馬たちが使用するときは、入口に清掃中の立て札を出しておくのが暗黙の了解となっている。

「……はぅ～……」

即行でのぼせてしまった沙姫がスノコに乗せられ、足湯をしている夏海からパタパタと団扇《うちわ》で扇がれていた。

ゆらゆらと湯面から立ち上る湯気の向こうで、ざぱっと湯を掻き分ける音がする。

「はにゃ……」

湯船に向けて尻を突き出した格好のまま、抱きついていた岩に海春がへちゃった。

蕩けた顔でほにゃんと惚けた海春の内腿には、付け根からこぼれ落ちていく汁が垂れていた。

「はあ、っ」

隣に並んで尻を突き出していた静香が、背後からの突き込みに甘い嬌声を漏らす。

湯に温められた桃色の臀部が、タンタンと打ち合わされる腰の振動に揺れていた。

渡り廊下の先にある露天風呂は、木々に囲まれて森の中に溶け込んでいる。

星空の天幕に浮かんだ月明かりの下、タオルでまとめていた静香の髪がはらりと解けた。

「あっ、あっ……はァ」

湯船につけた足下に波紋を刻みながら、手を伸ばした叶馬が静香の髪をつかんでうなじを露わにさせた。

馬の手綱が引かれるように、顔を上げさせられた静香の声には悦びの色が濃くなっていた。

強引に身体を使われて、叶馬の所有物だと強く実感できる行為が静香の好みだ。

水気に濡れた尻が、いつも以上にパンパンと打ち鳴らされるのも堪らない。

「はぅ……」

ずるっと抜き取られた喪失感で震える尻に、ざぱっとお湯がかけられた。

鳥肌の立っていた尻から湯気が立ち昇る。

それは温泉だけではない、静香の発情しているフェロモンが混じっていた。

「ん、はあ」

再びずるりっと奥まで抉り込まれるペニスに腹が震えている。

たゆたゆと揺れている静香の乳房の頂きが、きゅうっと強く疼いていた。

彼女たちにとっては日常となりつつある、夜の睦《むつ》み合い。

今だけは、若さと本能に流される性処理ではない。

「んっ、あっ、叶馬、さぁん……一緒、いっしょに」

新しく訪れる試練、その覚悟を決める儀式だった。


やはり学生の本分は勉学であると思う。

麻衣などはブーたれていたが、やはりケジメはつけるべき。

準備を整えた俺たちは、水曜日の午前授業を受けた後、放課後の時間から第伍羅城門に挑むことにした。

レイドクエストの扱いは、いわゆるエンドコンテンツのようなものらしいので、まだ授業でも習っていない。

実際に俺たちも、経験者である乙葉先輩がいなければ挑もうとは思わなかっただろう。

レイドダイブ用の申請書を受け取った翠先生はピクリと眉をひそめたが、無理はしないようにとのアドバイスをいただいた。

神社仏閣のような朱塗りの唐門を見上げる。

今回使用する羅城門は、第伍『極界門』。

通常のダンジョン攻略者で賑わっているゲートに比べて、レイドクエスト専用の転移ゲートの周囲はガラガラだった。

ちなみに、クエスト掲示板などで新しいレイドクエストの発見が告知されれば、一時的に賑わうそうだ。

そのような祭りでもないかぎり過疎っているのは、登録されているレイドクエストが『塩漬け』と呼ばれる超級や極級の攻略不可物件ばかりである故。

そんな状態なのに、大きなバックパックを背負って極界門の前に集合している俺たちは、とても目立っていた。

「浅ましい視線をビンビン感じるぜ」

鼻で笑った誠一が、口元にニヒルな笑みを浮かべた。

「だいたい想像はつくけど、どゆこと？」

「お前のモノは俺のモノ、つう連中だ。新しく見つけたレイドの権利を寄越せってな」

「まるでハイエナですね」

辛辣な評価をした静香だが、遠巻きに俺たちを観察している視線は確かに感じた。

牽制し合っているのか、人目を気にしているのか、直接寄ってくるようなやつはいない。

「寄ってくんのは出てきたときだな。失敗する雑魚にはもったいないから俺たちが代わってやるぜ、つう感じで」

「マジ感じ悪ぅ」

一日単位でしか設定できないので、レイドインした時間がわかればレイドアウトするタイミングもわかるわけだ。

門の真下で、祈るように目を瞑っていた夏海が振り返って頷いた。

初めての座標設定に少々手間取っていたようだが、羅城門のオートナビゲーションシステムがサポートしてくれるそうだ。

安心の謎オーバーテクノロジー感。

「うっし。テンション上がってきた。いいわよね、こう血が冷たく……」

「よし。それじゃ、みんな準備オーケーかな？」

「忘れ物はないよね？」

先輩方も気合い充分の様子。

そのまま入るとバラバラの位置に飛ばされる極界門だが、身体的に接触していれば同じ座標へと飛ばしてくれるらしい。

先輩たちが繋いだ手の輪に、俺たちも加わった。

「叶馬さん……」

怖いくらい真剣な顔をしている静香の背中を撫でた。

前回の補習レイドで離ればなれになったトラウマが残っているのだろう。

極界門の中で青白い光りが立ち上り、ぼんやりと空間が歪み始めていた。

そのまま俺たちは一団となって、未知のレイド領域へと足を――――。

「おいしそうな匂いがするー」

いつの間に近づいてきたのか、モコモコしたワンコさんが円陣を組んだ俺たちへとワンコダイブ。

芽龍先輩のバックパック狙いを定めているあたり、甘い匂いを嗅ぎつけたのかもしれない。

このワンコさん、アレから何度も麻鷺荘にお菓子をもらいにきていたりする。

無料提供しているクッキーなどを根こそぎ持っていかれるらしく、二度目からは寮の女子連合がトラップを仕掛けて迎撃していた。

あと、久留美先輩に捕まってお説教されている姿も見たりした。

ワンコさんは通常のパーティーを組んで、ダンジョンダイブをしにきていたのだろう。

通常門のほうから慌てて追いかけてきているレディガイさんが、すごく申し訳なさそうで必死な感じ。

「何するだー。お菓子ー」

空中でインターセプトしたワンコさんがパタパタとお暴れになる。

「ハァハァ……ゴメンなさいねぇ。ウチの部長が」

カンフー道着スタイルのレディガイさんは面倒見がいいタイプ、というか苦労性っぽい。

わがままな部長に振り回されているのだろう。

まったく、役職者としての自覚が足りない困ったワンコさんである。

「と、う…ま、さ……！」

途切れかけた呼び声に振り向けば、開放されたゲートに消えかかったメンバーの姿があった。

伸ばされた静香の手に、反射的に腕を伸ばす。

「ん？」

「あら？」

そして――

暗いトンネルの果てを抜けたような、白い閃光の中へ落ちていった。

――穿界迷宮『YGGDRASILL』、特異分界『海淵の悪魔』――

――様式『伝承《レジェンド》』、※時空圧差『壱：漆』――

――※Option Intercept『軍戦式《レイドモード》』Adjustment――

――※Model『煉獄《パーガトリー》』――

――※Confine『二十四時間／百六十八時間』――

第五十五章　モディディック

「わー。スゴイ眺めだー……痛い痛いー！」

反省の足りないワンコさんにウメボシをご馳走。

頭を挟んだ拳をグリグリすると、もふもふの手足をパタパタさせて哀れな鳴き声をあげている。

「ゴメンなさいゴメンなさい～」

小動物を虐待している気分になったので解放。

足下にへちゃり込んだワンコさんが、口を尖らせてぶーぶー文句を言い始めた。

「先輩に対する扱いじゃないー」

「ならば相応の行動をしていただきたく」

今更慌てても仕方ないので、俺も座って落ち着くことにする。

だが、まあ周囲にはモンスターらしき姿が、ほぼないので。

ログイン時の情報閲覧《インターフェース》メッセージからすれば、時差七倍ということで超級ランクのレイドクエストだった模様。

前回といい今回といい、通常ルートではない場所に出てしまってるわな。

「だねー。だってコレ、どう見てもボスだもんねー」

ぽふぽふと足場を叩くワンコさんだ。

ざっと全長百メートルくらいの長方形になっている足場は、上からワンコさんと一緒に墜落してきたときに見た感じ、空を飛んでるドデカイ魚だった。

サイズ比的に、俺たちはこの大怪魚にとって豆粒みたいなものだ。

背中に乗ってのんびりしていても反応を示さない。

というか、目を閉じて寝ながらフワフワ浮かんだままだ。

こんなデカブツが空を飛んでるとか、なかなかのファンタジー感。

「空っていうか、ココはたぶんエーテルの海なのだ」

ココ、と両手を広げたワンコさんに、改めて周囲の景色を見回す。

深いグランブルーの空間がどこまでも続いていた。

上を見上げても空はなく、下を見下ろしても底がない。

周囲を照らす光源は、海の波間から射《さ》し込む明かりのようにユラユラと淡い。

海の中といわれても違和感はないが、呼吸もできるし声も出る。

水の抵抗のようなものも感じない。

「だから、『エーテルの海』。それが何なのかはわかんないんだけどねー。ダンジョンの十七階層と同じなのだ。目の前をスィ〜って魚とか泳いでたりするんだけど、苦しくなったりしないし」

「なるほど」

「あそこは海産物がいっぱいあるけど……。ココにはお魚さんいないなぁ」

へちゃり込んだまま落ち込むワンコさん。

足下の謎の大怪魚は食べられないのだろうか。

ちょっと肉を抉っても、蚊に刺されたようなものだろう、たぶんメイビー。

空間収納《アイテムボックス》からゴブリンアックスを取り出し、こっそり渾身の力を込めて背皮アタック。

ズドン、と衝撃に気噴いた場所には、傷どころか凹みすらなかった。

というか、殴った反動すらなかった。

反作用には仕事をしてほしい。

「……ムリムリー。攻撃力とか防御力じゃなくて、『ルール違反』だもん。フラグを立てて条件を満たさなきゃ、ボスと戦う資格がないんだよ～」

ゴロゴロと転がるワンコさんが、ぐーとお腹を鳴らした。

「コレ絶対、『伝承《レジェンド》』タイプだよー。面倒くさくて嫌いー」

＊＊＊

遠くから潮騒が聞こえている。

潮の香りが漂う港町は、猥雑な喧騒にあふれていた。

黒煙をあげる蒸気機関車がレールを走り、港から馬車で運ばれた油樽が運び込まれていく。

土煙と黒煙に煙っている街中は、さほど大きくはない。

港へ近づくにつれて建ち並んでいるのは、船乗りたちの安宿や酒場だ。

昼間から酒瓶を手にしている船乗りたちは、グデングデンに酔っぱらって道端にたむろしていた。

本来彼らが乗るべき捕鯨船は、そう何時からか、誰も彼もが忘れてしまったほど以前から、波止場に停泊したままだった。

それでも朝になれば汽車はレールを走り、炊き続けられる窯では油が煮られ続けていた。

捕鯨の街。

それは十九世紀アメリカの経済発展を支える、東海岸の重要な産業のひとつだ。

世界中の海から刈り取られる鯨は、さながら『海を泳ぐ油田』に過ぎなかった。

だが、今日も船は出ない。

暇を持て余している船乗りたちは、今日も酒場に集《つど》っていた。

ランプに照らされた店内は薄暗く、下卑た笑い声と酔っぱらいの歓声、そして艶かしい喘ぎ声が響いていた。

無骨な木のテーブルに載せられているのは料理ではない。

まだ年若い半裸の娘だった。

紅毛碧眼の船乗りたちと、黒目黒髪の少女たち。

彼らにとっては異人種であり、イエローと蔑んでいる肌の色をしていた。

もっさりとした陰毛の茂っている股間からは、水風船のように勃起したペニスがうな垂れている。

サイズは大きいが勃起しても柔らかい、それも人種的な差異だ。

テーブルの上で仰向けになった娘は、脱力して股をM字に開いている。

ひとりの男が呷《あお》った酒瓶をテーブルにドンと置き、うな垂れたペニスをつかんで先端を穴にあてがう。

天井を虚ろな目で見上げていた娘は、ぬちゅりと腹を内側から押し開かれる感触に吐息を漏らしていた。

人種の異なるオーバーサイズな柔らかいペニスは、少女の腹いっぱいに埋め込まれていく。

赤ら顔の船乗りは、意味のないスラングを口ずさみながら腰を振っていた。

そして、着乱れたブラウスから覗くブラジャーをずり下げて、淡い膨らみの頂きにある乳首をしゃぶり始める。

隣のテーブルでは、タータンチェックのスカートを手綱代わりにつかんだ船乗りが、ロデオのように激しく腰を振っていた。

彼ら船乗りにとって、彼女たちは海に出られない無聊《ぶりょう》を慰めるための玩具だ。

彼女たちは、ただ犯されるままにメスの喘ぎ声を漏らしている。

既に溶け込み、蕩けた成れの果て。

店の奥には同じように、豊葦原学園の制服を着ている娘たちが囲われていた。

そんな売春酒場《ウェスタンサルーン》への扉が、ギシッと音を響かせる。

両開きのウェスタンドアを開いた人影には、誰も興味を示さなかった。

頭に布を巻きつけてボロマントをまとった人物が、カウンターへと足を向けた。

眼帯をしている無口なバーマスターに一セント硬貨を渡すと、昨日と同じ、鼻につくサトウキビの蒸留酒が差し出された。

会話もなく、ただ役割をなぞるだけの存在《NPC》。

「……やっぱ、元通りか」

マントの下で握っていた剣から手を離し、覆面を外した彼がショットグラスを呑み干した。

「お帰りなさい。無事みたいね」

港から少し離れた岸壁《がんぺき》。

打ちつける荒波を望む高台には、うらぶれた灯台が設置されていた。

「ちゃんと戻ってこられてよかったわ」

「大丈夫みたいっすよ。アイツら、町の外には出てこられないみたいっすから」

鉄錆の浮いた扉の前には、ひとりの美丈夫が待っていた。

物腰は柔らかだったが立居姿に隙はない。

「……そう。とりあえず、中に入って休んでちょうだい。誠一くん」

「うぃっす」

ガチャリと開かれた扉の中へと潜っていく。

「あっ。誠一くん」

「お帰り〜、誠一」

埃に塗れて蜘蛛の巣が張り、船虫の住処となっていた灯台内部は、すっかりと様変わりしていた。

明るいランプに照らされている掃除されたフロア、崩れていた壁は補修されて、灯台の原始的な光源装置も補修されている。

海側のブースにはキッチンが設置され、ブイヤベースのいい匂いが鍋から漂《ただよ》っていた。

『職人《クラフター》』みんなが力を合わせて、半日も経たずに立派な拠点となっていた。

「町の様子はどうだった？」

やはり心配だったのだろう。

真っ先に歩み寄ってきた麻衣が、確かめるように誠一の手を握った。

「ああ。特に騒ぎは起きてなかったよ。つうか……昨日ぶっ壊した建物も、全部元通りになってた」

そして、ぶっ殺したはずの住人も、何事もなかったかのように飲んだくれて女子生徒をレイプしていた。

まるで巻き戻した映画のシーンを演じているように、昨日見たとおりの光景を繰り返していた。

「なにそれ。マジ気持ち悪い……。ココ、本当にダンジョンの中なの？」

地下遺跡のようなダンジョンに、襲い来るモンスター。

それが今まで彼らがダイブしてきたダンジョンだ。

時代錯誤だがノスタルジックな人間が住む街、見渡せる海と空、そして人間らしき形をした何か。

「ええ、間違いなくダンジョン、レイド領域の中よ。これは『伝承《レジェンド》』型のレイドで間違いないでしょうね」

「香瑠さん。見張り役、お疲れ様かな」

周囲を見回った後、扉から入ってきた香瑠が苦笑を浮かべる。

「それくらいさせてちょうだい。本当にゴメンなさいね。アナタたちの邪魔をするつもりはなかったの」

「えっと、もういっぱい謝ってもらったから気にしないでください」

気まずそうな蜜柑に、誠一もおどけた風に肩をすくめて見せた。

「つすよ。幸い、というか。叶馬がはぐれただけで済みましたし」

他のメンバーならまだしも、彼らの部長は火山の噴火口や成層圏に打ち上げられても、困った、とか言ってのんびりしてそうだった。

「ウチの部長もそういう意味では心配いらないのだけれど……ハァ」

「あー……気持ちはたぶん、スンゲーよくわかります」

顔を手で覆った香瑠に、激しくシンパシーを感じる誠一だった。

最初は性別の逆転した物腰と、立ち居振る舞いからも感じられる強者の威圧感に警戒していたが、おそらく学園では稀少なレベルの常識人だと既にわかっている。

「静香ちゃんは、まだ寝込んでいるのかしら？」

「春ちゃんと沙姫ちゃんが一緒、です」

隅っこで座っていた夏海の声色が固い。

香瑠に向けられている視線も、変わらず敵を見る目だった。

レイド領域へログインした『神匠騎士団《アデプトオーダーズ》』メンバーは、はぐれた叶馬を除いた全員が無事に拠点へと集まっていた。

ただし、前回の補習レイドで叶馬と離ればなれになったときと同じように、激しく取り乱した静香だけが伏せっている。

夏海と海春や沙姫にとって、何より大事なのは叶馬と静香だ。

余計な手出しをした部外者に向ける視線は冷え切っていた。

「ゴメンなさい。……彩日羅ちゃんもね、普段はあそこまで空気が読めないわがままな子じゃないの。そりゃあ食い意地は張ってるけれど、人に迷惑をかけないくらいの分別はあるわ」

それだけで、もう部長を取り替えっこしたいくらいに羨ましい誠一だった。

「本当は人見知りな子なのよ。……彩日羅ちゃんのコト、怖がらなかったって聞いたわ？」

「噂に聞いてたよりは、全然普通の子だったような……。すんごい可愛い格好してたけど」

何故か初対面時の記憶が曖昧になっている乙葉が、こめかみを押さえる。

「あは。怖いっていうより可愛い、って先輩さんには失礼ですよね」

黒蜜《ブラックハニー》の中核メンバーは、彩日羅を含めた三年生で構成されている。

蜜柑たち二年生組にとっても先輩だ。

「いいのよ。彩日羅ちゃんにも、できれば私にもそのまま接してほしいわ。受け入れてもらえたのが嬉しかったんでしょうね。テンションが上がってあんなコトをしちゃったみたい」

香瑠の言葉に首を傾げているメンバーの中で、誠一と麻衣だけが気まずい表情をしていた。

「怖いってゆーか」

「食われそうな感じ、だったっすね」

「そうね。それが普通よ。彩日羅ちゃんのクラス、『暴食者《グラトニー》』の影響なの。だから、あの子は自分を怖がらない同類を探していたの」

「あー、そんで叶馬っすか」

確かに、意味のわからない理不尽さが同類っぽかった。

「ただ、ミカンちゃんたちが平気な理由はわからないのだけれど。仲良くしてくれると嬉しいわ」

「別に仲良くする気なんてないけど、アッチから来るんなら拒む気もないわ」

キッチンブースで鍋を掻き混ぜていた久留美が鼻を鳴らしている。

他のメンバーは言葉に出さずとも頷いていた。

「本当にありがとう。とりあえず、このクエストについては手助けさせて。全面的にサポートさせてもらうわ」

「それは助かるっす。正直、何がなんだか」

「そうね。レイドクエストのカテゴリーの中でも、『伝承《レジェンド》』型はかなり特殊なタイプになるの」

ちょうど料理も完成し、灯台の中で夕食が始まった。

流石に全員が座れるスペースはなかったが、即興でメイキングされたテーブルに料理が並べられる。

海岸に打ち上げられていた流木や難破船も、彼女たちにとっては資材の山だ。

家具や食器は充分に揃っていた。

「とてもおいしい。すごいわね。レイドクエスト中に、こんなおいしい料理が食べられるとは思わなかったわ」

深皿を手にした香瑠が、目を見はっていた。

大鍋で煮られた真っ赤な汁の中には、岩礁で捕まえた小魚が使われている。

トマトソースにニンニクの香りがアクセントになり、濃厚な魚貝の旨味が溶け出していた。

とはいえ、謎の海から調達できたのは、謎の怪魚だ。

瘴気濃度の高いエリアに発生する、Null《ヌル》MOB《モブ》の一種になる。

そうしたNull《ヌル》MOB《モブ》も他のモンスターと同じように、毒属性がなければおいしく食べることが可能だ。

むしろ、食べられないモンスターやNull《ヌル》MOB《モブ》のほうがレアだった。

食材鑑定なら久留美の目に間違いはない。

未知の食材であろうと、全てがおいしい料理に仕上げられている。

大きな怪魚は、三枚におろされてフライになっていた。

甘酢あんが、ふわっとした白身フライに絡んでいる。

大きなアンモナイトもどきのNull《ヌル》MOB《モブ》は、足をぶつ切りにされて串焼きに、渦巻き殻はそのまま壺焼きにされている。

海老っぽいNull《ヌル》MOB《モブ》は、素揚げされてサラダの具材にされていた。

早々に安全地帯の拠点が見つかり、食糧も潤沢に確保できる。

襲いかかってくるモンスターも何故か存在しない。

だがやはり、晩餐《ばんさん》の空気は重苦しいままだ。

「あー、うん。食べながらでいいんだけど、伝承《レジェンド》型のレイドクエストについて教えてほしいかな」

空気を変えようと問いかけた凛子も、既に授業ではレイドクエストについてひと通り学んでいる。

だが、『王権《ダイアデム》』『付喪《レガリア》』『根源《プリミティブ》』『伝承《レジェンド》』『侵略《バルバロイ》』の五大カテゴリーにおいて、もっとも攻略方法の変わっているレイドクエストが『伝承《レジェンド》』だった。

力押しで攻略するしかない『王権《ダイアデム》』や『根源《プリミティブ》』とは違い、段取りを踏んで攻略しなければボスに辿り着けもしない。

攻略するのはボスではなく、その世界観だといわれている由縁だ。

その代わり、その世界観の謎さえ攻略できれば、格上のボスであろうと倒すチャンスが生まれる。

「そうねぇ。まず、伝承《レジェンド》型のレイドクエストを攻略するには、これが何を元にして生まれた世界なのか、を理解しなければいけないわ」

「えっと、意味がわからないんですけど……」

「レイド領域には必ず核《コア》があって、そのコアを中心にエリアが形成されるの。コアがダイアデムの場合はボスにとって都合のいい環境に、プリミティブの場合はそのエレメント一色に、レガリアの場合はコアアイテムに関連した世界に、という感じになるの」

「なるほど。誠一、パス」

「……お前はもうちょっと頭を使え」

理解を放棄した麻衣がタコ足の串にかぶりついた。

「ふふ。仲がいいのね。さて、今回のような伝承《レジェンド》タイプのコアは、物語りそのものなのよ。コアになっているボスが存在するケースが多いけれど、それは物語の象徴《シンボル》に過ぎないわ。映画や本のストーリーが具現化した世界、というイメージね」

「はう……難しいです」

「そうね。ただモンスターを倒せばいいというクエストではないわ。コアになっているストーリーに従って進んで行かなければ、ボスがいる場所にまで辿り着けないの。彩日羅ちゃんたちがいうには、フラグを立てなきゃダメなんですって」

「あー、RPGじゃなくて、ADVみたいな感じなんですね」

頭を掻いた誠一がため息を吐いた。

「えっと。じゃあ、あの街みたいなのとか、人みたいなのはNPC【ノンプレイヤーキャラクター】ってやつ？」

「ええ。アレは舞台装置みたいなモノでしかないの。ストーリーを進展させるためのキーは、また別に用意されているはずだわ」

麻衣が思い出していたのは、どう見ても世界観から外れている少女たちの姿だった。

NPCに嬲られるまま、自我を失っていたモノ。

「……あそこにいた、ウチの学園の生徒みたいな子たちも？」

「……ええ。そうよ」

最初に街中を探索したとき。

彼らが目にした、学園の制服を着ている東洋人の性奴隷。

この世界において、あきらかに場違いな異物。

救助した彼らが街の外まで連れ出した瞬間、煙のように姿を消してしまったのは、他の住人と同じ現象だった。

「マジ趣味悪すぎなんですけど」

「私もそう思うわ」

「――――そんなのはどうでもいい。旦那様はどこにいるの？」

冷たい声に乾いた視線。

静香が休んでいる上階へ繋がる螺旋階段。

夏海と入れ替わりで食事にきた沙姫だが、その皿は手をつけられていなかった。

階段に腰かけて刀を抱えたまま身動ぎもしていない。

普段の笑顔が消えた沙姫には誰も近づけず、蜜柑もアワアワと心配そうに見守るしかなかった。

「始まりの街中《シーン》にいなかったということは、別の場面《シーン》に紛れ込んでしまったのでしょうね」

「そこに行くための方法は？」

「私たちがクエストの攻略を進めるしかないわ。それが、このレイド世界のルールだから」

忌々しそうに口元を歪めた沙姫が、ぎゅっと刀を握り締める。

「全部斬り殺せば、先に進めるの？」

「無駄よ。それでは次のシーンに進めない。明日になれば、また元通りに戻ってしまう」

「……どうすれば、いいの？」

「先に進むには謎を解いていくしかない。そのためには、この世界観の元になったストーリーを知る必要があるわ。逆に言えば、それさえわかれば伝承《レジェンド》クエストを攻略するのは難しくない」

殺気すら感じられるほど張り詰めた沙姫だが、香瑠には迷子になって泣きそうな子どもに見えていた。

「とりあえず、元になった話は日本じゃねえな」

「だねぇ。服のセンスとかも古臭いし、アイツらピストルとか持ってなかった？」

「訛ってて聞き取りづらかったけど、使ってる言葉は英語だったかな。ただ、こっちに話しかけてきたときは日本語でビックリしたけど」

他のレイドタイプとは違い、『伝承《レジェンド》』クエストには攻略するための道筋が、必ず存在している。それは物語がオープニングからエンディングまで繋がっているという、根本的な法則に従っているからだ。

物語を攻略するための条件は、全て用意されていなければならない。

「つうか、ヒントが少なすぎるぜ。場所はアメリカかヨーロッパあたりか？　時代も十八世紀から二十世紀くらいだろうけど、絞り込めねえ」

「私が町に行って鑑定してこようかな。何か手がかりがつかめるかも」

「私も行くわよっ。集める情報は多いほうがいいでしょ？」

「イングリッシュ、ゲルマン、マンダリン、読めます」

「んっ」

方針さえ見えれば、落ち込んでいる彼女たちではなかった。

腹が減っては戦ができぬとばかりに飯をかき込み、階段で踞ったままの沙姫にもフィッシュサンドが押しつけられる。

「私にも手伝わせてね。……本当に見直したわ。『職人《クラフター》』ってレイドクエスト向きなのかもしれないわねぇ」

初級や中級ランクならともかく、上級以上の伝承《レジェンド》レイドは攻略に時間がかかるのが定説だ。

何より、世界観の調査と判別に手間がかかり、攻略自体もただ戦力があればいいというものではない。

「……まかり出でたのはイシュメールと申す風来坊……」

「静香ちゃん！」

ボロ布を頭からかぶっている静香が、螺旋階段に立っていた。

その熱に浮かされたような笑顔と、小さく呟かれた片言に、メンバーたちの胸には悪寒が走り抜けていた。

レイドクエストで発生しうる最悪のトラブル、精神崩壊。

記憶と経験がリセットされない代償として、その精神に受けたダメージは外に出てからも引き続く。

「静香……」

口元を押さえた麻衣だが、静香の両脇を支えていた姉妹は嬉しそうな顔をしていた。

「大丈夫です。ココが何なのか、わかりました」

「えっと、静香ちゃん。本当に大丈夫なの？」

「ええ。叶馬さんから連絡がありました。今はワンコさんと一緒に、ボスの上にいるそうです」

「……あらまあ」

ワッと沸いたメンバーたちの中で、ほっとため息を吐いた香瑠が頬を掻いていた。

「旦那様ズルイです。私もボスを斬りたいです！」

「心配はしてなかったが……。相変わらず斜め上過ぎんだろ」

「連絡って、どうやって……けど、まあ叶馬くんだし、何でもアリかぁ。みんなに心配をかけて、帰ってきたらお仕置きだね」

「それで静香ちゃん。わかった、ってどういうことかしら？」

香瑠の言葉に頷いた静香は、見えないはずの海の彼方を見据えていた。

「叶馬さんがいる足下、ボスの名前は白鯨《モディディック》。つまり、ココは十九世紀のアメリカの小説家メルヴィルが書いた長編小説、『Ｍｏｂｙ Ｄｉｃｋ： ｏｒ ｔｈｅ Ｗｈａｌｅ』の世界です」

名称、『白鯨《モディディック》』
種族、神獣《ディバインズ》　属性、水
階位、２１７
能力、『淵王《アビスロード》』『嫉妬《エンヴィ》』『偽神《イコン》』
存在強度、☆☆☆
「十九世紀後半。アメリカの捕鯨船団により世界中の海で乱獲された、鯨の怨念により生み出された祟り神」

＊　＊　＊

今回のレイドクエストで、俺が一番心配していたのは静香だった。

どうも俺と長い時間離れていると、精神的に不安定化するっぽいので。

原因はおそらく、この右手にある静香石なのだろうと撫でていたら、何かあっさりとチャネリングしてしまった。

ラジオ電波のチューニングかと。

もうちょっと、こう劇的な絆イベントがあってもよかった気はする。

感覚的には麻鷺荘と学園校舎くらいしか離れていない手応えだった。

少々マニアックな放置プレイの経験が生きたようだ。

とりあえず、お互いの無事を確認できて何より。

静香さんが必死すぎてちょっと怖かったり、何故か海春と夏海が混信してたりとカオスな状況だったが、最低限の情報は共有できたと思う。

「……お腹空いたよぅ」

ぱたりと倒れ込んでいるワンコさんが、お腹をグーグー鳴らしながら弱音を吐いている。

全力で同情を煽ってくるスタイル。

現状に差し迫った危険はない。

だが、餓えは人間を殺す遅効性の毒だ。

空腹は容易に判断力を鈍らせて、低血糖症のハンガーノックを引き起こす。

またサバイバル的な観点でも、飲み水を確保できなければ三日も保たないだろう。

俺たちは極めてきびしい状況に陥っているといわざるを得ない。

「う〜う〜」

雪ちゃんからの差し入れであるお団子を食べながら、涙目をウルウルさせて縋ってくるワンコさんをディフェンス。

田舎風のみたらし団子が優しいお味。

あと青い椰子《やし》の実っぽいのももらったので、ヘタの部分をむしり取ってからココナッツジュースをドリンク。

南国テイストがとてもフルーティー。

これはたぶん、椰子に擬態していたエントの実だと思う。

空間収納《アイテムボックス》の雪ちゃん畑で、すくすくと育っていたらしい。

「う〜う〜う〜…」

涙と涎を垂らしているワンコさんをいじめている気分になってきたので、一緒に食べることにした。

「お団子うまー」

「うむ」

笹の葉で包まれた追加のお団子は、あんことずんだのコラボレーション。

米の粒が残ってる半殺しなお餅が手作り感ある。

雪ちゃんに感謝しながらお団子祭りだ。

幸せそうに両手の串にかぶりついているワンコさんは、▼GPバーメモリがモリモリと回復しておられた。

SPとGPのデュアル仕様とは珍しい。

自分以外では見たことがなかった。

「おいしかったー」

幸せそうに毛繕いするワンコさんのバーメモリが、何もしていないのにグングンと減少していく。

「……お腹空いた」

「燃費が悪すぎる」
回復しづらいGPが、ご飯を食べるだけで回復するのは便利ではある。
だが、何も食べていないと勝手に減少して、お腹が空いてしまうらしい。
かなりのトリッキータイプ。
これはたぶん、読めないステータスの影響ではなかろうか。
何かバグってる気がする。

名称、『: £(チ　彩: †.』
種族、:: 間
属性、無
階位、10+34e
能力、『人:: ƨ』『暴食の大罪《シングラトニー》』
存在強度、:: ★
「: ∂葦: 学. ±参「丑組◇子:: 徒」
バージョンアップされた情報閲覧《インターフェース》でワンコさんを視姦してみると、やはり変な感じでバグってる。
これは、とてもよくない感じがする。

本来あるべきものが侵食されているというか、このままだと別の何かに変わってしまいそう。

「ワンコさん」

「なーに？　ていうか、ちゃんと名前で呼んでよー。……えっと、そう、彩日羅だ。彩日羅ちゃんとは私のコトだー」

ソレは違うと思う。

もう、あまり残ってない。

グーとお腹を鳴らしながら胸を張るワンコさんも、多少は自覚があるはずだ。

ステータスの文字にタッチしても反応はなし。

静香たちと何が違うのだろう。

「ワンコさん」

「ぶーぶー。ご飯をよこせー」

「このクエストは、俺たち『神匠騎士団《アデプトオーダーズ》』が挑戦しているレイドです。ワンコさんはオマケです」

「えっと、うん……ゴメンなさい」

素直なワンコさんが反省なされる。

甘い匂いに釣られただけで悪気はなかったのだろう。

「倶楽部の部長は俺、つまりレイドパーティーのリーダー。そして、ワンコさんはパーティーメンバーのひとりです」

「……私も混ざっていいの？」

「はい。俺がリーダーで、ワンコさんがメンバーです。アンダースタンド？」

「うんっ。えっへへ」

よし、言質をゲット。

情報閲覧《インターフェース》のリアクションが開放されている。

この、唯一正常に稼働しているワンコさんの『暴食の大罪《シングラトニー》』が原因なのだと思う。

怪訝なお顔をしているワンコさんの前で、ポップアップコマンドを利用してステータス情報を修復していく。

復旧に必要なバックアップデータは、何故か『底無し穴の番犬《オーバーグラトニーギア》』から引っ張ってこれた。

これはどういうアイテムなのだろうか。

ワンコさんと同化してるような、一体化しているような感じ。

最初はコイツが原因なのかとも疑ったが、実際にはワンコさんを守っていた模様。

名称、『上月《かみづき》　彩日羅』
種族、人間《ヒューマン》
属性、使徒
階位、10＋10e＋1e
能力、『人間《ヒューマン》』『暴食の原罪《シングラトニー》』『暴食の使徒《アポストロスグラトニー》』
存在強度、☆★★

「豊葦原学園参年丑組女子生徒」

だいたいこんなものだろう。

レベルがオーバーフローしているようなので、こっそりクラスチェンジをさせてしまった。

総合レベルが減少してしまったのは、まあ気にしないでほしい。

微妙に元クラスも変わっているっぽいが問題ないだろう。

というか、ワンコさんこと、彩日羅さんは女の子だった。

いや、もちろんわかっていたが。

「ん？　んんぅ？　アレ、なんか……お腹空いたー」

小首を傾げていたワンコさんは、結局お腹をグーと鳴らしていた。

あんまり変わらなかったらしい。

＊　＊　＊

夜の帳《とばり》、ザァザァと延々繰り返される潮騒が響いていた。

レイド領域、『海淵の悪魔』で巡る昼と夜は、舞台装置に過ぎない。

カチリ、と誰かがスイッチを捻ったように、唐突に昼と夜が入れ替わる。

昼の六時間と夜の六時間が、第一幕の設定時間だ。

現実世界に酷似した昼間の世界に比べて、夜の世界は吊り下げられた星々に笑顔を浮かべた三日月と、不気味なリアルおとぎ話の様相へと変わっていた。

「不寝番《ねずばん》、ご苦労様です。交替の時間っすよ」

「あら。ありがとう」

差し出されたマグカップから立ち上る紅茶の香りに、灯台の扉前で見張りをしていた香瑠が頬笑んだ。

「でも、本当にいいのかしら？　私がずっと夜警でもいいのだけれど……」

「現状、俺らの中じゃ先輩が最大戦力なんで、体調は万全にしててほしいっすね」

「そうじゃなくて、ほら、女の子しかいない場所に私を入れてもいいの？」

「あー……大丈夫なんじゃないっすかね。正直その心配はしてなかったっつーか」

隣に腰かけた誠一が、インスタントコーヒーのカップに口をつけた。

「まあ。先輩は、俺の同類かな、と」

「……そう。アレだけ目立つ子だから、誰かついているとは思ったわ」

ただ、潮騒《しおさい》がザァザァと繰り返される。

「一応、確認しときたいんすけど」

「何かしら？」

「あの町にいた、ウチの学園の生徒。……アレ、何ともならないっすか？」

「……ええ。ならないわ」

一度『世界《レイド》』に取り込まれてしまった以上、分離する方法は判明していない。

彼女たちはダンジョンの特異点を安定させるためにくべられた、成れの果てだ。

第五十六章　異邦人《イシュメール》

「あったよ、『汐吹亭』。……ていうか、言われてみれば、コレだけ日本語の看板とか、超妖しいよね」

「『The Spouter-Inn』や『潮吹き亭』じゃないのですね。だいたいわかりました」

時は一八一四年、北米捕鯨業の中心地マサチューセッツ州ニューベッドフォード。

十九世紀後半まで、ナンタケットやコネチカット州ニューロンドンと並んで世界有数の捕鯨港として知られていた。

当時の鯨は石炭や鉄鉱石と同じ、ただの資源とみなされていた。

捕鯨の目的は、ランプの明かりなどに用いる鯨油の獲得だ。

それらは産業革命の機械にも用いられた重要物資だった。

殺された鯨はそのまま洋上で解体される。

油を搾るために皮を剝ぎ取られ、脳油を引き抜かれ、残りの肉や骨は海中へと投棄された。

平均サイズの鯨一頭から、約百五十樽もの鯨油が採れたとされている。

特にマッコウクジラの頭部に詰まった脳油は特上品とされていた。

既に十七世紀半ばには大西洋の鯨は取り尽くされ、太平洋へと狩り場は移されている。

鯨油の主たる消費先はヨーロッパとアメリカであり、十九世紀ではアメリカが世界最大の捕鯨国となっていた。

全盛期の捕鯨船団は七百隻を超えており、世界中の海から鯨を取り尽くしたといっても過言ではない。

二十世紀に至るまで、刈り取った数は三百万頭を超えていると考察されていた。

アメリカが鎖国状態だった日本へと開国を迫った理由も、日本沿岸で行う捕鯨のための補給基地を求めた故だ。

それも十九世紀も終わりに近づいた頃には、日本沿岸のマッコウクジラとセミクジラはアメリカの捕鯨船団によって取り尽くされ、同時に開発が進められていた石油資源へのエネルギー依存によって下火になっていった。

古くから鯨の血肉を食用、薬用、工業品として細々と活用してきた日本を尻目に、二十世紀初頭には世界が鯨資源を工業用品として再評価し始め、世界中の海から更に鯨の数が減少していった。

『白鯨：Moby Dick： or the Whale』は、そんな時代設定の元に書かれた物語だ。

「では、ここに『クィークェグ』という男がいるはずです。全身に入れ墨があるのでわかりやすいかと」

「はー。静香ちゃんすごいね。白鯨って本の内容を全部覚えてるの？」

蜜柑の感心した眼差しに、静香は曖昧な笑みを浮かべていた。

「……ええ、まあ」

ストーリー部分だけを抽出すれば、『白鯨』という小説はとてもシンプルだ。

『イシュメール』を語り手にして始まるストーリーは、捕鯨というテーマの元に展開されていく。

物語の主題は、復讐に取り憑かれた狂気の船長『エイハブ』と、彼が追う宿敵『白鯨《モディディック》』との戦い、と思いきや活字の大半を占めるのは捕鯨に関する談義だ。

作者が捕鯨に関するウンチクを垂れたい、あとついでに善悪と宗教観も聞いてほしい。

そうだ、誰も聞いてくれないから小説という形で世間に出そう、というためのフレーバーが船長と白鯨の戦いだ。

故に、ストーリーとして把握するべき要点は、驚くほどに少ない。

主人公の『イシュメール』が捕鯨船ピークォド号に乗船し、船長『エイハブ』や船員と『白鯨《モディディック》』を追って、最後には返り討ちにされて船は沈む。

大まかな流れとしてはそれだけだ。

二手に分かれて街中を探索していた一行が合流して、『汐吹亭』という看板が掲げられたパブを見上げる。

調査メンバーは、誠一と麻衣に海春と凛子、静香と沙姫に夏海と蜜柑という構成だ。

残りの『職人《クラフター》』メンバーは静香の指示により、とある作品を作製していた。

香瑠は彼女たちの護衛として待機している。

「一応、世界の十大小説のひとつですので、知っている人のほうが多いかと」

「題名だけは聞いたことがあるけど、読んだことはないかな……」

「ぶっちゃけると、読後に悟りを開いたような虚脱感と、なんでこの小説を手に取ってしまったんだろう、という諦念が味わえます」

ばっさりと切って捨てた静香が汐吹亭を睨んだ。

見るからに異邦人とわかる姿格好をしている彼らにも、住人たちは特に反応を示そうとしない。

「問題は、主人公の『イシュメール』が存在するのか、私たちがその役割を果たすのか、ですが……。とりあえず、『クィークェグ』をぶちのめして確保で」

「おーい」

「流石静香。シンプルでわかりやすいわね」

「原作のような装飾過多で回りくどく長ったらしい口上なんて聞いていられません。好感度イベントは無視して、キーキャラクターをどんどん回収していきましょう」

しばらくして、汐吹亭の中から怒声と悲鳴が響いてきた。

すぐに人間ひとりが入りそうな、ずだ袋を担いだ強盗誘拐団が脱出してくる。

「次は、『海員の礼拝堂《シーマンズベセル》』へ行きましょう」

「オッケー。どんどんいってみよー」

「……マジ、これでいいのか」

＊　＊　＊

「ご、ご飯ー……」

「なら、わかりますね。ワンコさん」

すぐにひもじくなってしまうワンコさんと取引だ。

べしゃっと大の字になってグーグーいっている姿に色気はない。

だが、俺も暇なので無聊を慰めてもらおうか。

「お、鬼ー。淫獣ー。また弄ぶつもりだ～」

「では、このぼた餅は俺が」

「酷すぎるー。もう好きにすればいいのだー」

言質をゲット。

食欲に負けて俺に身体を売ったワンコさんを弄ぶ。

「うまー。っていうか、お腹に顔突っ込んでもふもふ楽しい？」

「とても」

くすぐったいのかワンコさんは嫌がるが、お腹のもふもふ度が高い。

背中の毛は結構硬く、尻尾とかバサバサな感じ。

ちゃんと柔軟剤を入れて洗っているのだろうか。

「ここのもふもふが一番柔らかいので」

食べ物と引き替えに、既にワンコさんの身体の具合は知り尽くしたと言っていい。

「別にもふもふするくらいイーけど、もうちょっとエロエロなイベントが発生してもイーんじゃない～？」

「おこがましい」

ワンコさんの分際で何を言っているのやら。

腰をくねくねされても純粋に微笑ましいのみ。

「スゴク侮辱された気がする。ていうか、どっからご飯を出してるだー。もしかして無限においしいものが出てくるマジックアイテムとか持ってるなら、全財産と引き替えにするから譲ってほしいのだ」

「真顔で土下座されても、そんな素敵アイテムはありません」

ただ、雪ちゃんが収穫のお裾分けをしてくれているだけだ。

お米が豊作だったらしい。

二期作どころか、一二期作とかできそうな雪ちゃんの田んぼからチート臭。

「とりあえず、熱いうちにいただきましょう」

「うわ。おいしそうな雑炊きたー」

今度は鉄の大鍋いっぱいに卵雑炊をお恵みくだされた。

雪ちゃんマジ女神様。

干し肉に加工した牛鬼を使ったのか、ギューな感じのいいお出汁が出ている。

このままでは太ってしまいそう。

なんと過酷なサバイバルであることか。

＊　＊　＊

「お前たち、あの船に乗ろうというのなら止めておけ。エイハブの話は聞いたことがないのか？　神に呪われた男エイハブ、最後の航海で鯨にゲブッ」

「予言者、ゲットです！」

「島がないのに島の臭いがする日、エイハブは死して蘇り、皆を手招く。そしてひとりを残して全員死ぬ……と。あ、予言者イライジャは要らないので放置でお願いします。後で勝手に湧いてくるかもしれませんが」

「……こんなにパワー任せのゴリ押し『伝承《レジェンド》』攻略はどうかと思うわ」

すっかり大人しくなっているいくつものずだ袋に、額を押さえた香瑠がため息を吐いた。

「まあ、確かにシーンは進んでるよな」

「うん。静香ちゃんは叶馬くんがいないと暴走し始めちゃうからな。色んな意味で」

「捕鯨船ピークォド号に戻りましょう。出港の準備が整っているはずです。蜜柑先輩、例のものは」

静香の問いかけに、蜜柑はサムズアップをして頷いた。

「とっくの昔にできてるよっ。今はみんなでいろいろ追加装備をくっつけてるみたい」

「んじゃ、ま。おっぱじめますか……ハァ」

「せっかくの主人公役なんだから、気合い入れてけー！」

肩を落とした誠一の尻を、麻衣が文字どおりに蹴っ飛ばした。

「では、参りましょう。叶馬さんと白鯨《モディディック》がいる、海へ」

＊＊＊

さて、静香からの定時連絡では、レイドクエストを順調に攻略しているらしい。

必ず助け出すので、もう少しだけ耐えてください、とのこと。

「ワイバーンの山賊焼きウマー」

ワンコさんに餌づけしながら食っちゃ寝している俺としては、とても後ろ暗い感じ。

ちなみに、それはワイバーンではなく蛟竜だ。

俺たちは白鯨《モディディック》の上で焚き火をしつつ、ワイルドな焼肉祭りを開催していた。

一応、俺たちも食っちゃ寝しているだけではなく、白鯨《モディディック》というボスらしき大怪魚を調査していた。

長さ百メートル、幅十メートルほどの化け物サイズなモンスターとはいえ、見回るだけなら大した手間でもない。

静香の見解ではマッコウクジラをベースにしているんじゃないかという話だ。

しかし、本物のマッコウクジラを知らないので何とも言い様がない。

箱型をしているので、上に乗っている分には楽である。

白い体皮のあちこちに槍、というか銛が突き刺さっていた。

銛に繋げられたロープや、おそらく引っ張られてクラッシュしたのだろう船の残骸なども残っている。

刺さっている鯨銛は全部マジックアイテムらしかったが、がっつりと呪われている模様。

試しに一本引っこ抜こうと試したら、ボス本体と同じようにビクともしなかった。

たぶん、これもボスにスイッチが入らないとオブジェクト扱いなのだろう。

船の残骸は破壊できたので、そのまま薪に使っているが。

実際、この白鯨《モディディック》が動き出して戦う相手となったとき、今まで遭遇したことがない強敵となるだろう。

大きいということは、それだけで強いのだ。

「うんうん。食べ応えがありそうだよー」

マンガのような骨付き肉を焼きながら、ワンコさんがジュルリと涎を拭う。

そういえばワンコさんはAランク倶楽部である『黒　蜜《ブラックハニー》』の部長さんだ。

今までダンジョンでさまざまな強敵を相手にしてきたのだろう。

「こんなにおっきな獲物は初めてだけどね」

「やはり」

「きっとおいしいんだろうなー。楽しみ」

がぶり、とマンガ肉にかぶりついたワンコさんの歯が、ギラリと妖しく光っていた。

＊　＊　＊

出港した捕鯨船ピークォド号は、一等航海士スターバックの指示により順調な航海を続けていた。

スタブ二等航海士、フラスク三等航海士、鯨の銛打ち職人たち。

自分たちがどうやって船に乗ったのか首を傾げている船員もいたが、各自が己の役目《ロールプレイ》を果たしている。

どこまでも青い空、青い海。

彼らは鯨を求め、宿敵を求め、宿業を求めて海を征く。

その船内に異邦人《イシュメール》を乗せたまま。

ヘイホー！
ヘイホー！
錨を上げて帆を張れ
いざ、汐吹き野郎の元へ！

脂滴る鯨のステーキ
脳油で揚げたカリカリのパン
海豚にハマグリ混ぜ込んで
たっぷり胡椒をぶち込んだチャウダー
海のご馳走、我らのご馳走

鯨の髭は淑女のスカート
鯨の骨は紳士のステッキ
上等の龍涎香《アンバーグリス》には女王陛下も首ったけ
我らをいざ、鯨の元へ！

「船長！」
「エイハブ船長！」

船員が見上げた船尾には、ひとりの男が立っていた。

薄暗くて不吉な顔。

カツン、と踏み鳴らす左足は、鯨の顎骨から削りだした呪われし義足。

彫りの深い顔には、頭部から首元へと走る大きな傷跡が刻み込まれていた。

彼こそは白鯨《モディディック》に呪われ、白鯨《モディディック》を呪う哀れな復讐者。

彼こそは白鯨《モディディック》の宿敵、エイハブ船長。

「――鯨を見つけたら」

エイハブの声を聞いた船員たちがゴクリと息を呑む。

「貴様たちは如何する？」

「船長に知らせます！」

「鯨を殺せと命令されたら如何する⁉」

「鯨を殺します！」

「貴様らは鯨を殺すのか⁉　鯨から殺されるのか⁉」

「鯨を殺します‼」

殺す、殺すと繰り返す船員たちの熱狂に口元を歪めて、エイハブは全員に見えるように金貨を掲げた。

「貴様ら、このスペイン金貨が見えるか！　頭でっかちの、牙の双列の、純白の羊より真っ白の、嵐のセールよりも雄々しく尾を振る鯨の、白鯨《モディディック》を発見したやつに、この金貨をくれてやる！　さあ、ハンマーをよこせ」
船員からハンマーを受け取ったエイハブは、釘を手にしてメインマストへ向き直った。
蒼天と蒼海に照らされて、一枚のスペイン金貨が艶かしく光っていた。
それは船員たちの欲望を集めて、心をひとつにしていた。
魅入られている金色の輝きを、船の支柱へと貼りつけて、釘づけにする。
それは呪われた誓いの儀式だ。
諸共に宿敵へ、白鯨の待つ墓場へと誘うために。
だがしかし、振り下ろされたハンマーは、メインマストを直接叩きつけていた。
「……何のつもりじゃあ、貴様！」
ざんばら髪を振り乱し、目を血走らせたエイハブが振り返った。
そこに立っていたのは新人の船乗り。
物語の語り手でもある異邦人。
スリ取った金貨をかざしてみせる。
「コレがキーアイテムだろうっていう予想は、大当たりだったらしいな」
「気でも狂ったか、異邦人《イシュメール》!?」
口から唾を飛ばしたエイハブは、ハンマーを手渡した船員、異邦人《イシュメール》へと摑みかかった。
ボロ布のマントをひるがえして、甲板へと飛び降りた誠一がシュマグを解いた。
船員たちに囲まれるも、焦ることなく肩をすくめて見せた。

「ま、そう怒りなさんなって。アンタの宿敵は俺らがブチのめしてやっから」

「許さん、許さんぞ……白鯨《モディディック》はワシの獲物だ！　ワシの宿敵だ！　ワシのモノだ！」

じり、じりと銛やカットラスを構えた船員たちが、誠一をサイドデッキへと追い詰めていく。

船の周囲は、見渡すかぎりの海原へと変わっている。

それは場面《シーン》が切り替わっている証《あか》しだった。

ストーリーは進展して、既に逃げ場はなくなっている。

「台無しだ！　すっかり台無しだ！　今度こそ、今度こそやつを仕留められるはずだったのに！　貴様のせいで、またやり直しだ！」

両手を広げたエイハブは、狂ったように泣き叫んでいた。

「……諦めろよ、爺さん。アンタらにゃあボスは倒せねえ。そう、なってる」

「黙れ、黙れぇ、裏切り者が！　ここはワシの船、ワシの世界だ。貴様を殺し、また新しい異邦人《イシュメール》を呼び込むだけ！　何度でも、そう何度でも、やつを仕留めるまで何度でもだ!!」

「たとえ偽物だったとしても、アンタの執念は本物なんだろうぜ……。きっとな」

甲板の端に追い詰められた誠一が、口元をマスクで覆った。

「さあ、殺せ！　海に突き落として鮫の餌にしてしまえ！」

「えっ、エイハブ船長！　何かがすごい速さで接近してきます！」

物見台からの警告に、彼らは海原へと視線を移した。

裏切り者の異邦人には逃げ場などない。

ない、はずだった。

遠くに見える水平線を切り裂くように、白い尾を海面にたなびかせながら、見たこともない船が疾走している。

全長十メートルほどの小型船は、漂着した廃船を材料にして組み上げられている。

流線形のクルーザータイプ船にピークォド号のような帆はなかった。

その代わり、船体の左右に設置された水車が水飛沫を上げて回転しており、船長たちにとってはまさに化け物の如き船速を叩き出していた。

「グーッドタイミーング！　セーイチ、お待たせー！」

艦首で手を振る麻衣の姿に、隠れている誠一の口元が弛んだ。

「このまま全速前進だよー」

「は、はい。エンジン全開です！」

「わわ、け、煙が」

蜜柑の合図に、全力稼働させたスチームエンジンから水蒸気が吹き出す。

圧力に耐えうる冶金と、熱源、冷却要素があれば蒸気機関が成立する。

舞台設定では金属はあれど、工作精度の問題で作製不可能なオーバーテクノロジーである産物《エンジン》も、コンマ単位で成形可能な『職人《クラフター》』スキルであれば現実化できる。

無論、構造図や設計図は『職人《クラフター》』本人の知識が必要だ。

海岸に打ち上げられていたスクラップと、街中から掻き集められた金属で作られたエンジンは、火属性を抽出したクリスタルを熱源にしている。

海水を冷却装置に用いたそれは、クリスタルスチームエンジンともいうべき動力源を使用していた。

金属強度を考慮して採用された左右の巨大な外輪が、海原を切り裂いていく。

クラス『機関士《エンジニア》』の柿音《かきね》が監督して、部員みんなが力を合わせて建造した船。

それが『討鯨船ネオピークォド号』だ。

「まだ信じられない。ダンジョンの中でこんな船まで。本当にあなたたちは常識を超えている」

ガタガタと震える甲板の上で、香瑠は心の底から感心していた。

「んじゃま悪いな、船長。こっからは俺たちの船がメインストーリーだ」

「きっさあああまあああああああっっ!!」

追いつき、追い越したネオピークォド号の甲板の上で、いつの間にか飛び移っていた誠一が、手にした金貨を掲げて見せた。

「全員、戦闘準備を整えてだくさい」

「ほえ?」

船尾から遠ざかっていくピークォド号を眺めていた静香が、なびく髪を押さえながら息を吸い込んだ。

周囲に島影がなく、海鳥すらもいない。

それでも潮の香りに混じった、微《かす》かな陸の臭い。

「伏線を前倒しで回収しましたので、たぶんこうなるんじゃないかと思っていました」

海面が泡立ち、白い、巨大な何かの影が透けていた。

ごぽりごぽり、と海面が爆ぜ、山のように盛り上がっていく。

途方もない、途轍《とてつ》もない大きさの『何か』が、海淵の底から這い上がってくる。

「ちょ、ちょっとぉ……こりは」

「わは、は、は……お、おっきすぎぃ」

顔を引き攣らせた乙葉と、乾いた笑いを漏らす麻衣が空を見上げた。

ずず、っと海面から顔を出した白い、真っ白いマッコウクジラの巨体は、半身だけで五十メートルを超えていた。

その巨体がもたらす威圧感の中で、白鯨《モディディック》の瞳がギョロリと開いた。

怒声と悲鳴に飲まれたピークォド号が、ブリーチングといわれる鯨のただ海面に顔を出して沈むという行為に巻き込まれて砕け散り、海中へと沈んでいった。

「っ、波が来る！　面舵いっぱいっ、船首を直角に合わせて！」

「わわっ」

凛子の号令で、操舵手役の市湖《いちこ》が目一杯に舵を切った。

「ど、どうやって倒せばいいの？　あんな化け物」

遠距離火力砲台として張り切っていた麻衣が、腰を抜かしたように甲板にへたり込んでいた。

「私も流石に、あれだけの超巨大モンスターを見たことはないわね……」

「ありゃあ、完全に怪獣映画だろ」

「刀が届かないです～」

「大丈夫です。ここまで届いたら、もう私たちの勝ちですから」

静香は再び浮上してきた大怪魚を、恐れることなく満足そうに見守っていた。

第五十七章　幻灯海蛍

スイッチがオンになったと言うべきか。

急に動き始めた白鯨《モディディック》は、頭上に向けて急上昇していた。

静香たちが上手いことやり遂げてくれたらしい。

表皮に深々と刺さっている鯨銛を支えにして、転げ落ちそうになっていたワンコさんを確保。

白い絶壁となった白鯨《モディディック》と一緒に、グランブルーの海を駆け上っていた。

ジェットコースターよりも迫力のあるアトラクション。

だがすぐに、光の天幕となった行き止まりが見えてくる。

勢いは止まることなく天幕を突き抜けて、蒼天と蒼海の世界へと飛び出していた。

周囲の飛沫が白いカーテンになっていた。

一度外に出た影響なのだろう。

白鯨《モディディック》が海にバッシャーンと潜ったら、海中で纏わりつくような水の抵抗が生まれていた。

ガボガボ暴れるワンコさんは少し落ち着いてほしい。

少し潜った白鯨は、再び真上へと急上昇している。

目標は海面に見える、ボスから比べたら木の葉のように小さな船底だ。

盛大な水飛沫を上げて飛び出した白鯨《モディディック》の巨体は、完全に空を飛んでいた。

静香たちを甲板に乗せている船は、爆発したような大波も避けて海原を疾走している。

超格好いい。

俺も乗せてほしいが、とりあえずこのボスを倒してしまおう。

濡れ鼠になっているワンコさんに伝言をお願いして、着水する前にフルスイング。

「わーなーにーすーるーだー……！」

俺の役目は、料理の下拵《ごしら》えだ。

＊　＊　＊

「許さん……許さんぞオオォォォ！　白鯨《モディディック》はワシのモノだ。この『世界《ストーリー》』はワシの物語だァ!!」

一度海中に没した白鯨の頭には、エイハブ船長が磔となっていた。

その顔は狂気に歪み、白鯨と同じように目は赤光を放っている。

彼はハンマーのように突き出したマッコウクジラの頭部に、半身を同化させて怨嗟を垂れ流していた。

「か、回避～」

「え、エンジンが爆発しちゃいます」

討鯨船ネオピークォド号は全力疾走を続けていた。

下から白鯨《モディディック》に打ち上げられても、ブリーチングで倒れてくるだけでも、船体は木っ端微塵に砕けるだろう。

異常振動するシリンダーに亀裂が走り、白い水蒸気が漏れ出していた。

海面を掻き分ける外輪が唸りを上げ、船尾をかすめた白い巨頭から間一髪で離脱する。

「……るーだーあ！」

「彩日羅ちゃんっ？」

白鯨《モディディック》が着水した水のカーテンを突き抜け、しおしおになった彩日羅が甲板へと降ってきた。

グルグルと回転する人間砲弾を、香瑠が飛び上がってキャッチに成功する。

「香瑠ちゃん、ナイスキャッチ～」

「もう、もうっ。彩日羅ちゃんったら心配かけて！」

「……えっと、ゴメンなさぁい」

逞しい腕にぎゅうっと抱き締められた彩日羅が脱水される。

「おう、ワンコ部長さんが合流だな」

「わっ、ビックリした！　あっ、ねー聞いてよー。あの子酷いんだよー。思いっ切りぶん投げられたんだよー」

「旦那様はっ!?」

ブルブルと身震いして水切りする彩日羅の尻尾が、ガッシリと握られた。

「駄犬さん……叶馬さんはどうしたのですか？」

「え、えっとね。ボ、ボスの動きを止めるから、その隙にワーって攻撃してねって」

静香の人を殺せそうな据わった目で睨まれ、萎縮した彩日羅が香瑠の腰に抱きつく。

「ま、たしかに海に潜られちゃ、打つ手がないかな」

「で、でも、あんな怪獣の動きなんて、どうやって止めるのよ？」

船縁の手摺りにしがみついた乙葉の言葉に、船尾から身を乗り出した蜜柑が振り返った。

「大丈夫！　叶馬くんなら、きっと何とかしてくれるよっ」

「ぜ、前方の海が、海が盛り上がっていますー」

「はわわっ、取り舵いっぱいです～」

ずぞぞぞ、と壁のようにそそり立っていく白い巨体から、滝のように海水がこぼれ落ちていく。

「かか、回避できません～」

慣性力と水の抵抗、何より旋回による傾き許容値を超えてしまえば転覆するしかない。

海面から出現した白鯨はブリーチングの領域を超えて、海から空へと飛び上がっていた。

全長百メートルを超える巨体が、ネオピークォド号を押し潰さんと影を落とす。

「ハハハハハ！　愚かな異邦人《イシュメール》！　哀れな異邦人《イシュメール》！　貴様たちも白鯨《モディディック》に食われ、この世界の一部となるがいい。ハハハ！　ハーッハッハッハ！」

海面からそそり立った白い巨塔が、上昇と落下の分水嶺《れい》に到達した瞬間だった。

「重圧の甲冑よ。『廻天せよ』ッ！」

最初に歪んだ白鯨《モディディック》の背が、ミシリと空間の軋むような音に呑まれていく。

今まさにネオピークォド号へと落下しかけていた白鯨は、巨鳥に啄《ついば》まれたように空中へと押し留められていた。

「ハハ……ハ、ハァ？」

空で釘付けにされた白鯨《モディディック》は、その背に生じた重塊の檻へ捕らわれていた。

白鯨《モディディック》の背に乗っている叶馬の『重圧の甲冑《ストレッサーアーマー》』は、真っ黒に染まったオーラを迸《ほとばし》らせる。

覚醒《アギト》させた『重圧』の銘は、範囲内の物体質量を全て反転させている。

SPの他にGPも注ぎ込まれた重圧の甲冑は、その領域空間を白鯨《モディディック》を中心とした直径百メートルにまで拡大させていた。

領域に接触した海面からは、海水が水の泡となって漂い始めていた。

「ハアアアー!?」

「……あー、鎧の反重力パワーかぁ」

初めて叶馬から覚醒《アギト》を見せられたとき、覚醒領域へ足を踏み入れた瞬間に空中遊泳し、着地に失敗して足を折った麻衣が鯨を見上げていた。

「反重力ってより、基点の叶馬に引っ張られてる感じだな……。あの巨体でも吊れんのか」

「謎のパワーですね。わかりません！」

「細かいことはどうでもいいんです。叶馬さんが作ったチャンス。皆さん、攻撃を開始してください」

「無茶苦茶だわ。イリーガルにも程がある！」

空へピン留めされた白鯨に香瑠が呻いていた。

「よおっしゃーー！『収束《コンデンサー》』、ビーム！」

「ナイトにだって投擲スキルはあるの、よっ。『襲　撃《ジョストショット》』！」

「届かねえ。もうちょっと下ろしてくんねえかな」

「辛抱堪りません！　行ってきますっ」

「沙姫ちゃんっ」

身体を沈めた沙姫が、船をたゆませる勢いで空へと飛び出していった。

空を駆けて、そのまま重力異常領域へと突入すれば、白鯨の腹へと落下していく。

「なるほど……。それじゃ、私も行ってこようかしら。ね！」

「香瑠ちゃんズルイ！　私も行くだー」

ぴょーんっと飛び出した彩日羅の身体が、メキメキと音を立てて一匹の狼へと変わっていく。

満月で獣化するといわれる人狼《ライカンスロープ》の如き力は、『底無し穴の番犬《オーバーグラトニーギア》』を覚醒《アギト》させた姿だった。

膨大なSPを有する超級レイドボスとはいえ、巨体だからこそ全身にまとったSP障壁は薄くなっている。

縦横無尽に振るわれる沙姫の刃、雨あられのように打ち込まれる香瑠の拳は、白鯨の肉を削っていった。

何より、皮を貫いて肉を貪る狼は、肉とSPを喰らうたびに少しずつ大きく、禍々しく身体を巨大化させていた。

しかし、それでも白鯨《モディディック》は大きすぎた。

「……蜜柑先輩。このままでは倒しきるまで叶馬さんが保ちません」

「う、うんっ、でも……」

怖じ気づいた蜜柑の背中に、凛子の手が添えられる。

「大丈夫、だよ。蜜柑ちゃん。みんな一緒だから」

討鯨船ネオピークォド号の船首には、一門の大きな捕鯨砲が据えられていた。

砲身には特製の鯨銛がセットされており、街中から回収してきた火薬による砲撃を射ち出す。

火器によるモンスターへの射撃。

学園の定石には存在しない、彼女たちのオリジナルアイディアだった。

職人《クラフター》組のみんなが集まり、円陣を組むようにして手を繋ぐ。

「うん！　行くよ……召喚、『強化外装骨格《アームドゴーレム》』、ゴライアス！」

ずしり、と甲板に召喚されたゴライアスが、捕鯨砲をつかんで上空の白鯨《モディディック》へと照準を合わせる。

「特殊徹甲銛、装填よし！　スパイダーロープ、接続よし！　射角、照準よし！」

砲身を抱えたゴライアスの腕には、牛鬼のパーツからインストールされた蜘蛛糸の射出機構が装備されている。

SP障壁を貫通するためには、己のSPを纏わせた武器でなければならない。

だが、SPと一体化した武器であれば、その動力源が火薬であれ、からくり装置であれ問題はない。

「いっくよー…射てーッ!!」

ドゥン、と腹の底にまで炸裂音が響いた。

ひゅるひゅると白い糸を唸らせて射出された銛は、白鯨の鼻先へと突き刺さった。

分厚い体皮を貫通した銛先が、スパイダーロープに引かれて返しのフックを固定させる。

白鯨の巨体からすれば蚊のような一刺しだ。

腹の上で暴れている攻撃組のダメージとも比べ物にならない。

「パーフェクト。じゃあ、私の番かな」

ゴライアスの隣に凛子のアテルイが召喚される。

スレンダーなシルエットのアテルイは、ゴライアスへ手を添えるようにロープをつかんだ。

円陣を組んだみんなが、目を閉じて歯を食い縛って力を集中させる。

共有化されたSPは、目に見えるオーラとなって彼女たちを巡回していた。

「電圧上昇！　プラズマディスチャージ！」

スパイダーロープを握り締めたアテルイが、『百雷鳥《プラズマサンダーバード》』からインストールした発電器官をフルドライブさせる。

真っ白に放電される電撃が、円陣を組んだ彼女たちを巻き込んでロープを走り抜けていく。

『組合《ギルド》』によりSPを共有している彼女たちに、スキル効果のフレンドリーファイヤーはない。

それどころか、共有されているSPが全てアテルイの発電器官へと注ぎ込まれていた。

「グッグアアアーッッ！」

巨体を捩って暴れる白鯨の代わりに、頭部に組み込まれたエイハブ船長が雄叫びをあげる。

現実世界の設定を色濃く取り込んだ『伝承《レジェンド》』世界では、登場する人物、モンスターは実在の性質を受け継いでいる。

モンスター『白鯨《モディディック》』の元になっている動物はマッコウクジラだ。

その破城鎚のように突き出した頭部の中には、スペルマホエールの名のとおり、脳油と呼ばれる白濁した油が詰まっていた。

捕鯨の理由になった上質油は、内部を通電するプラズマ電撃により沸騰して、内側から頭部を爆散させていた。

「ば、馬鹿な……。ワシの白鯨《モディディック》。ワシの半身。ワシの世界が……」

頭部の砕けた白鯨から目の光が消えていく。

飛び散る肉片と、燃え散る鯨油の焔。

海に消えていく送り火の中で、ひとりの男も海に還っていった。

諸共に、深い海淵の底へと。

「じゃあな、船長……。今度はよい旅を」

誠一が金貨を指先で弾く。

キィン、と音を響かせた黄金色は、海の中へゆらりゆらりと消えていった。


「うわー、チ〇コもでっかーい。おいしいのかな、コレ」

「彩日羅ちゃん、はしたないわ」

「とりあえず、もいで持って帰るだー」

腹を向けて浮かんでいる白鯨《モディディック》の上で、解体と素材の回収が行われていた。

レイドクエストにおける最大の収穫は、モンスター素材を無制限に回収できることだ。

EXPを稼いだり、モンスタークリスタルを入手することはできないが、レア素材にはそれを上回る価値がある。

「大和煮、ベーコン、ジャーキー、ハクジラ系は肉が臭いっていうけど……。んー、ハリハリ鍋にしてみようかな」

「わっ、わっ、わっ、すごいおっきな龍涎香《アンバーグリス》がありました～」

テンション低めの久留美と、昂奮してフンスと鼻息が荒い鬼灯の落差が大きい。

「皮の強度はいまいちです」

「防御力は低いボスだったしねぇ。ただ、水に関する特殊能力がありそうだから確保しとこう。後は歯も全部回収して、ついでに骨もかな。叶馬くんには持てるだけ持ち帰ってもらおう」

「脂肪と鯨蝋を回収しますー」

「うん、それがメインかな。これは弄り甲斐がありそうな素材だね」

「さ、鮫がいっぱい寄ってきてます～」

接舷したネオピークォド号の下にも、ばらされていく白鯨の臭いを嗅ぎつけた鮫が集まっていた。

「もしかして、コレって全部マジックウェポンだったりするの？」

「うん。かなり品質《クオリティー》の高い、水《アクア》属性の銛みたい」

「流石は超級レイドボスね！　うまうまだわ」

「ただ、ぜ～んぶ呪われているけど……」

「あー……でも、コレとかスゴク強ソーゥ。ウケケケ」

「乙葉ちゃん、だ、ダメ～っ」

「よさそうなやつだけでも回収してくか？　呪詛《カース》抜きできりゃあ一財産だろうし」

「ああ」

精神に干渉してくる呪詛《カース》ウェポンだが、短時間の接触であれば影響も少なかった。

稀に、そうした耐性が弱い者もいたが。

引っこ抜いては空間収納《アイテムボックス》に放り込んでいく叶馬の背中では、張りついた静香が叶馬成分を補充していた。

その静香と叶馬が、同時にピクリと震える。

叶馬が手にしているのは、一本の銛だ。

特に派手な装飾も、目立つオーラも感じられない。

暗い色に黒ずんだ、何の変哲もない鯨銛《ハープーン》。


『海淵《オーバー》より這《エンヴィ》いずる鯨銛《ギア》』


「……私には必要ないです」

「うむ」

マジックアイテムのグレードで最上位とされている『固有武装《オリジンギア》』には、使い手をアイテムが選ぶという特徴があった。

ギアに刻まれた『宿業《カルマ》』が強力であれば尚更だ。

相性がよい使い手でなければ性能を引き出せないどころか、使い手を害することすらある。

逆に相性がよければ、ギアが使い手に呼びかけると云われていた。

彼の舌は、その他と一緒に空間収納《アイテムボックス》へと放り込まれた。

「船が見えます〜」

「ます〜」

ネオピークォド号に残って見張りをしていた海春と夏海が、水平線に見える白い帆を指差していた。

「レーチェル号ですね。これで、このレイドクエストも終わりだと思います」

「父さんの船だ！」

「ああ、父さんの船だ！」

ネオピークォド号のキャビンから、ふたりの子どもが飛び出してくる。

パーティーメンバーよりも幼いふたりの少年は、捕鯨船に乗るような海の男には見えなかった。

静香たちの船が先回りして回収したフラグ。

白鯨の登場人物にして、存在しないはずのキャラクターだ。

海に沈んだピークォド号と同型の捕鯨船、レーチェル号が横付けされる。

「父さん！」

「父さん！」

「ああ、息子よ！　息子よ！　再び相まみえたことを神に感謝します！」

ふたりの息子を抱き締めた船長が、天を仰いで涙を流していた。

静香の隣に立っている叶馬は、状況がわからず黙って頬を掻いている。

船長が祈っている対象は、たぶん違うが。

「そして、約束を守ってくださったアナタ方に百の感謝と祝福を」

「ガーディナー船長」

「……アナタは奇蹟を為し遂げた。決して見つからないはずの息子たちを探し出し、海淵の悪魔すら討ち果たした」

「それは……」

メンバーの中でただひとり、白鯨の物語を知る静香が言葉を詰まらせる。

物語のエンディングで、エイハブ船長は白 鯨《モディディック》を討ち果たせず、捕鯨船ピークォド号とともに海の藻屑《もくず》と成り果てる。

彼らレーチェル号に至っては、遭難した息子たちを探し続ける脇役に過ぎない。

「祝福を。我ら全ての登場人物《キャラクター》たちからの祝福を。どうか、どうか受け取っていただきたい」

「お姉ちゃんたち、ありがとう！」

ひょこっと飛び出した船長の息子たちが、ネオピークォド号のメンバーに微笑みかけた。

ズズッ、と大きな何かが崩れ始めたような振動が、世界を覆い始めている。

海面がふわりふわりと散り始め、空へと昇っていく。

それは、まるで海蛍のように、青く、淡く儚い幻灯の光景を作り出していた。

「やっと帰れる。やっと解放される。ボクたちを助けてくれて、本当にありがとう！」

真っ白に爆ぜたいくつもの光が、空へと還っていった。

＊＊＊

レイド攻略お疲れパーティーは大いに盛り上がり、あっという間に終了となった。

半数が寝落ちしてしまい、日を改めて開催するという提案は、賛成多数で可決された。

超級《ハイパーランク》のレイドクエスト、それも複雑な手順を必要とする、攻略難易度が高い『伝承《レジェンド》』カテゴリーを完全攻略だ。

学園公認のレイドクエストであったなら、学園新聞から号外の瓦版が刷られる快挙である。

ただし、自分たちで発見して、存在を秘匿したレイドだ。

誰にも知られず、誰に認められることもない。

もっとも目立つことを望まない『神匠騎士団《アデプトオーダーズ》』に、何も問題はなかった。

仲間と無事に帰還して、得られるものもあった。

それで充分なのだ。

「んじゃま先輩。申し訳ないっすが、そゆことで」

「仕方ないわねぇ。まあ、君の顔を立てて、私から報告をあげるのは止めておいてあげる」

麻鷺荘の玄関前。

ふたりの男子が声を潜めていた。

玄関ではお土産をマイ風呂敷に包んでいる彩日羅と、ワイワイ餌づけしている女子メンバーが賑やかだ。

「それより、あの子のことはちゃんと見守ってあげなさい。アレは……もう人間の規格を超え《オーバーイリーガル》すぎてる」

「ワンコ先輩も大概っすけどね」

もしも理性を失い、暴走する化け物と成り果てた暁には、それを処断する者が必要だ。

クラスという大きな力を与えられた生徒を管理するため、学園側ではさまざまな手段を講じていた。

「つらい役割なのは共感できるけれど、情に絆されてイザというときの判断は間違えないでね」

「それはお互い様、でしょ？」

「……そう、ね」

「また来るだー」

ご機嫌で風呂敷を担いだ彩日羅が、ぶんぶんと尻尾を振っていた。

餌づけされて幸せそうな顔は、とても学園有数のAランク倶楽部の部長には見えなかった。

「香瑠ちゃん、お待たせー」

「もう、ちゃんとお礼はしたのかしら？」

「うんっ。今度はハリハリ鍋パーティーで、大和煮とベーコンを作っててくれるって！」

いまいち信用のできない首肯に、ため息を吐いた香瑠が隣に並んだ。

ほとんど整備されてない麻鷺荘からの帰り道は、夜空を照らす月が外灯になっている。

「面白いレイドクエストだったね～。みんないい子たちだったし」

「そうねぇ。今回はお邪魔してしまった形だけれど、今度はちゃんとクエストで組んでみたいわね」

「うん。あっ、そうだ。あの子たちから聞いたよっ。香瑠ちゃん、いっぱいおいしいものを食べてたんでしょ。ズルイだー」

「あらあら。彩日羅ちゃんも叶馬くんからいろいろご馳走になっていたんでしょ？　そうじゃなきゃ……。本当に心配したのよ。また、今度餓えて暴走しちゃったら、って」

「ん～、う～んん～……。なんていうか、あんましカルマを感じなくなった、かなぁ？」

自分でもわかっていないのか、彩日羅が首を傾げて尻尾を揺する。

「まー、おっきな鯨をお腹いっぱい食べたからかなー」

「そう」

「うんっ。だから、まだ一緒にいられるね！　って、ふわ……どうしたの？」

香瑠は胸元にも届かない小柄な彩日羅を、担いだ風呂敷ごと抱き締めていた。

足をぶら～んと垂らしてされるがままの彩日羅が首を傾げる。

「なんでも、ないわ……。ずっと一緒に、頑張りましょうね。彩日羅ちゃん」

「うん。あっ、スイーツもいっぱいもらったんだよ。帰ったら一緒に食べようね」

「ええ。楽しみだわ」

第五十八章　拘魂制魄

倶楽部対抗戦も終わり、レイドクエストも攻略した俺たちは、再び日常へと復帰している。

平穏な日常、と言いたいところだが、いくつか片づけなければならない問題があった。

とりあえずは、この冷凍状態でガチガチになった鯨のペニスだ。

ワンコさんがどうしても、ということで持ち帰ってきた白鯨《モディディック》のペニスだ。

これがどれくらい邪魔かというと、全長で十メートル、重量で一トンを超えるペニスである。

雪ちゃんも嫌がって、空間収納《アイテムボックス》に入れてくれないペニスなのだ。

微妙に曲がっているので、寮の前におっ立てて麻鷺の斜塔、とかやりたくなるようなペニスだ。

乙葉先輩からは、それだけは止めて、とお願いされているペニスなのである。

ペニスがゲシュタルト崩壊を起こしそう。

ワンコさんに持ち帰ってほしかった。

「すごい効果がある精力剤の材料になるっぽいけど、モモちゃんもそんなに要らないっていってたかな」

「そこをなんとか」

「精力剤とか叶馬くんには必要ないし、使われても私たちが困るかな……」

「あとね。なんか……えっと、おチ○チンのサイズがアップするお薬も作れちゃうとか……あはは」

恥ずかしそうな蜜柑先輩にピクッと麻衣が反応していた。

どうでもいいが、誠一の横顔が複雑そう。

「そんなの校内にバラ撒いてもいいことないしね。マンネリ防止用にちょこっと確保して、後は処分でもいいかな」

「モモちゃん先輩～。ちょっと相談があるんだけど」

「は、はい。大丈夫です。秘密は厳守です」

誠一の顔が青くなっているが、まあ些細な問題だ。

それよりも、この部室の窓から見える、白鯨《モディディック》の肉棒《ディック》の処分方法を考えなければならない。

「ネットで調べたら、タケリやキンソウといって茹でて食べられているらしいですが……」

「やらないし。何が悲しくて、あんな化け物鯨のおチ○チンを料理しなきゃいけないのよ。ていうか、作ってもみんな食べないでしょ？」

断固拒否する久留美先輩から、部室にいるみんなが視線を外す。

肉祭りならぬ、おチンチン祭りとかきっと盛り上がらない。

子鶉とか食べてくれないだろうか。

まあ、駄目なら燃えるゴミの日に集積場へ持っていこう。

「あのさー。ちなみに、だけどさ。その薬って女の子が飲んだらオッパイが大きくなったりは……」

さり気なさを装いつつガチ目をした乙葉先輩に、無言の蜜柑先輩が首をふるふるとしていた。

よくわからないがチッパイもステータスだと思います。

「……これって永続？」

「……分量注意です」

「なあ！　叶馬、ボスから採ってきたマジックアイテムはどうだった？」

必死に現実から目を逸らしている誠一に草が生える。

「……これだけあれば百年分くらいにはなるかな」

「……ちょっと実験してみる必要があるかと」

静香さんと凛子先輩が、よくない相談を始めておられる。

「実はそのことで相談があったのだ」

いや、話題を逸らす目的ではなく、白鯨レイドから採ってきたマジックアイテムを紛失してしまったのだ。

白鯨に刺さっていた鯨銛を回収した本数が二十三本。

そのうち、銘器《ネームド》のマジックウェポンが九本。

ダブルやトリプルの銘器もあり、乙葉先輩が涎を流して欲しがっていた。

『騎士《ナイト》』は槍にも適正があるらしい。

その乙葉先輩が欲しがっていた銘器ではないが、一番レアリティーの高いやつが消えてしまったのだ。

『海淵より這いずる鯨銛《オーバーエンヴィギア》』

全部まとめて空間収納《アイテムボックス》に放り込んでいたはずなのに、ふと気がついたら一本だけなくなっていた。

実は雪ちゃんに謝られて初めて気づいた。

ものすごくわがままな子だったらしい。

雪ちゃん曰く、『餓鬼王棍棒《オーバーグリードギア》』と一緒に置いていたら機嫌を損ねてしまったらしく、勝手に空間収納《アイテムボックス》から逃げ出してしまったそうだ。

活きのいい魚みたいな銛である。

子鵺を猟兵として追わせていいか聞かれたのだが、何となく校内がパニックになりそうなので思い留まってもらった。

触った感じ、俺とは相性がよくないっぽく、静香は相性がよすぎるそうなので触りたくないといっていた。

静香に振られたのでセンチメンタルジャーニーなのだろう。

蜜柑先輩に鋳つぶしてもらおうとか相談していたので、逃げ出したのかもしれないが。

「思考武装《インテリジェンスギア》ってやつだっけ？」

「うーん。私にはお話ししてくれなかったけど、静香ちゃんには猛アピールしてたみたい」

ちなみに蜜柑先輩は嫌われていた模様。

「……あれは『銘』どおりの特性なんだと思いますよ。蜜柑先輩のようなタイプには共感《シンクロ》しないかと」

ほろ苦い笑みを浮かべた静香の手を握る。

ついでに、手の中の白いお薬を取り上げてしまいたい。

「ん〜。でももったいないなぁ。『固有武装《オリジンギア》』って激レアなんでしょ？　あたしたちが使えなくてもいい値で売れたと思うんだけど」

「たしかに『固有武装《オリジンギア》』は使い手を選ぶって聞いてたけどさ。なんか、私も鼻で笑われた感じだったのよね……。納得いかないわ」

乙葉先輩がワクワクしながらアレを手にしたのは知っている。

というか、みんな見ていたが。

えー参っちゃうなぁ、私の英雄伝説が始まっちゃう、とかキャッキャしてた乙葉先輩の手の中で、無機物が肩を竦めて鼻で笑う、というレアなシーンを目撃した。

いや、肩も鼻もない鯨銛なのだが、そうとしか思えない気配を出していた。

「なくなっちゃったのは仕方ないかな。思考武装《インテリジェンスギア》は使いづらい、っていうかウザイって聞くし」

戦闘中にいきなり猥談を始められても困るだろう。

索敵中にギャグを連発したり、移動中にヘヴィメタルを歌い続けるとかも困る。

というか、あまり役に立つシーンが思い浮かばない。

寂しいときの話し相手にはなるかもしれないが、武器である必要がない。

むしろ誰かに見られたときに、申し開きができないレベルでクライシス。

もしかして俺の『餓鬼王棍棒《オーバーグリードギア》』も喋《しゃべ》ったりするんだろうか。

そういう気配はまったくないのだが。

まあ、弁償しろと責められなくて何よりだ。

こっそり子鶴に出動をお願いしなくても大丈夫そう。

あの子もなかなかわがままというか、遊びたい盛りらしく、こっそり出てきて露天風呂に入っていたりするので油断できない。

この間、雪ちゃんと一緒に露天風呂へ招待したのがまずかったのだろうか。

露天風呂のギミックで、たまにでっかい虎の置物が出現するとか話題になっていて驚いた。

白髪の幼女がレアパターンで、見かけると縁起がいいというジンクスまで発生中。

「ま。なくなっちまったものは仕方ないさ。んで、後は特に問題ねえだろ？」

「うむ。問題はない」

ないのだが、少し気になることがある。

「どうしたの？　叶馬くん」

可愛く小首を傾げた蜜柑先輩が、鞣した鯨の皮を使って乙葉先輩の鎧をバージョンアップしている。

対抗戦であっさりと装甲が貫かれたショックを引き摺っているのか、新しい素材が入ると有無をいわさず強化しているのだ。

今までは自重していた、『轟天《ごうてん》の石榴山《ざくろざん》』モンスターの素材も投入され始めている。

乙葉先輩だけが知らないまま、今までの鎧とは別次元の装備になりつつあるが、それはさておき。

『加工《プロセス》』でぐにぃ〜っと皮を伸ばし、『適合《アジャスト》』で胴回りにフィッティング。

本人は無意識のようだが普通にスキルを使っておられる。

お名前の▼にＳＰバーが表示されてるので、まあそういうこともできるのだろう。


星空の下、虫の鳴き声が響いていた。

少し冷たい夜風が、ふたりの火照った肌を冷やしてくれる。

「……ちょっと待て。どういうことだ？」

「知らぬ」

真顔になった誠一が、腕を組んで視線をさまよわせた。

「確かに、スキル使ってたな。それって、まさか全員か？」

「いや、蜜柑先輩と凛子先輩、久留美先輩に柿音先輩だけだ」

四人とも自分たちの身に生じた変化には気づいていなかった。

気づいたとしても、それがどういう意味を持っているのかわからないだろう。

その答えは、教科書のどこにも記載されていない。

「まさか再生、したってのか……魂魄結晶《ソルデバイス》が。馬鹿な。いや、だけど、あり得ないことじゃあない…のか？」

全裸で腕を組んだ誠一に、全裸で脚を組んだ叶馬が問いかける。

そこは裸の社交場。

麻鷺荘に新設された露天風呂だった。

露天風呂への入口に立てられた清掃中の札は、女性お断りのサインだ。

ただし、あまり早い時間帯に貸し切ると、すぐに寮の女性陣からクレームの嵐が届けられたりする。

「……普通科の卒業生でもごく稀に、天寿を全うしたやつや、ガキを産んでるやつもいた。だが、ソイツらがスキルを使えんのかまでは調査されてなかった……」

ガリガリと頭を掻いた誠一が立ち上がり、縁岩に腰かけた。

卒業生の追跡調査は、それほど細かいデータがあるわけではない。

一学年分だけでも人数は膨大になる。

そして犯罪を犯して粛清された卒業生のデータについては、トップシークレットとして封印されていた。

「そう……有り得なくも、ねえ。だが、なんでだ？　なんでこのタイミングで先輩たちに揃って魂魄結晶《ソルデバイス》が戻った？」

「知らぬ。だが、悪いことではないのだろう？」

「そりゃそうさ。……海ちゃんズはどうよ？」

湯船に浸かったままの叶馬が頭を振る。

浴場にいるのは叶馬と誠一のみ。

人目を避けた内緒話をするには、貸し切った露天風呂は都合がよかった。

ただ、岩風呂の奥には、香箱座りした虎っぽいギミックが浸かっていたりもする。

よほど温泉が気に入ったのか、目を閉じて身動ぎもしない様は、たしかに置物のようだった。

たまに欠伸をしたり、尻尾をぱちゃんぱちゃんさせていたが。

「タイミングからして原因はレイドクエストしかなかろう。今回は参加人数が少なかったせいか、かなりのＥＸＰが配分されていた」

「やっぱ、そうなるよな。レイド、か」

「なあ、誠一。そも、魂魄結晶《ソルデバイス》とは、何なのだ？」

湯船からあがった叶馬が風呂椅子に腰かける。

ごく普通の形状をした木製の風呂椅子だ。

真ん中が凹んだ、無駄に万能な椅子ではない。

それは万能な椅子なのだが特殊な用途にしか使用しないので、隅っこへ隠れるように置いてあったりする。

「ソレが何なのかについては、実は解析不能《アンノウン》なままの結晶体だ」

「モンスターがドロップするクリスタルのようなものではないのか？」

「違う。全然違う。らしい」

モンスターが消滅、つまり瘴気に還元するときにドロップするクリスタルは、瘴気《アストラル》が濃縮して結晶化したものだ。

足湯状態だった誠一も湯船から離れ、洗い場の椅子に座り直した。

「……誠一たちが最初にダンジョンで散った後、クリスタルをドロップしたのはモンスターと似たような感じだった」

「俺らは当然覚えてねえけどな。だが本来、ダンジョンにダイブした人間が死んでも、何も失わずにそのままで地上へ復活できるようになってる――はずだった、らしい」

それが『羅城門』という、大規模術法施設《メガマギアロジープラント》のコンセプトだった。

当初はダンジョンの入口となっていた『遺跡《ダンジョン》』を封印するための扉。

学園に現存する最古の資料を紐解けば、役小角《えんのおずぬ》を祖とした密教に関わりがあるとされている。

日本最古の説話集である『日本国現報善悪霊異記』の中にも記載が残っていた。

曰く、『現世《ダンジョン》と常世《とこよ》の境目、泉下《せんか》の道程、其れ即ち黄泉比良坂《よもつひらさか》』であるとされている。

陰陽寮の管理下にあったとも伝わっているが、実際には左遷先扱いだったらしい。

当時の担当者が残したとされる愚痴日記は、学園の図書館に秘蔵されている。

だが、羅城門の正式な由来はわかっていない。

世の乱れに呼応するように、時として瘴気やモンスターを吐き出す『遺跡《ダンジョン》』に対して、連綿と封印の儀式だけが引き継がれていた。

それが意味するのは『羅城門』とは本来開かれない、開いてはいけない扉であり、中と外、常世と現世を隔てるための封印でしかなかった。

その『羅城門』が異様な進化を遂げ始めたのは十九世紀の終わり、当時の日本は鎖国が廃止され、脱亜入欧を目指した富国強兵思想が高まり始めた頃だ。

列強国との戦いが激化していく中、秘密裏に研究されていたのが強化人間計画《ブーステッドマンプロジェクト》だった。

封印対象としてではなく、積極的にダンジョンを活用する計画である。

同時に世界各地から手段を選ばず掻き集められた、魔法、魔術、呪術、秘術などのオカルト遺産も編纂されていく。

無論ダンジョン内から産出されるマジックアイテムの研究なども行われた。

それらは一定の成果を見せたものの、地上の瘴気密度では使用不可能なアイテムが多く、実戦で運用されることはなかった。

当初は兵士の生体強化を目的としていたが、のちに『羅城門』という死者蘇生システムへも関心が向けられた。

彼らが最も注目し、再現を試みたシステムは、羅城門の根幹をなす『拘魂制魄術式《こうこんせいはく》』だ。

魂《こん》と魄《はく》を入れ替えて記録し、擬似的な不死を作り出すブラックボックス。

当時から既にオーパーツと化していた不死システムだ。

だが結局は、解析不能《アンノウン》のまま終戦を迎えることになる。

それどころか、戦後の混乱で更に資料は散逸し、実験や検証による干渉が取り返しのつかないレベルで『遺跡』の封印を歪ませていた。

現在、なり振り構わず生徒を集めてダンジョンへと送り込んでいるのは、それが理由だった。

「そう。学園にとっても『羅城門』は、修理ができない壊れかけの遺失術法《ロストマギアロジー》ってことさ」

髪を洗った誠一が頭からシャワーを浴びる。

「うむ。既に話について行けてないが」

「もう少し付き合えよ。俺も話しながら考えをまとめたいんだ。まあ、当然なんだが、羅城門の『拘魂制魄術式《こうこんせいはく》』も肝心の部分はブラックボックス。魂魄結晶《ソルデバイス》の喪失《ロスト》も、それがバグなのか、仕様なのかもわかってねぇ」

とりあえず頷くだけの叶馬が手招くと、岩風呂の奥からザブザブと置物ギミックが移動してきてゴロンと寝転がった。

シャンプーをびゅっびゅと置物ギミックにかけた叶馬が、ガシガシと洗い始める。

サイズ的には軽トラックの洗車にしか見えない。

機嫌よさそうに喉をゴロゴロと鳴らす謎の置物から、顔を引き攣らせた誠一が目を逸らしていた。

「……魂魄結晶《ソルデバイス》なんだが、最初は人の魂魄《こんぱく》が結晶化したもんだと思われたらしい。モンスタークリスタルとは違って魔力に還元もしねぇが、まあなんらかの触媒じゃないかってことで、『魂の回路』って名前がつけられたそうだ」

「魂魄……。授業で聞いた覚えのある単語だな。確か、三魂七魄とか」

「元は『道《タオ》』の思想だな。日本のオカルティズムの源流になってる陰陽道は、かなり道教のタオイズムを取り込んでるぜ。羅城門のシステムも陰陽思想の『道《タオ》』が根幹になってると思う。それと神仙思想、つまり不老不死の『仙人』伝説だな」

死を恐れた人間は、死後の世界を熱望するあまりに、自分たちで作り出した。

それは『かくあるべき』と自分たちが望む、妄想、夢想を積み上げた産物であり、立証や証明された事象ではない。

幻想に幻想を積み重ねた、どこまでも幻想の世界だ。

だが、それら『死後の世界と魂《たましい》の存在』は時代を超え、場所を変え、驚くべきほどの類似点を持って世界各地に伝承されている。

だとするならば、それが悪魔の証明であっとしても、実際に存在しないと誰が証明できるのだろう。

実際に全てが幻想から始まった世界でも、その妄執は世界のあちらこちらに現存しているのだから。

「精神が肉体を凌駕する。それがレベルアップシステムの根源だといわれてる。ダンジョンは精神を、魂を鍛える場所だってな」

魂《たましい》という概念は、人間の死が、肉体と魂魄の剥離であるという観念から生まれていた。

タオイズムにおける魂《たましい》とは、『魂《こん》・魄《ぱく》』という二面性で表される。

『魂《こん》』は精神を支えて天に属し、『魄《はく》』は肉体を支えて地に属す。

精神を司る『天魂、地魂、人魂』の三魂、肉体を司《つかさど》る『喜び、怒り、哀しみ、畏れ、愛、悪、欲望』の七魂。

学園ではこれら『三魂七魄』が、肉の塊である人間を、人間たらしめている要素としていた。

「『拘魂制魄《こうこんせいはく》術式』は、不老不死である仙人になるための術だといわれている。不老不死ってのは、つまり羅城門のアンデッドシステムそのまんまだろ？」

死によって肉体から魂魄が剥離するのならば、肉体に魂魄を留め置くかぎり死なないのが道理。

故に、仙術『拘魂制魄』。

「俺はやっぱ、『魂魄結晶《ソルデバイス》』は魂《たましい》ってやつの一部なんだと思う。『三魂七魄』の思想が正しいんだとすれば、そん中から抜け落ちた要素のどれかなんだろうぜ。ソイツは」

モコモコな泡の塊になった謎の置物に、シャワーを浴びせていた叶馬がピクリとする。

「静香は納得してんだろうし、俺からは何も言わんぜ。まあ、学園の目があるとこじゃ、もうちょっとちゃんと隠しとけ、とは思うがな」

「何のことやら」

「ま、それはともかく。蜜柑ちゃん先輩たちの魂魄が元通りに戻ったってんなら、魂魄は再生、もしくは復元する可能性があるってことだろうな」

ブルブルして水気を飛ばした謎の置物が、じゃぼじゃぼと湯船に入って置物ギミックに戻った。

「俺に難しい話は理解できん。だが、ソレが元来、彼女たちにとって必要な、奪われたものであるというのなら取り戻すまで」

「なら、新しい方針追加だな。蜜柑ちゃん先輩たちにも情報を共有するぜ。叶馬への惚れ込みっぷりを見るかぎり、裏切ったりはしねえだろうし」

「説明は任せた」

「……お前がヤレと思ったが、話を変に拗らせるよりマシか」

秘密を守るには、秘密を知る人間が少ないほどいい。

秘密を共有する人間が増えれば、それだけ情報が漏洩する可能性も増えていく。

倶楽部の実務的なツートップ、凜子と静香に打ち合わせておく必要があるだろう。

このような件に関しては、カリスマ的シンボルの蜜柑や、名目上のトップである叶馬はあまり役に立ちそうにない。

というか、害悪になるのが目に見えていた。

「そういや、魂魄結晶《ソルデバイス》の別名な。『仙骨』とも言うらしい」

＊＊＊

星空の下、虫の鳴き声も途切れている。

学園にある男子寮のひとつ、黒鵜荘。

まだいくつか明かりの灯っている窓があった。

そこから女子の啜《すす》り泣くような声が、小さく外まで漏れている。

窓に映ったシルエットも男子のそれではない。

いや、絡み合い、混じり合っている影法師は、男女のそれと言うべきか。

「ひっ、ひっ、ひぃ……」

その部屋には咽《む》せるような性臭がこもっている。

甘酸っぱさと汗臭さが混じり合った、青い性の臭いだった。

部屋の中で電灯に照らされているのは、半裸になっている保奈美だった。

背後から二の腕をつかまれている保奈美は、ブラジャーからはみ出している乳房をブルブルと揺らしていた。

立ったまま胸を反らして、腰を突き出した格好だ。

スカートは腰まで捲られており、肉づきのいい尻はリズミカルに弾んでいる。

「おら、出すぞ」

「ひぃんっ」

それが当たり前のように宣言された言葉に熱はない。

性に対する熱意がなくとも、性欲は処理できる。

もはや完全に女子生徒を使ったオナニーだ。

そして保奈美も、自分が生オナホの抱き枕だと自覚している。

「あ、は……はあ〜ぁ……」

下腹部に注入される脈動は、レベルの低い彼女にとっては甘美な毒のようなものだ。

オナホとして使われているだけで、蕩けるようなオルガズムを肉体に生じさせている。

「やっぱりお前はエロい身体してやがるぜ。ホントに一年かよ」

「ん……やぁ」

「とりあえず、パートナーに登録してやる価値はあったな」

目立つところのない地味な印象を受ける保奈美だが、脱がせればスタイルのよさがはっきりとわかる。

早熟な身体を持て余している、清楚で地味な少女。

そうしたギャップは男心をくすぐるものだった。

填め心地のいい膣から肉棒を引き抜いて、ベッドの上に載せる。

M字に開かれた股間は丸見えだったが、保奈美は恥ずかしそうに閉じて顔を逸らしていた。

その仕草に勃起し続けているペニスが、ビクビクと反応する。

無抵抗になったマグロは論外であったし、恥じらいをなくした淫乱女も飽きるほどヤリ捨ててきた。

彼にとって保奈美は、まだまだ充分に遊べる玩具だった。

ベッドに上って股間を突き出し、向かい合わせの体位で女性器へと填め直した。

ダンジョン攻略でレベルを上げている男子ほど性欲は持て余している。

ただでさえ娯楽の少ない学園生活で、セックスほどお手軽な暇潰しはなかった。

保奈美のリボンタイを引っ張りながら、スカートを捲って結合部分を丸出しにさせた。

両足の付け根、陰毛の生えた恥丘の割れ目にペニスが潜り込んでいる。

「…はぁ…んぅ」

保奈美はベッドに後ろ手をついたまま、自分から腰を上下に揺すっていた。

もうすっかり上級生男子のレイプにも慣らされている。

今まで相手をさせられてきたのは彼ひとりだけではない。

『お尋ね者《ワイルドバンチ》』という彼と同じくらい高レベルな男子集団から、毎日のように輪姦され調教を受けてきたのだ。

放課後はBランク倶楽部室でみっちりと、授業の合間にも呼び出されて、夜もいろいろな男子寮に連れ込まれて夜通し犯されていた。

だが、今夜からはこの黒鵜荘が定宿になるのだろう。

保奈美たちをオナペットとして飼育していた倶楽部は、ほぼ解散状態になっている。

倶楽部対抗戦において、とある倶楽部と対戦した『お尋ね者《ワイルドバンチ》』は、メイン選手を程よい感じに破壊されていた。

ポーションがあっても深いダメージの回復には時間が必要になる。

倶楽部活動を停止させられたわけではない。

だが、暴力をカリスマにしていたメインメンバーが、無様に敗北した影響は大きい。

さらに、どこの誰かは知らないが、謎のヒゲメガネマンが彼らの部室を繰り返し強襲して、ほぼ廃墟になるまで破壊されている。

見切りをつけた部員が次々と退部していく態は、沈みかけの船から逃げ出す鼠のようだった。

誰だか忘れたので全員処刑、などとアバウトなことを言って暴れていた謎のヒゲメガネマンにも、問題があるような気はしないでもなかった。

だが実際、ある程度の実力さえあれば、居心地のいい巣穴はすぐに見つかる。

自分と同じようなクズは、学園に溢れかえっているのだから。

『お尋ね者《ワイルドバンチ》』などに未練はない。

彼は倶楽部から脱退するとき、手土産に共有物のオナペットを持ち出していた。

ほとぼりが冷めるまで自室に囲い込み、こうやって暇潰しに使うための玩具だった。

とはいえ、保奈美は監禁されているわけではない。

普通に登校して、授業を受けて、クラスの仲間たちとダンジョンに潜る。

ただ、それは彼が寝ているか、他の暇潰しで遊んでいるか、他の女子を抱いている時間だけだ。

保奈美の中でも優先順位が高いのは、彼が催したときに使える肉オナホ、それが当たり前だとインプリンテングされている。

「ん、おっ」

胎内でびゅっびゅと注がれる精子の迸りに、大きく股を開いていた保奈美が腰を抜かしていた。

下腹部を内側から犯している熱量が、じりじりと子宮を炙っている。

既に彼の精気一色に染まっている受け皿の器官は、今までよりも深いオルガズムを保奈美に与えてくれていた。

「……ん、んぅ、んんぅんっ」

オルガズムに凝縮する膣肉をズボズボと掻き回される保奈美が、仰け反ったままビクビクと痙攣する。

強すぎる快感は苦痛に等しい。

それでも使いやすい尻穴でいることが、学園で保奈美が学んできた処世術だった。

相手が満足するまで堪えれば、無意味に責められることはない。

そして慣れれば慣れるだけ、得られる快楽も深くなっていく。

今日は放課後の予定を変更させられて、彼のオナペットに駆り出されていた。

本来であればいつものパーティーメンバーで、ダンジョンに入る予定だったのだ。

部室に行くこともなく、生徒管理事務局に連行させられて、同意を求められることなくパートナーの申請手続きをさせられた。

全ては彼の為すがまま。

気づけば彼の学園公認《パートナー》オナペットにされていた。

それからずっと、こうして彼の性処理を引き受けている。

彼のペニスは延々と勃起し続け、保奈美は自分の役目を果たし続けていた。

指や口、乳房でも奉仕はしているが、やはり一番使われていたのは女性器だった。

高レベル到達者が持て余しているのは、性欲ではなく精力だ。

肉体に宿ったＥＸＰを鎮めるには、受け皿になる肉穴に放出しなければ治まらない。

受け入れている保奈美にも利はあった。

自分がモンスターを討伐するよりも効率的で、安全にレベリングされているのと同じだ。

「またグチョグチョ垂れてきやがる。ほれ、俺様の精子を出していいぞ」

「はぁはぁ……ん、んんんぅ」

軽々と持ち上げられた保奈美は、尻をゴミ箱の上に固定されていた。

下腹部に力を込めて、抜かれたばかりの穴から彼の精子を搾り出そうとする。

白濁糸がたらりと垂れていた穴からは、すぐに、ごぷごぷっと音を響かせて粘塊を吐き出されてくる。

こうした処理は、部室でも寝室でも頻繁に行われていた。

精子抜きを終えた保奈美の尻は、そのままペニスの真上へと下ろされた。

「お前の腹持ちが悪いせいで、かわいそうなゴミ箱が妊娠しちまうだろうが。スゲー精子臭いだ、嗅いでみろよ」

再び膣孔をオナホにされながら、保奈美の顔がゴミ箱に寄せられる。

ムワッと鼻に抜ける、すえたチーズよりも濃厚な性臭。

今日だけでも、彼だけでもない。

自分と他の娘たちの体液も混じり合った、淫乱の坩堝《るつぼ》だ。

「おっと、舐めようとするんじゃねーよ。腹を壊すだろ、馬鹿が。そんなに精子を舐めたきゃ、寝るときに好きなだけチ〇ポをしゃぶってろ」

「ふぁ、ふぁい。ごしゅじん、さま」

蕩けた表情をしている保奈美は、ただ与えられるままに快楽を甘受していた。

胎内をゴミ箱の中よりも濃厚で、じっくりと発酵させた性臭で満たしてる。

尽きることのない精力を受け止める保奈美は、発情期を覚えた一匹の動物になっていた。

「…ひっ…ひっ…あひ！」

「アん？」

クリ〇リスを弄くり回していた男子が、スカートの中から手を抜く。

股間に跨がったまま腹を突き出している保奈美は、後ろに反り返ってビクビクと痙攣していた。

黒髪をシーツに流してピクピクと失神している。

「またブッ飛びやがった。ったく、餓鬼はこれだから嫌になるぜ」

学園で女子を食い散らかしてきた彼にとって、自分に隷属して勝手にイキまくる女子など興醒めになっている。

特定のパートナーを持たない男子は、彼のような嗜好を持つタイプが多かった。

とはいえ、今は雌伏の期間だ。

肉オナホとしては充分に使える。

むっちりとして抱き心地がよく、下半身の肉づきもいい保奈美は、抱き枕としては合格点だ。

ペニスケースに挿入した彼が、欠伸《あくび》をしてベッドに寝転がった。

失神したままの保奈美の両足首をつかみ、操縦桿《かん》のように脚を動かしてやる。

連動している保奈美の括約筋が、姿勢が変わることによって締まりの変化する肉オナホになった。

股間に密着して淫らに形を変える、デカ尻の感触も心地いい。

填め込まれたペニスから定期的に穴の中へと射精を垂れ流され、意識を飛ばしている保奈美は自動的に下半身をオルガズム反応で痙攣させていた。

もはや膣肉で生じる快感よりも、どういう脚の開き方や角度を取らせれば一番面白い締まりになるか、それを探すゲーム感覚になっていた。

こんな暇潰しには、破片ほどの意味もない。

無垢な少女を、自分の精子で嬲る、そんな快感だ。

失神し続けている保奈美は、ブレーカーが落ちていても脳内でパシパシと弾ける快楽物質に溺れ続けている。

やがて右脚を上げさせて内股気味に、左足は横に大きく広げさせた位置に固定された。

「よしよし、この角度が絞まりいいぜ。寝るまでこのままイクか……」

「おーい、いるか？」

ガチャリと扉が開けられてから、コンコンとノックが続く。

「おう。なんかあったか？」

「いや、なんもねぇ。なんもヤルことなくて暇でさぁ」

ニヤニヤとしている同寮生も、彼と同類だった。

『お尋ね者《ワイルドバンチ》』に見切りをつけた彼も、同じ事情で暇を持て余していた。

無論、彼も手土産にオナペットを確保している。

肩を組んで抱き寄せている女子は、あからさまな情事後のフェロモンを発散させている。

そして尻が見えるほど短くさせたスカートから覗いているのは、太股の内側を大量に垂れ落ちている新鮮なスペルマだ。

黒鵜荘の上位カースト、男子会《フラタニティー》メンバーである彼らなら、これ見よがしに女子生徒を引っ張り込んでいても見ぬ振りをされる。

「コイツ、もう完堕ちしてアンアンウゼぇからさ。スワッピングしねーかと思ったんだが？」

「お前、頭いいな。んじゃ取り替えっこしようぜ。つーか、精液でグチョグチョにしてんじゃねーか。洗ってから来いよ」

「ソッチも同じだろ。完全にアヘってんじゃねーの」

あきれた男子はため息を吐き、肩を抱いていた女子のスカートを捲った。

小振りに引き締まった尻も、ぷっくりと膨れた女陰も、つい先ほどまで嬲られていたままだ。

保奈美と同じように、『お尋ね者《ワイルドバンチ》』から手土産に持ち出された李留は、ヒヤリと空気に晒された尻と陰部に小さく身動いだ。

「んっ……ぅ」

「コイツ、ホントココの具合だけはいいぜ。さっき俺のモンって申請出させてきたわ。俺のチ○ポ専用に育てるから、ちゃんと後で返せよ？」

産毛のような陰毛も剃り落とされて、ツルツルになった恥丘を指でなぞり回す。

陰核を手慣れた指使いで刺激され、太股を震わせた李留の足下に、腹の中に溜まっていた精子がトロリと垂れていく。

垂れても垂れても、胎内に溜まっている精子はなくならない。

それだけじっくりたっぷりと、新しい主人の子種を注入されている。

指先でヌルヌルと穴を弄られる李留の吐息が乱れていく。

「俺のチ〇ポが欲しくて堪らねぇって目をしてるぜ、ククッ。だが、駄目だ。お預けだ。アイツのチ〇ポ突っ込まれて奪われてこい。そしたらじっくりまた染め直してやるからよ」

今もじわじわと下腹部を炙られている李留は、ただ視線を逸らして歯を食い縛っていた。

＊　＊　＊

「ハァ…ハァ…ハァ…、ぅ」

窓から片目で覗き込んでいるオーディエンスが、小さな呻き声を漏らした。

足下の雑草にボタボタと孤独汁がこぼれ落ちる。

右手で慰めた回数の分だけ、地面のあちこちに白濁した液体が滴っていた。

見知った相手が犯されている姿に、クラスメートの女の子が玩具にされている裸体に、仲の良いパーティーメンバーの女子が種付けされて晒しているアヘ顔に、どうしようもなく昂奮していた。

それに気づいたのは、いつだったのか。

最初は気のせいで終わらせていた、小さな違和感。

やがて、少しずつ牝の仕草を見せ始めた彼女たち。

その変化に気づいた、気がついてしまった。

彼女たちを尾行して、決定的な現場を目にしてしまった。

彼らの教室でもこっそりと話題になっている、乱れに乱れきった学園のセックス事情。

まさにその権化ともいえる、輪姦乱交劇。

由香、保奈美、李留の女子三人組。

つい先ほどまで普通に会話していた、仲間でもあり親しいクラスメートの友人が、当事者となって参加していた。

複数の男子生徒から代わる代わるのし掛かられ、その度に耳を覆いたくなるような甘ったるい喘ぎを搾り出していた。

中出しされた尻をスパンキングされれば、犬のように鳴く。

卑猥な格好で股を開いて、命じられるままに自慰姿を見せている。

男子連中は射精しても射精してもペニスをおっ立たせて、彼女たちをレイプし続けていた。

性行為はいつまでも終わらない。

たとえ居眠りをしている男子ですら、股間に女子の尻を乗せていた。

犯されていたのは友人だけではない、十名を超えている刈り集められた同級生の女子生徒たち。

それは常識と尊厳が踏みにじられて、冒涜されるサバトの宴だった。

彼らがどのような集団であったのか、少し調べれば簡単にわかった。

それは隠れて悪事を働くような不良グループではなく、学園から容認された倶楽部という集団だった。

『お尋ね者《ワイルドバンチ》』という評判の悪い倶楽部ではあったが、それは許容された範囲であり学園のルールから逸脱したものではなかった。

これが学園で許されているのかと思うと、頭が変になりそうだった。

暗くて陰に籠もった熱が生まれたのは、それを知ってしまったときだろうか。

身勝手に、彼女たちの意思を無視して犯され続ける姿に、哀れだと、かわいそうだと思うよりも先に思ってしまったのだ。

ただ、『羨ましい』と。

彼女たちに同情するよりも強く、好き勝手に彼女たちを弄ぶ彼らが『羨ましい』、『妬ましい』と。

その感情は彼自身にとって認められるものではなかった。

だから、気づかない振りをしていた。

それを認めれば、今までの自分は破滅する、きっと砕け散ってしまう。

彼女たちの事情、自分の中に灯った熾火《おきび》のような衝動からも目を逸らして。

それでも、たまに彼女たちの様子を見に行ってしまうのは、クラスメートやパーティーメンバーに対する心配ではなく、抑えきれない彼自身の性的な好奇心だった。

彼という覗き魔は、『お尋ね者《ワイルドバンチ》』には当然のように見透かされていた。

そして、その上で放置されていた。

マンネリになる日々の性処理に、変化をくれるスパイスになればよし。

それに、彼ごときが涎を垂らして乱交現場を覗き見ていようと、気にもしないメンバーのほうが多かったのだ。

実際に今も、保奈美と李留の主人となった彼らは、彼の存在に気づいていなかった。

外壁にへばりつくようにして窓から覗き続けていると、部屋の中では李留が犯され始めていた。

後ろから羽交い締めにされている体位で、早々に生ペニスを挿入されている。

短いスカートがはためく度に秘所が露わになり、男の肉棒を咥えている様子が生々しく見えていた。

俯いていた顔を上げた李留の表情は、完全に蕩けた牝の表情になっていた。

「……えっ？」

呟きの漏れかけた口を手で押さえる。

再び開かれた部屋の扉から、三人目の男子が登場していた。

そして彼は、当然のように三人目の女子を連れている。

馴れ馴れしく腰に腕を回されているのは、パーティーメンバー女子三人組のひとり、由香だ。

部長のお気に入りにされていた彼女は、ボロボロになっていく倶楽部の中でも放置されていた。

彼らが保奈美と李留のついでに連行してきたのは気紛《きまぐ》れだ。

たまたま部室で三人が固まっていたら、一緒に連れてきただけ。

三人とも教室では上位に入る可愛らしい女子だったが、学園にはもっとハイランクの女子が山ほどいる。

部員が奪いに来るほど上物ではない。

そして他の脱退者たちも、仕込み中の新入りオナペットからお気に入りを手土産にしている。

つまり、早い者勝ちだったのだ。

入口に立っているふたりのリアクションは異なっていた。

男子のほうは鼻の下を伸ばしながら、由香は顔を逸らして目を閉じている。

おそらくはふたり目と同じように、女子のスワッピングを提案しに来たのだろう。

「先輩」

と、窓越しに声が聞こえた。

ああ、間違いなく彼のクラスメートであり、友人であり、パーティーメンバーでもある信之《しんの》助《すけ》だった。

立ったまま犯されている李留に好色な視線を向けていたが、追い払うように手を振られていた。

不満そうに、だが卑屈な笑みを浮かべて振り返った信之助は、胸を隠すように腕を組んでいた由香へ手を伸ばす。

顔を逸らしている由香の背後からスカートを捲ると、李留と同じようにノーパンだった。

無抵抗な由香の内腿には、一筋の白い精液が糸を引いていた。

その遠慮のないスカート捲りも、生尻に食い込んでいる指の蠢《うごめ》きも、上気した由香の顔が赤く染まっているのも、その精子を誰が注ぎ込んだのかを雄弁に物語っていた。

いや、推測するまでもない。

おもむろにズボンを下ろした信之助は、その場でバックから由香の尻を抱え込んでいた。

口を開けて弛んだ表情に、仲間やクラスメートに対する罪悪感は、微塵もない。

手慣れた様子で腰を振りながら、由香の尻を強姦し始めていた。

扉に手をついて身体を支えている由香は、教室での信之助と交わすような会話もなく、ただ黙って尻を使われている。

パンパンパンッと激しい音が部屋の外まで響いていた。

体育会系の上下関係、それは学生寮では当たり前のシステム。

上位者から理不尽な命令をされることもあれば、逆に親切を受けることもある。

たとえば、見所のある後輩に、飽きたお下がりの女子を払い下げることだってあるかもしれない。

遠慮なく由香の尻を犯している信之助は、彼らにとって同類認定されたのだろう。

クラスメートで性処理に使えるオナペットがいれば便利だぜ、と笑顔でアドバイスをされていた。

「ぁ、ぁ……」

勃起を握り締めた指が激しく動いていた。

上級生ならまだ諦めもつく。

だが、友達だと思っていた信之助に、好意を感じていた彼女を使われているという、胸を焦がすような焦躁がジリジリと疼く。

既にどれほどヤッてきた後なのか、なおざりなセックスを見せつける信之助が妬ましい。

ペニスを抜いてしゃがみ込み、挿れていた穴を指先で広げて覗き込んでいる信之助は、今まで見たことがないほどに嫌らしく口元を歪めていた。

自分が注いだ精子を指先で捏ねくり回して、生尻を手で揉みしだいている。

ペニスと精子、そして指と視線でアソコを犯されている由香は、口を閉ざしたまま天井を見上げていた。

その無表情が弛みそうになったのは、再び勃起した肉棒で膣孔を貫かれたからだった。

余裕の表情で笑っている信之助は、それぞれ保奈美と李留を犯している先輩たちと雑談を始めていた。

そんな余裕を持てるほど、由香の身体を味わってきたのだろう。

それこそ、うんざりするほどセックスを堪能したのだろう。

だが、由香の尻へ勢いよく勃起物を出し入れしている信之助は、李留や保奈美のように我を忘れるほど喘がせてはいなかった。

セックスの快感に暴走しているのは信之助だけだ。

それは当然、そうなる。

信之助と由香は、ほぼ『同格』だ。

『格上』に隷属している由香は簡単に靡《なび》かない。

だから、今の俺でも由香をモノにすることはできない。

そう、教えられた。

保奈美と李留を奪い取るには尚のこと、まだ絶望的に『格《レベル》』が足りていない、と。

「ハァ…ハァ!……ぅ」

腰を痙攣させた信之助が、由香の尻を抱え込んでる。

腰をねじ込むように擦りつけながら射精した信之助が、最後の一搾りまで出した由香の下半身から離れた。

一呼吸置いて、安産型な由香の股間から、ドプッと精子があふれ出す。

同時に彼の足下にも、ボタボタと白濁した粘液が滴っていた。

得意そうに由香の尻を揉んでいる信之助は、股間で反り返っているペニスを見せつけているようだった。

先端から精子を垂らし、竿は由香の愛液でねっとりと濡れている。

自分と彼の差を、嫌というほど見せつけられた。

ギリギリと歯を食い縛って、夜に紛れ込みながらその場を離れた。

学生寮の先輩後輩関係から、彼女たちを好き放題している信之助に恨みはない。

ただ、ああ、こんなにも妬ましい。

「……わかってる。ダンジョンに行こう。モンスターを狩って狩って狩りまくって、レベルを上げればいいんだろ？」

誰にともなく呟いた竜也から、何故か潮の香りが漂っていた。

EXミッション：アンノウン漂流日記

「わ〜、カモメが飛んでるよ。柿音ちゃん！」

手摺りから身を乗り出した智絵理《ちえり》先輩が、雲ひとつない青空を見上げていた。

「う、うん。そうだね。智絵理ちゃん」

甲板に座り込んでいる柿音先輩は、釣られたように笑顔を見せていた。

「カモメが見えるってことは、近くに島があるのかも」

何故か、俺の手をずっと握っている市湖先輩が、同意を求めるように顔を上げた。

俺にだってわからないことぐらいある。

いや、正直に白状するなら、状況が何ひとつアンノウン。

こういう場合は、問題を小分けにしてひとつずつ解決していくべき。

「市湖先輩」

「うん。……えっと、普段からイチゴって呼び捨てでも、いいよ？」

上目づかいで恥ずかしそうな市湖先輩に、グッと来てしまった俺である。

だが、市湖先輩の愛称呼びについては、特別なナイトフィーバータイム専用にしたい今日この頃。

「う、うん。叶馬くんの好きに、して」

はっきりと赤面してしまった先輩が視線を逸らした。

可愛いというよりも美人系の先輩なので、仕草に破壊力があります。

「それはさておき、確認したいことがいくつかあるのですが」

「うん」

「まず、何ゆえ市湖先輩は俺の手を握っておられるのでしょうか」

「えっ、だってそれは、えっと、叶馬くんは定期的にエッチなコトをしないと暴走しちゃうって、静香ちゃんから聞いてるから。だから、遠慮しなくても大丈夫。ムラムラしたら私を使ってね」

覚悟を決めてます、みたいな真顔で迫られても困惑するわ。

そして静香とは、また後で話し合う必要がありそう。

「叶馬くんは私じゃ不満、だよね……。でも、ふたりには船の修理があるし、私ならいつでも好きなように使っていいから、だから」

「そうではありません。大丈夫です」

自虐モードになりそうだった智絵理先輩を抱っこして、背中をぽんぽんと撫でる。

先輩は俺に負い目を感じてるっぽいので、過剰奉仕をしたがる悪癖があるのだ。

最近は治まっていたのだが、自分を安売りしないでほしい。

「……安売りじゃないよ。叶馬くんだから、だもん」

それは光栄な告白だ。

頭を押しつけていた市湖先輩が顔を上げると、瞳が潤んだように熱っぽくなっていた。

「……わ～、イチゴちゃんは大人だねぇ」

「……邪魔しちゃ駄目だってば。智絵理ちゃん」

腕の中でビクッとした市湖先輩が振り返ると、ふたりの先輩たちが慌てて空を見上げていた。

恥ずかしいのかプルプルしている先輩を、逃がさないように抱っこ継続である。

勢いあまって甲板から落ちたら大変だ。

周囲四方には海原《うなばら》が広がり、水平線が見えている。

俺たちが乗船しているのは『討鯨船ネオピークォド号』、そして現在はエンジンが故障中。

搭乗者は俺、市湖先輩、智絵理先輩、柿音先輩の四名。

ぶっちゃけ俺たちは遭難中なのであった。

事の始まりは、そう俺のちょっとした好奇心だった。

「俺も、そのネオピークォド号に乗ってみたいのですが」

麻鷺荘にある『神匠騎士団《アデプトオーダーズ》』の部室で、俺は先輩たちに打診していた。

のんびり創作活動をしていた先輩たちがキョトンとした顔になり、代表して蜜柑先輩が問いかけてくる。

「えーっと。叶馬くんも一緒に白鯨レイドで戦ったでしょ？」

「ああ、そっか。うん、たしかに。そういえば叶馬くんは彩日羅ちゃんと一緒に、ずっと白鯨の背中に乗ってたのかな」

ポンと手を叩いた凛子先輩に頷いた。

そして白鯨を倒した後も、レイドが消滅するギリギリまで素材回収をしていたのだ。

白鯨を丸ごと空間収納《アイテムボックス》に放り込めば楽、と気づいたのは帰還後である。

そんなわけで、俺もあの格好いい木造戦艦に乗ってみたいのだ。

水車を回して海を疾走するとか、痺れるくらいに浪漫があふれていた。

「あ、やっぱり叶馬くんも格好いいと思った？」

「はい」

「やっぱり船は外輪船だよね。スクリュープロペラ推進式でも作れそうだったんだけど、絶対に外輪式が正義だと思ったの」

部室の中で真っ先に立ち上がったのは、船体のコンセプトデザインを作った智絵理先輩だった。

『錬金士《アルケミスト》』というマルチプルなクラスで、多彩な活躍をしている先輩さんである。

すごいドヤ顔になっていて、とても可愛らしい。

「うーん、確かに連装のドリル型プロペラなら素材強度がなくても」

「でも、パワー効率からみたらやっぱり」

「補助航海能力としてマストは欲しい」

他の先輩たちにも火が点いたのか、わやわやと討論会が始まってしまった。

「……エンジンの修理がしたかったです」

その中でポツリと呟いたのは柿音先輩だった。

先輩の保持クラスは、その名のとおり『機関士《エンジニア》』だ。

メカニカルな装置や機械についての専門家であり、通常のダンジョン攻略では出番がないと嘆いていた。

だが実際には、俺たちみんながお世話になっているのだが。

学園が生徒の監視に使っている電子学生手帳のデータを、柿音先輩が不自然じゃないように修正してくれているのだ。

そして今回はネオピークォド号の動力源となる『クリスタルスチームエンジン』をゼロから作り出したそうだ。

原理はわからないが、とにかくすごそう。

「そうね。白鯨との戦いで結構ダメージを負ってたし。最後に修理をしてあげたかったな」

柿音先輩の頭を慰めるように撫でたのは、『彫金士《アルケミスト》』のクラスを持っている市湖先輩だ。

無機物の造型に特化した能力で、ピークォド号の船体を仕上げたのも彼女らしい。

倶楽部のみんなを陰から支えるクールなお姉さん役、という感じに見えるが、実は甘えん坊さんである。

おっと、顔を赤くした市湖先輩にキロッと睨まれてしまった。

心の声が漏れてしまったか。

「うん、まあ叶馬くんは結構ダダ漏れしてるかな」

「あは。叶馬くんは嘘を吐けないよい子だもん」

仕方ないなぁ、という顔をしている凛子先輩と蜜柑先輩だ。

まあ、必要のない嘘を吐く男だと思われているよりは、ずっといい。

嘘に慣れた言葉には、重さも価値もないのだ。

「それで話を戻しますが、ネオピークォド号に乗ってみたい。ですが、俺には操縦方法がわからないので」

「でもね、叶馬くん。あの船はレイドクエストと一緒に消えちゃって……」

ああ、話が合わないと思ったら、そういうことだったのか。

気の毒そうにしている蜜柑先輩に頷いてみせた。

「問題ありません」

「ふぇ？」

「船なら、今ここにでも出せます」

本当に空間収納《アイテムボックス》から出したら、部室が大惨事になるので出せないのだが。


そんな感じで麻鷺荘の裏庭に、謎の大型クルーザーが出現したのが一昨日の話。

ちなみに以前の裏庭は露天風呂になってしまったので、新しい工房建設予定の広場に出しました。

麻鷺荘周辺の開発ラッシュが続いているので、寮長な乙葉先輩も嬉しそうに、しかし何故か遠い目をしておられた。

寮生のみんなは、あ～また何か変なコトしてる、という温かい目で見守っていたのに。

『職人《クラフター》』メンバーが集まって船を修理、というか改造していたのが昨日。

そしてバージョンアップされた討鯨船ネオピークォド号を、キラキラした目で見ていたのがマッドサイエンティストのコンビだ。

具体的には、智絵理《ちえり》先輩と柿音《かきね》先輩。

性格は違ってもふたりは仲の良い親友同士。

実験と研究が大好きな、ブレーキの壊れている暴走コンビである。

試験運航したい、とおねだりされた俺は当然のように頷いたわけで。

船体チェックの責任者、兼ブレーキ役として志願した市湖先輩が同行することになった。

ただし、船を浮かべる場所については考慮中だった。

ダンジョンの中には水没階層があるとは聞いていた。

それが第十七階層の『空虚海《エーテルオーシャン》』と、第十八階層の『九山八海《マリンスフィア》』だ。

問題は、どちらも未到達フロアだということ。

仕方ないので早朝ランニングコースにある、小さな湖に浮かべようと考えた次第。

ピクニック気分で出発した俺たちだが、さて。

なんでこんな大海原にいるのやらだ。

「なんか、霧がぶわーって出てきたね」

「うん。もう泳げそうなくらい、濃い霧だったね」

「そう、ね。叶馬くんが船を出してくれなきゃ、本当に溺れていたのかも」

とりあえず日が暮れたので、船内のキャビンに入って晩ご飯だ。

ピクニックにはお弁当は必需品ということで、多めに持たせてくれた久留美先輩に感謝。

「一応、船にはキッチンもあるから、料理だってできるんだよ」

「はい。燃料として使うクリスタルも持ってきてます」

仲良くサンドイッチを頬張っているコンビがラブリー。

ネオピークォド号のキャビンは、凝り性な先輩たちの手によって快適な居住空間となっていた。

まさか遭難した状態を想定していたわけではないだろうが、寝泊まりする設備だってあるのだ。

ブルジョアジーな船である。

まあ、無差別に機能をバージョンアップしたせいで、少しばかり不具合が発生しているようだが。

「うん。原因はわかったから、明日には動かせるようになるよ」

「はい。ギミックを増やしすぎてエンジンの出力が足りなくなったみたい、です」

「なるほど。流石です」

ふたりを褒めると嬉しそうに照れていた。

それに比べると市湖先輩は大人しい、というか少し顔色がよくない気がする。

日差しと海風は体力を消耗させるし、今日はシャワーでも浴びてゆっくり休んでほしい。

水属性を抽出したクリスタルがあれば、真水はほぼ無尽蔵に利用できるのだ。

うちの倶楽部では少し前に、先輩たちがモンスタークリスタルからの属性抽出技術を開発していた。

わざわざ購買部で販売している、暴利なエレメンタルクリスタルを購入する必要はない。

そういえば誠一が、学園の利権だろうから外には流すなと言っていたか。

夕食を終えたら、まずは最初に市湖先輩からシャワーを使ってもらうことにした。

「せっかくのクルーザーシップなんだから、お風呂とかあったらロマンティックかも……にゃ」

「はぅ……叶馬くん叶馬くん」

キャビンはそれほど広くはない。

スキンシップが自然とイチャイチャモードに変化してしまった。

ちなみに麻鷺荘でも、智絵理先輩と柿音先輩は同室のルームメイト。

ふたり同時のコンビネーションプレイはお手のものだ。

右手で寄り添ってくる智絵理先輩を支えて、左手で正面から抱きついている柿音先輩を撫でる。

スカートの中に手を入れて、下着の上からお尻を揉んだ。

ゆったりと波に揺すられる船は、まるで揺り籠の中にいるようだった。

じんわり火照ってきた先輩たちの身体から、甘酸っぱい発情の臭いがしている。

そのまま制服を脱がそうとしたら、ふたりとも身を捩って恥じらい始めた。

「だって、汗臭い……」

「う、うん。きっと油とかでも汚れてるし、シャワー浴びてから、にゃ、あぅん」

俺は気にしないのだが、先輩たちを無闇に辱めるつもりもない。

だが、制服は脱がせて、とりあえず下着姿にはしておきます。

チェック柄の可愛らしいランジェリーを好むのが智絵理先輩、色合いはシックだが大胆なデザインを好むのが柿音先輩だ。

「……あ。ううん、私は気にしないで続けて、いいよ？」

ふたりを剝いた時点で、ちょうどシャワールームから市湖先輩が出てきた。

パジャマなどは当然ないので、シャツ一枚だけの湯上がり姿がエッチっぽい。

「ふにゃあ。イチゴちゃん交替です……」

「うん、狭いけど一緒に入っちゃおう。叶馬くんは……イチゴちゃんをお願いします」

膝に乗っていた柿音先輩が、ハグしたときに耳元で囁いていった。

やはり様子が少しおかしいのに気づいていた模様。

入れ替わりになった市湖先輩は、視線を逸らしたまま自分の身体に腕を回していた。

「えっと、叶馬くんも一緒にシャワー、浴びるのがいいかも。狭いけど、でも私より」

「市湖先輩」

「……あ」

肩を抱くようにして俺の上着を羽織らせる。

それほど寒くはないが、湯冷めするよりマシだろう。

触れられてビクッとする市湖先輩を、キャビンの外へと誘った。

船から漏れる光を除けば周囲は闇に包まれている。

それでも空を見上げれば、星々のきらめきが宝石箱のように瞬いていた。

見惚れたように星空を眺めている市湖先輩と、甲板のベンチに並んで座った。

「綺麗だね……。これは偽物の星空なのに」

「偽物、とは」

「うん。ここはたぶんだけど、天然ダンジョンの一種なんだと思う。たまたま瘴気が濃くなって発生した、すぐに消えちゃう仮初めの世界」

空を見上げたまま俺の腕に寄り添ってくる。

よくわからないが、先輩たちがあまり焦っていなかったし、それほど珍しくない現象なのだろうか。

しかし、仮初めというにはずいぶんと、深い感じがする。

奥行きというかディテールというか、少なくとも白鯨レイドの世界よりは重厚だ。

本当は市湖先輩も何かを感じているのかもしれない。

小さく震えてる身体に、腕を回して抱き寄せた。

何があろうと先輩たちを麻鷺荘に連れて帰る、それが俺の役目だ。

「ごめんなさい……。叶馬くんに迷惑ばっかりかけちゃって」

迷惑などは身に覚えがないのだが。

いや、もしかして『学生決闘《メンズーア》』の件だろうか。

『神匠騎士団』を結成する前の話になる。

蜜柑先輩が部長を務めていた倶楽部、『匠工房《アデプトワーカーズ》』のメンバーを引き抜く条件として、先輩たちが抱えているお悩み解決を条件に出されたのだ。

市湖先輩の場合は、元カレとのパートナーを解消させることだった。

そして決闘で刃を交えて、市湖先輩の身柄を勝ち取ったのだ。

いや、決着はつかなかったので譲られた勝負だった。

実際に学園で戦った相手では、アレが一番強かったかもしれない。

「……元カレなんて、そんな格好いいものじゃないよ。自分が好き勝手に使えるセフレにするために、無理矢理パートナーにされたの。半年くらい毎日オモチャにされて、飽きたら捨てられて、私っていうパートナーがいることすら忘れられてたの」

自虐的な告白をする市湖先輩を抱っこして、頭を撫でた。

しっとりしている髪と、うなじが色っぽい。

「でも、運はよかったのかな……。最低の自己中だけど、とにかく馬鹿みたいに強いヤツだったんだ。誰も勝てないくらいどんどん強くなっていって、いつの間にか有名な強豪倶楽部にスカウトされちゃってた。肩書きだけはそんなヤツのパートナーだったから、しばらく空気みたいに放置されたんだけどね」

話は続いているが、市湖先輩の身体からは力が抜けている。

クスッと頬笑んで、俺の固くなっている部分をナデナデされていた。

「もう私にとっては過去の話だから。今は叶馬くんから大事にしてもらってる自覚もあるし。それに……叶馬くんは自分の女が、過去にどんな酷いエッチなコトされてきたのか聞くと、興奮するって知ってるし」

「いや、それは」

「リンゴちゃんとか杏ちゃんとか桃ちゃんに聞いてるよ。ちゃんと相手を選んでるんだなって感心しちゃった。私も叶馬くんの性癖に応えてあげる。それとも、言わないほうが、いい？」

もはやエクストリームな誤解が風評被害をエクスパンションしているが、教えてくださるというのなら聞かざるを得ない。

俺のズボンを脱がせてアレを取り出した市湖先輩が、指先を絡めてゆっくりしごいていく。

「うん……あれは去年になるから、私も今の叶馬くんたちと同じ一年生だったね。さっきは放置されたって言ったけど、教室では仲間外れにされて孤立してたの。自分でいうのも嫌になるけど、私って男好きする美人タイプに見えるんでしょう？　だからね、やっぱりクラスメートの男子から狙われたの」

シコシコと上下に動かしていた手が、先端を包むように握ってくる。

そのまま敏感な亀頭をクリクリと撫でながら、もう片方の手で肉棒を握られた。

「元カレのヤツはね、授業もサボっててダンジョンに入り浸りになってた。レベルの合わなくなったクラスメートとも会話なんてなくなってたんだ。けど、たまたまね、ある日に、こう言った男子がいたの。

『まったく羨ましいよな。学園でトップランクの美少女を、その日の気分で好きにヤリまくれる立場になったんだろ。それが学園のルールだから羨んでも仕方ないよな。クラスメートの女の子は俺たちに任せろ。お前はもっと上に行け』

見え透いたお世辞だよね。でも、元カレは頷いたの。『そうするぜ』、って。

私は聞いてるだけだったけど、ちゃんとわかっちゃったんだ。言質を取られちゃったって」

吐息が熱くなってきた市湖先輩は、ブラジャーをしていなかった。

シャツの内側に潜り込ませた手で乳房を揉んでいく。

「翌日からはクラスカーストで一番下になっちゃってた。パートナーの権利を、クラスメートの男子全員に委任されちゃったんだから仕方ないよね」

「言質を取った男子がね、最初に私をレイプしたんだよ。でも、プライドの高い元カレを騙してるみたいな建前だったから、元カレにバレないようにこっそり性処理オナホにされたの。中庭の木陰に連れ込まれたり、男子トイレの個室に押し込められたり、校舎裏に連れ出されたり、ね。元カレが教室に近寄らなくなってからは、教室の中でも平然とレイプしてくるようになったけど」

喉元にチュッチュとキスしてくる先輩は、先走りでヌルヌルになっている手を焦らすように蠢かしていた。

「んっ……なのに、ひとりで私をレイプする度胸はないんだよ。いつも五人くらいで私を囲んで、人目から隠すみたいにしてじっくり輪姦していくの。休み時間になるとひとりずつ私のお尻に挿入して精液を出していく感じかな。まだ一年生の男の子だったから、みんな性欲を我慢できなかったみたい。放課後になると私をヤル順番待ちの列ができてたの。もちろんクラスメートの女子は見て見ぬ振りだよ。だって私が生贄になってれば自分たちは安全だから。進級するまでは、そうやってクラスメートの性の捌《は》け口になってたの」

滑らかに独白している市湖先輩は、もう完全に発情していた。

ショーツの中でクチュクチュと弄られている場所は、もうぐっしょりになるまで濡れている。

「ここ、ですね」

「う、うん。今はもう、叶馬くんのおっきいのでもっと広げられちゃったアソコだよ」

「これからは俺専用なので」

「ふぁ、あぁ、すごい……どうしてこんなにおっきくて、ガチガチにしてるの？」

それは俺にも謎だが、もはや我慢は限界である。

先輩のお尻を抱き上げて、股間の正面へと合体させた。

市湖先輩が黙ってしまったのは、それだけでオルガズムしてしまったからだ。

滴るほどに濡れていた膣孔が、咥え込んだ肉棒をにゅちにゅちと搾り上げている。

この昂ぶりは簡単に治まる気配がない。

「イチゴ」

「はあ、ぅ、またイッちゃ…んんーッ」

何度アクメしようが慈悲はなし。

市湖先輩の胎内に肉棒を射し込んだまま、柔らかなオッパイを揉んで乳首を抓った。

本来であれば責任を取ってもらって、市湖先輩にはひと晩中お相手を願うところ。

だがしかし。

「智絵理、柿音」

「ひゃい」

「はわわ」

覗き見をしているふたりを呼ぶと、可愛らしく慌てていました。

この滾った熱量をひとりで受け止めてもらうのは、流石に酷だと思われる。

当然、おふたりにも参戦していただく。

「はわぁ……イチゴちゃんの顔、スッゴイエッチ可愛い」

「ふぁ～い。えっと、叶馬くん、どうぞ」

キャビンから出てきたふたりは、デッキの手摺りをつかんでお尻を差し出してきた。

おふたりはシャツ一枚で、下半身は最初からノーパンスタイル。

「だって……パンティとか絶対エッチなお汁でグショグショになるもん」

「う、うん……今も熱くて、濡れてるのわかるし」

こちらもベンチから立ち上がって手摺りの前まで移動する。

当然、姦通しているイチゴヒップは股間に密着したままだ。

まだ小刻みなオルガズムをぶり返している市湖先輩は、俺の肉棒に堪らない刺激を与えてくれている。

「イチゴ。手摺りをつかめ」

「ふぁ、ふぁい」

「足を踏ん張って、ケツをあげろ」

「ふぁい」

お尻をプルプルさせながら、言われたとおりにする先輩が可愛らしい。

まずはこのまま市湖先輩の胎内で射精する、それは決定事項なので。

俺専用になった、この愛らしい彼女の子宮に子種を注ぎ込む。

「あっ、あっ、はぅ、はあンッ！」

「はわわ。今日の叶馬くん、なんかスッゴイよ。智絵理ちゃん」

「う、うん。柿音ちゃん、がんばろ。今夜は私たちしかいないんだもん」

俺は肉棒へ吸いつくように痙攣している膣穴で、昂ぶりを解き放つように精子を放っていた。


倒木の上でキョロキョロしていた栗鼠《りす》が木に登っていった。

森の中のハイキングコースは、生い茂った下草に覆われて自然と同化していた。

「せっかく直したのに、火を入れる前に外へ出ちゃいました……」

「でも、叶馬くんのスキルはホントにすごいねぇ。大型クルーザーサイズでも入っちゃうんだもん」

「お任せあれ。……少し収納の手応えが変でしたが」

山道を歩いているのは四名の男女だ。

荷物を背負っている男子がひとり。

艶々お肌で元気いっぱいな女子がふたり。

そして、お肌は艶々だが、くったりと疲れ果てている女子がひとりだ。

「市湖先輩、やはり体調が悪いのでは？」

「うぅ。誰のせいだと思ってるの……」

じっとりとした市湖の視線が、叶馬に向けられる。

「イチゴちゃん、昨日はすごかったねぇ」

「うんうん。もう、はにゃーってなってたねぇ」

「叶馬くんもケダモノモードになって、ずっとイチゴちゃんを抱え込んだまま離れようとしなかったし」

「だね～。イチゴちゃんも許して～とか言いながら、ずっと叶馬くんにぎゅーって抱きついてたし」

「もうっ、ふたりとも！」

顔を真っ赤にした市湖から、智絵理と柿音がぴゅーっと逃げ出していく。

いつもどおりの仲良しコメディ感に、叶馬がひとり頷いていた。

「ふむ。気のせいでしたか」

「他人事みたいにしてる叶馬くんの顔、抓ってもいい？」

頬っぺたを膨らませる市湖から、叶馬もススッと後退った。

無駄に見事な足捌きである。

「叶馬くんも、みんなに余計なこと話したら、静香ちゃんに言いつけるからね！」

無駄に立派な敬礼をした叶馬は、無駄に滑らかなバックステップで逃亡していった。

そのまま逃げ出していた二人組と衝突して、無駄に大惨事が発生である。

心配するよりも先に、いろいろと突っ込みたくなる惨状だ。

だが、叶馬はともかく、ふたりに怪我がないことくらい、今ならちゃんとわかる。

「……気のせい、じゃないよ」

市湖が小さく呟いた。

みっともなく叶馬に縋りついたり、泣き言を漏らしながら甘えてみたり、そんな情けない女が本当の自分だ。

クールなお姉さん役と叶馬は言ってくれたが、そう見えるのは仲間《ギルド》の心に支えられていたからだ。

そう、誰よりも『組合《みんな》』に依存していたのは、自分だった。

温かくて優しい繋がりにのめり込んで、自分なんて要らないと思うくらいに。

それは心地よくて、底のない泥沼だった。

「それじゃ、駄目なんだよね」

みっともなくても、無様でも、ひとりの女として叶馬は受け止めてくれた。

市湖は道のない森を振り返った。

木洩《こも》れ日《び》が射し込んでいる、緑と日常の世界。

「……ありがとう。誰かは知らないけど、きっと手遅れになる前に教えてくれたんだよね」

クスッという小さな笑い声も、枝の上にチラッと見えた白い着物も、きっと気のせいだったのだろう。

天然ダンジョンが発生するはずのない地形で、『組合《ギルド》』スキルが途切れるほど深い異世界《レイド》に紛れ込んだのも、きっとただの偶然だ。

「あわわ。叶馬くん、リュックの留め金が引っかかって」

「ふにゃー。なんでパンツが脱げるのー」

市湖は無駄にエッチなアクシデントが発生しつつある現場に、苦笑しながら向かっていった。

――彼女たちが麻鷺荘へと戻ってから。

日付が変わっていないと気づいたのは、また少し後のことだった。

群像艶戯《アンサンブルキャスト》

・お尋ね者と愉快な追撃者「ドゥームズディアアフター」

これは倶楽部対抗戦という学園きってのお祭り騒ぎ。

それが終わるよりも早く始まってしまった、とある倶楽部の最終審判後日譚《ドゥームズディアアフター》。

「……クソッ！」

蹴飛ばされたヘルメットが転がる。

今回の対抗戦において、倶楽部ランクBが確定した『お尋ね者《ワイルドバンチ》』の部室だ。

まだ本戦の日程は残っていたが、既に彼らは敗退している。

初戦では相手チームの反則負け、そして次の対戦では自分たちのチームメンバー不足により棄権した。

お話にならない結果だ。

目標のランクアップどころか、まともに勝負すらできていない。

「ま。仕方ないでしょ。部長が病院送りになっちまったんだし」

対抗戦のルール上、他のメンバーが欠員になっても問題はないが、大将である部長がいなければ無条件で敗退する。

そして彼らの部長は、初戦で保健療養棟へと送られてから、未だに姿を見せていない。

「Bランクは維持だから、今までと変わらないっちゃ変わらないわな」

「そうそう。どうせこの部室も継続だろ」

平の部員たちは呑気な顔をしていた。

部室の光景も、今までと何も変わっていない。

ヘラヘラとした締まりのない顔の男たちが、半裸の女子をダラダラとレイプしている。

咽せるような男女の、淫靡な臭い。

強者と弱者、支配する側と従属する側。

その光景が、何故か薄っぺらい。

まるで自分たちの足下が揺らいでいるような、ごっそりと何かが崩れたような。

砂上の楼閣感。

「チッ」

大きな舌打ちをしたのは、選手になっていた幹部メンバーのひとりだ。

「馬鹿が。お気楽なツラしやがって……俺らみたいな連中が舐められたら終わりなんだよ」

舐められる、軽く見られる、面子を潰される。

それは形のある価値ではない。

見えない重さと、力の法則。

人間関係の力学。

恐れられているから譲られる、押しが利く。

怖がられているから頭を垂れる、他人を従わせることができる。

面子に泥を塗られたということは、自分たちの『恐怖』が破壊されたということ。

取り戻されなければ、当然のように甘受していた利権を失ってしまう。

「落とし前をつけなきゃなぁ」

「ああ。舐めやがって」

「思い知らせてやんよ」

幹部メンバーが顔を見合わせて頷いている。

彼らは理解していた。

理解しているからこそ、アウトロー集団の幹部メンバーでいられるのだ。

逆恨みだろうと、卑怯と罵られようと、自分たちを舐めた相手に復讐する。

手段を選ばず、場所を選ばず、這いつくばらせて靴を舐めさせる。

正当な理由などは必要ない。

逆に理不尽であるほど道理の通じない相手だと、関わってはいけない相手だと思わせることができる。

「まずは情報を集めんとね。獲物は『神匠騎士団《アデプトオーダーズ》』や」

蛇のような目をしている副部長に、幹部メンバーが頷く。

『文官《オフィサー》』という非力なクラスである彼が、副部長という位置に立っている。

それは恐怖の使い方を熟知している、それだけ怖い人種だという証拠だった。

性根の歪んだ猟犬たちが部室から放たれる。

常識も良識も、彼らを縛りつけることはない。

そんなものは捨て去ってしまったのだ。

「……時間をかけたらあかん。できるだけ早く潰さんと」

幹部席にひとり残った彼は、机をコツコツ叩きながら苛だっていた。

噂の広がる速度は、その話が面白おかしくセンセーショナルなほど早い。

名前も聞いたことがない新規倶楽部が、嫌われ者である『お尋ね者《ワイルドパンチ》』を叩き潰した。

見ていた観客たちは、さぞかし口が軽くなるだろう。

舌打ちをした彼は、壁際に控えている仮部員《オナペット》を使ってクールダウンすることにした。

三名の女子生徒は、幹部もお気に入りの正式採用候補だった。

由香、李留、保奈美の三名が名前で呼ばれることはない。

彼女たちは将来有望なオナペットであったが、それ以上の価値はなかった。

仮部員はその日の気分で衣装《ユニフォーム》が決定される。

今日の彼女たちは、扇情的なデザインのチアリーディング服だった。

それも人前には出られないほどセクシーに改造された特注品だ。

ランジェリーのような上着、超ミニスカートからは尻肉が半見えになっている。

「クソッ」

「はぅ、ん！」

背後からいきなりペニスを挿入された保奈美が、背中を反らせて鳴き声を漏らす。

彼女たちが穿いているのはアンダースコートではなく、割れ目が剝き出しになっているセクシーショーツだった。

余計な手間をかけず、ダイレクトにスムーズな性処理を熟すことができる。

ギュッとスカートを握っている保奈美は、バックからパンパンと尻を鳴らされながら顔を俯かせていた。

最初から丸見えになっている乳房が弾み、先端の乳首は艶やかに硬くなっている。

彼女たちの身体は、男性の欲望に応えられるように、そして自分も快楽を感じるように調教されていた。

「……ふ、くっ」

射精する前に抜き取られたペニスが、隣の李留へと挿入される。

こうしたオナペットの穴比べも日常茶飯事だ。

顔を真っ赤にして口をつぐんでいる李留も、今更腰を抜かしたりはしない。

背後から挿入されたペニスで好き勝手に膣を使われても、太股を捩らせながら堪えていた。

ヌルッ、ヌルッと腹の奥まで肉棒が届いている。

スカートをつかんで声を我慢してる李留に、保奈美はトロンと潤んだ目を向けて、由香は無言で視線を逸らしていた。

保奈美よりも念入りに犯された尻が解放されると、李留の足下にぼたぼたと精子が滴《したた》った。

「あっ、はあ」

それで治まるはずもなく、三人目のオナペットに肉棒が挿入された。

由香の膣を貫いたペニスは、最初から激しくピストンされて柔らかな媚肉を捏ね回していく。

そのまま由香の尻が引き寄せられて、じっくりと腰を据えた性処理が行われた。

乳房を弄びながら腰を振っている彼は、自分たちの部長と戦った相手を思い浮かべる。

いや、思い出そうとしていた。

名簿上は一年生の男子生徒。

第一段階クラスの『戦士《ファイター》』とあったが、そんなはずはない。

間違いなく規格外《イリーガル》、それも特殊な上位レアクラスだろう。

クラスチェンジの法則から逸脱したイリーガルクラスであれば、それが一年生であっても短期間で力を得ることはできる。

だが、羨ましいとは思えない。

強力なチート能力の代償に、相応のペナルティやリスクを支払っているのが、規格外クラスというバランスブレイカーだ。

「あっあっあっ、やっンッ！」

両方の乳房を揉み搾られて、尻を大きく鳴らされた由香が痙攣していた。

「クソッ、なんでや……思い出せん」

ああ、その顔が。

怖気をふるうような笑みを浮かべて、彼らの部長を破壊していた顔が。

どうしても思い出せなかった。

そしてステージの上から向けられた、自分たちを舐めるような視線は。

きっと自分たちが、この少女たちに向けているものと同じ、捕食者の笑みだった。

自分の考えに没入していた彼が、自分へと向けられた声に顔をあげる。

「……ハァーイ」

貫かれたペニスに悶えている由香でも、ぶり返す余韻に尻を震わせている李留でも、蕩けた顔でオナニーに耽っている保奈美でもない。

それは窓の外。

二階の窓の外に立っている、ソレが自分を呼んでいる声だった。

「……ハァーイ。城治《ジョウジ》ィ？」

知らない相手から、いきなり名前を呼ばれる違和感。

ましてやソレが、首を傾げながら自分を凝視しているソレが、逆さまに吊り下げられていたら。

「うおおあああはあああぁーあーああっ!?」

「ひゃ、あ、んんっ！」

突き飛ばされた由香の尻から、注入されたばかりの精液が飛び散った。

腰を抜かした彼は、手足をバタバタとさせながら左右に首を振る。

魂消《たまげ》るような悲鳴を聞いた部員が、愉快な姿になっている副部長に駆け寄った。

「ど、どうしたんすか？　城治さん」

「ま、まど、窓に、窓に」

部員たちが窓に目を向けても、いつもどおりの青い空と校舎しか映っていない。

「ヤダなぁ、ビビらせないでだくさいよ」

「ああ、もしかして何かのギャグっすか？」

実際、雲を足場にして部室を覗き込んでいた謎の人物は、一度引っ込んで施設図を見直していたりする。

もう既に何度か、部室を間違っていたので。

悲鳴が聞こえていないのは、Bランク倶楽部棟の遮音性能が優れているおかげだろう。

「あっー！　そ、そこにっ、そこにっ」

ついでにチラチラと部室を覗き込みながら名簿と見比べて、再確認をしていた。

なにしろ顔を覚えていないので。

「何にもないじゃないですか」

「窓を閉めときますよ。今日は風が強いっすからね～」

窓に手をかけた部員が外を見回しても、当然のように青い空が見えているだけだった。

＊　＊　＊

処刑リストに記載された人材が不足している。

そのことに首を傾げていた謎の人物は、Ｂランク倶楽部棟の中へとお邪魔していた。

彼は知っている。

中途半端にハンティングすると、残りの獲物が逃げると。

息を潜めて、獲物が揃うのを待つ必要があるのだと。

とりあえず彼は息を潜めて、さり気なく部室棟の廊下を散策していく。

じっとしているのができない男であった。

自動販売機コーナーなどを見つければ、向かわざるを得ない。

「……ったく。情けねぇ負け方しやがって。あの味方殺しの変態野郎が」

「まさかＢランクになるとは思わなかったわ。当てが外れたっつーの」

そこで駄弁っていたのは『お尋ね者《ワイルドバンチ》』の幹部メンバーふたりだ。

うきうきとそちらへ向かった足が止まる。

彼は我慢のできる男であった。

「そうだな。『餓狼戦団《ヴォルフリッター》』にでも移籍するか？　あそこなら今回Aラン行きそうだろ」

「格付け終わってから考えるわ。マジ面倒クセェ」

鼻つまみ者である彼らが居座っているコーナーに近づく者はいない。

ヒゲメガネを装着した謎の人物が見守っていても、誰も気づかなかった。

「アイツら結構ルックスのイイ女が揃ってたよな。身元はわかってるし、明日にでも拉致ってじっくり嬲ってやるか」

「まぁ、あのサムライ娘は俺の獲物だぜ。あの綺麗な顔がぐしゃぐしゃになるまで犯してやる」

「補欠のデカパイもなかなかそそる身体だったろ」

「オマケは部員どもに輪姦させて……」

想像力の豊かな妄想を垂れ流しているふたりは、防火扉がゆっくりと閉じられていくことに気づかなかった。

「何だこりゃ、つーかお前は誰……ぐはっ！」

「テメェ、舐めて、ぶぼっ、やっ、やめ」

ガインッ、と防火扉が軋《きし》み、人形《ひとがた》の窪《くぼ》みができていた。

ガラスの割れる音、硬い何かが砕ける音、泣きわめく声が響いている。

「ひいいいっ！　あっあっ、アッー!!」

「あいあいあいあーっっ！」

「いょぅ」

「……」

「ゴリヨウ、アリガトウゴザイマシタ」

彼は我慢のできる男であったが、喉が渇いていたのだ。

＊　＊　＊

「おいコラ。いい加減に目を覚ませや」

「ふにゃ。……ふぇ？」

投げ出された衝撃で覚醒した乙葉が、身体をビクンッとさせた。

夢の中で、階段を踏み外したようなビクンッである。

「……涎垂らして熟睡しやがるとは、マジで呑気すぎんだろ」

「う、うっさいわね！　ていうか、えっ、何よこれは。ここはどこで、アンタは誰よ？」

乙葉は自分が後ろ手に縛られていることに気づいた。

ポイ捨てされたのはマットレスの上。

部屋の中も、自分を見下ろしている男にも見覚えはない。

ないのだ。

謎の人物と同様に、本気で忘れていた。

倶楽部対抗戦で自分を穴だらけにした相手だろうと、すっきり爽やかに記憶から消えている。

「……そうか。なら教えてやる。ここは『お尋ね者《ワイルドパンチ》』の部室だ」

もっとこう、恐怖に歪んだ顔や、憎しみを込めた表情を期待していた男だが、余裕の笑みを浮かべてみせる。

「んで、一服盛られたオメェは俺から拉致されて、今から派手にレイプされるところだ」

「あ〜うん、はいはい。そうよね、私は美少女だからそういう展開もあるよねぇ。いやぁ、最近扱いが悪いから自信なくなっちゃってたのよ」

何故か納得している乙葉が周囲を見回した。

部室にいる男子はひとりだけではない。

ニヤニヤと笑っている男子だけで十人以上、半裸で性行為をされている女子が同じくらい。

目に光のない、為すがままになっている彼女たちが、望んでいない行為をされていることはわかる。

どうやって拉致されたのかは覚えていないが、一応状況の把握はできた。

「覚えてねぇって。オメェ、普通に倶楽部棟の一階をブラブラしてやがったから、睡眠薬嗅がせて担いできたんだが」

「くっ、なんて巧妙で卑劣なトラップ」

Ｆランク落ちした元の所属倶楽部を、キャッキャウフフと煽りにやってきていた乙葉だった。

ある意味、自業自得といえなくもないが、タイミングが悪かったのも確かだ。

「ていうか、真面目に貞操の危機かしら。まあ、貞操なんて今更なんだけど」

縛られたまま器用に肩を竦める乙葉が、はぁ、とため息を吐いた。

乙葉もそれなりに学園では理不尽な目にもう遭ってきた。

レイプや輪姦すると脅されて、泣きわめくほど初心《ウブ》ではない。

「ククッ、やっぱ肝の据わったいい女だぜ。そうじゃなきゃ面白くねぇ。ああ、そうじゃなきゃ壊し甲斐がねぇってもんだ。オメェは俺様がじっくり仕込んで、イイ声で鳴く牝犬《オナペット》にしてやんよ」

「女の子をペットとか趣味悪すぎでしょ。噂どおりの外道倶楽部みたいね」

縛られている手首を捻りながら、乙葉が部屋の中を観察する。

半数以上の男子部員は、こちらに興味を持たずにチアコス姿の女子生徒を犯している。

残りの半分もチアコス女子に奉仕させながら、見世物を楽しんでいる感じで眺めているだけだ。

似たようなシチュエーションを経験している乙葉には、この後に自分がどうなるのかも想像がついた。

自分に一目惚れして拉致った男が最初にレイプ。

飽きるまで弄ばれた後は、適当に部員たちが寄ってきて好き勝手に輪姦されるのだ。

今更とはいえ、決して愉快なことではない。

それに今はもう、自分がそんな目に遭わせられると、マジギレしそうな相手がいるのだ。

いや、たぶんしてくれるんじゃないかな、オナペットとしてコイツらに監禁されて、そのまま忘れ去られたら流石に泣くんですけど。

遠い目になった乙葉がブツブツと呟いていた。

「おいおい。もう諦めちまったのか？　ま、とりあえずケツのハメ具合を確認してやるよ」

ベルトを外した男子の股間から、いきり勃つ肉棒がそそり立っていた。

近くにいる仮部員に肉棒をしゃぶらせて、潤滑油を塗していく。

「ふぅ～う、駄目だな。興奮しすぎていきなりぶっ壊しちまいそうだ……。コイツで軽くヌイておくか」

「ん、ぷは～ぁ……あは、あっ、あンッ！」

咥えきれない肉棒を舐めていた保奈美が、軽々と抱えられた下半身にペニスを打ち込まれていた。

蕩けた表情に、発育のいい乳房が弾んでいる。

今日も何本ものペニスを受け入れ、何発もの精子を注入された胎内がグシュグシュとシェイクされる。

ピストンに合わせて開いたり閉じたりする股間は、肉棒をリズミカルに搾り上げていた。

「しっかり見ろよ、このアヘヅラを。俺らが可愛がってやれば一年の小娘だろうと、こんなエロ牝犬になっちまうんだ」

「あっ、ああんっ、い、イイ、イクッ、イクッ、んっ、あはっ」

「……はいはい。参ったわね、マジピンチかも」

激しい交尾に、場の空気が盛り上がっていた。

他の部員たちにも興奮が伝染したように、部室が淫靡な空気に満たされていく。

そんな中でも、異様なカップルが一組だけあった。

「あーあーっ、違う、違ぁう、俺じゃない、俺じゃなあい！」

賑やかに喚いているのは男子だけで、犯されている女子のほうがドン引きしている有様だ。

それは周りの部員も同様だった。

気が触れたようにテンションを乱高下させる副部長に、全員が距離を置いていた。

あまりのおかしさに、乙葉も自分の状況より気になって仕方がなかった。

「俺は悪くない、俺は何もしていないっ、だから、だからぁ……俺を見るなぁ！」

「ね、ねぇ。アレは何なの？」

「ああ。ただの発作だから気にすんな。ウチの副部長は、未来が読めるスキル持ちだからよ。たまに、ああなるんだ……うし。そろそろオメェの順番だぞ」

「マジで？　この状況でヤルとかメンタル強すぎ。いや、そうじゃなくて」

「好きに抵抗しろ。そのほうが燃えるぜ」

「あーあーっ！　それっ、それっ、そこにいる！　ああ、扉に扉に！」

メキッ、と何かが軋む音がした。

部室の中にある全ての動きが停止した。

扉のドアノブがガチャガチャと鳴っていた。

鍵などかかっていないドアノブだ。

そして扉ではなく、壁全体がミシミシと軋んでいる音が響く。

押すべきか、引くべきか、それとも意表をついて引き戸だったりするのか。

悩んでいるうちに訳のわからなくなった人物が、力任せにドアノブをガチャガチャさせていた。

壁まで軋むパワーでそんなことをやっていれば、当然ドアノブも引き千切れる。

だが、弁償する銭のない彼は、ドアノブを投げ捨てて見なかったことにした。

「……ぃょぅ？」

背後から覗き込んでいる謎の怪物から目を逸らし、扉の攻略へと再挑戦する。

シンプルにドアを破壊、そのような暴力的発想は成長した彼に無縁のものだ。

まずはドアと壁の隙間に貫手を突き刺す。

何度も何度も繰り返して、隙間を広げていく。

そうして、なるべく原形を留めたまま、ミキミキシミシと扉を引き剝がしていく。

おおよそ六割の形状を残して扉を開くことができたのは、彼の成長の証しだった。

部室にいる人間から一身に注目を集めているヒゲメガネマンは、両腕を広げて微笑みを浮かべた。

「ハァーイ」

少なくとも、気持ち的には。

＊＊＊

「なんかもう、超怖かったんですけど。マジでチビったんですけど！」

「まさか乙葉先輩が捕まっているとは」

ギリギリ間に合ったと思ったのだが。

服も脱がされておらず、パンツも穿いていたので。

麻鷺荘への帰り道、俺は乙葉先輩をお姫様抱っこしていた。

「乙葉先輩に不埒なことをした男は、念入りにアレしておきました」

「……うん、アレだったね。すごくアレだった……」

大人しくなるまで肉体的コミュニケーションしたのち、部屋の中にあった大量の媚薬をケツ穴にブチ込んで、同じく大量にあったディルドーを女子に手渡ししただけだ。

他の標的を大人しくさせていたら、いつの間にか野太いメス声が聞こえてきた悪夢。

「ゴブリンやらオークの媚薬をあんなに溜め込んでたなんて。私もドン引きしたわ」

「媚薬《ラブポーション》、とは」

「ああ、うん。叶馬くんたちだと逆にレアドロップ率が高すぎて出ないのかな。普通は亜人タイプモンスターを狩ってると、割とよく出るんだよ。興味があるのかもしれないけど叶馬くんには必要ないでしょ」

ポーションと同じダンジョン産のアイテムだ。

ネットで買えるようなプラシーボ効果の媚薬とは違うのだろう。

「そりゃまあ、どんな不感症の子でも一発でイッちゃうみたいな効果だよ。ほどほどに加減して、普通にみんな利用してるんだけどさ」

「ああ」

悪用もできるが、適度に使えばストレス解消にもなる感じか。

「ラブポ漬けにされても副作用とかはないんだけど、精神的には影響が残っちゃうからね。あんな状態で保管されてたんだし、効果は半減しちゃってるでしょうけど」

「乙葉先輩の面倒は、俺が見ますので」

「はえっ？　いや、私まだラブポ漬けにされてないよっ」

立てないほど腰が抜けているのは、そのせいだと思ったのだが。

ついでにパンツも濡れていたので、今の乙葉先輩はノーパンスタイルである。

「そういう色っぽい理由じゃない……。いや、まあ、えへへ。そうよね、私に何かあっても叶馬くんが面倒見てくれるんだもんね」

だらしない笑顔になっている乙葉先輩だ。

可愛いのだが、ちょっとアレである。

「ゴミの後始末は俺がしておきますので、乙葉先輩は無理をせずに」

「あ～それは……う、うん。わかった。叶馬くんにお任せするわ」

視線を逸らした乙葉先輩は、やはり責任感が強いのだろう。

『神匠騎士団《アデプトオーダーズ》』を守るために、正面から出向いた乙葉先輩は尊敬できる。

だが、所詮クズはクズ。

そしてクズの始末は、同類が片をつけるものだ。

乙葉先輩には似合わない。

やつらが完全に潰れるまで、俺が毎日話し合いに出かけることにしよう。

「む。乙葉先輩、顔色が優れないようですが」

「そ、そんなことない、わよ？」

これは、俺を気遣って無理をしているのか。

まるで後ろめたい秘密を隠しているかのように、脂汗まで流れている。

「やはり、ラブポーションが効いているのですね」

「えっ……いやぁ。そう、かも」

これ以上、乙葉先輩に恥をかかせるのは紳士ではない。

お姫様抱っこしたまま、道端に設置してあるベンチで寄り道する。

校内にある通行路には、こうしたベンチや休憩所があちこちにあるのだ。

「……乙葉先輩」

「な、なんかこういうエモいシチュエーション初めてだし、このまま流されてもいいんじゃないかなって」

首に手を回してキスをしていた乙葉先輩が、顔を火照らせて呟いていた。

というか、誰に言い訳をしているのか謎。

いや、そろそろ夕方になっているので、麻鷺荘へ向かう寮生もチラホラ通り過ぎたりしている。

寮生はほぼ全員俺の顔を知っているわけで、手を振られたり、微笑ましそうな視線を向けられたりしていた。

うっとりモードの乙葉先輩は、周囲が見えなくなっているっぽいが。

「あ、だめ……叶馬くん、いきなり、そんなとこ」

スカート捲ってダイレクトに柔らかい部分を弄ると、縋りついてくる先輩が太股をプルプルさせていた。

媚薬の影響下にあるのか、そこは驚くほどの潤いに満たされている。

じっくり楽しむ余裕などない。

今は一刻も早く、乙葉先輩を楽にして差し上げるべき。

「ふぇ、もう挿れちゃうの？」

「乙葉」

「はぅ……い、いいよ。叶馬くんの好きに、して？」

俺はベンチに座ったまま抱っこしていた乙葉先輩の身体を、改めて抱え直した。

背中から腕を回して、寄りかからせるような背面座位となった。

「あ、あ、いきなり挿ってる……簡単に挿っちゃう……私、叶馬くんのオナペットになっちゃってる」

この体勢で動かすのは乙葉先輩の身体だ。

太股を両腕で抱え込み、前後、上下に揺すっていく。

乙葉先輩の中は、俺のモノを奥深くまで咥え込んでいた。

浅い位置から深い位置への往復運動。

根元まで填めて突き当たりに触れると、その度にキュッと心地よく膣が絞られている。

リズミカルに揺れる乙葉先輩の身体が熱い。

股間を閉じようとする動きが、中の締めつけをうねるような刺激に変えていた。

「あ、あん、ああっ、こんなの、いつもより気持ち、いいッ」

ビクッと大きく痙攣した先輩の身体が、くったりと脱力していた。

短い性処理であったが、その分とても濃厚な交わりであった。

「あん。ドロって叶馬くんのが、漏れてる……」

再びお姫様抱っこをすると、甘えるようにしがみついてきた乙葉先輩が頬ずりをしてきた。

「では。帰りましょう」

「ん～……もうちょっと、このまま」

「甘えすぎかと」

「もうちょっと場所を考えたほうがいいかな。乙葉」

あきれ声のダブル突っ込みに、乙葉先輩の身体がビクンッと震えた。

顔を上げると、静香に凛子先輩という珍しい組み合わせが立っていた。

「倶楽部の昇格手続きを、早めに済ませてしまおうと思いまして。凛子先輩にご協力をお願いしました」

「まあ、旧『匠工房《アデプトワーカーズ》』の部室の件もあったしね。……それで乙葉」

「ど、どうしたの、凛子」

静香の隣で腕組みをした凛子先輩が、ジットリした目を乙葉先輩に向けていた。

「乙葉がいた元の倶楽部、『青色兎《ブルーラビット》』からクレームが届いてるかな。っていうか、直接文句を言われたんだけど心当たりはないかな？」

「み、身に覚えがないような、気がしないでも、ないです……」

乙葉先輩は俺に抱っこされているので、逃げるわけにもいかず。

凛子先輩から延々とお説教をされている。

理由はわからないが、ほどほどで静香に仲裁をお願いしようか。

・孤軍［ギャザリング］

名称、『赤城琉華《あかぎるか》』

種族、人間
属性、無
階位、10＋5
能力、『抽象化《アブストラクション》』『盗賊《シーフ》』
存在強度、☆☆
「豊葦原学園壱年午組女子生徒」

『文官《オフィサー》』クラスの基本スキルである『具象化《リアライズ》』は、モンスターカードからモンスターを実体化させるスキルだといわれている。

モンスターカードとは、モンスターが『抽象化《アブストラクション》』したレアドロップだ。

通常、瘴気の具象化した存在であるモンスターが還元するとき、飽和した瘴気が結晶化してモンスタークリスタルとなる。

だが、ごく稀な条件下において、モンスターを構成する情報を取り込んだまま結晶化することがあった。

鉱石のような結晶体とは異なり、一枚の薄いカードに変化する。

それが『抽象化《アブストラクション》』と呼ばれる現象だ。

標準の階層圧下での発生確率は五千分の一、〇・〇二パーセントという低確率になる。

モンスターカードが高額で取引される理由だった。

狙って出せるような確率ではない。

だが、日々ダンジョンの中で討滅されているモンスターの数から見れば、それなりの数が産出されている。

そんなモンスターカードには、いくつかの利用法があった。

カードに記載されているモンスターのスキルを、装備品やアイテムに『付与《エンチャント》』する。

カードから直接モンスターを召喚して、使役する。

前者であればカードは消耗品として消滅するが、後者であれば繰り返し利用可能だ。

モンスターを召喚、使役して戦うクラスは『文官《オフィサー》』になる。

カードを『具象化《リアライズ》』スキルで実体化させ、自分の手足として支配する。

他のクラスと比べて戦闘能力に劣っている『文官《オフィサー》』が、ダンジョンを攻略するための能力だ。

たとえカードに封印されているのが弱々しいモンスターであっても、それを育てて共にレベルアップできるのは『文官《オフィサー》』というクラスだけだった。

「……は、あぅ」

人のいない特別教室棟にある男子トイレの中で、壁に手をついた女子が声を漏らした。

下半身の装備はニーソックスのみで、腰周りは丸見えだった
その可愛らしい尻を抱えているのは、背後に立っている男子だ。

焦らずにじっくりと、優しくゆっくりと、秘めやかにこっそりと、抱え込んだ尻を犯していた。

学園の中は賑やかに活気づいている。

お祭り騒ぎとなる学園の一大イベント、倶楽部対抗戦。

特に予選期間中は、学園のあちこちで対戦が行われて盛り上がっていた。

決闘場を起動させるために使用されるモンスタークリスタルは、学園周辺の瘴気濃度を引き上げている。

それは無意味な怪異《ヌルモブ》を発生させる程度で、ダンジョンの中とは比べるまでもない。

だが、消費SPの少ないスキルなら発動も可能で、それを維持し続けられる程度にはあふれていた。

「ハァ…ハァ…ハァ…」

腰を振っている男子の呼吸が荒くなっていく。

打ちつけられている尻が、パンパンパンと便所に音を響かせていた。

挿入されている彼女も、腰を捩らせながら太股を震わせている。

火照った肌に浮かんでいる汗は、艶かしく生々しい。

「琉華っ、イクっ……」

「あっ、ふああっ……ッ！」

オフィサーが具象化《リアライズ》した対象を支配する『鍵』は、その名前だ。

その存在を示す言葉《ことのは》。

古くから世界各地で魔術、呪術的に用いられてきたパワーワード。

学園においてフルネームの使用を禁じているのは、真名にそれだけの影響力があるゆえだ。

「琉華、こんなところに呼び出してゴメンね？」

絶頂でしっとりと汗ばんでいる琉華の尻が撫でられる。

精を放ったばかりの肉棒は、彼女の膣に填め込まれたまま。

「ふ、ぁ……昴《すばる》ちゃん」

琉華と呼ばれた少女が、蕩けた声で少年を呼んだ。

「琉華はいないことになってるから、見つかったら騒ぎになっちゃうんだ」

「……ぁ……あぁ……あぁ……」

胎内をゆっくりと行き来する肉棒に合わせて、琉華の声もゆっくりと波打っている。

放精して柔らかくなっていたペニスが、膣内でムクムクと硬度を取り戻していく。

腹の中で反り返った肉棒に、内股になった琉華の膝が痙攣していた。

『昴《マスター》』から供給される精気《オド》は、『琉華《スレイブ》』の活動に必要なエネルギーにもなる。

それがSPであれ、精気であれ、『キャラクターカード』と化してしまった琉華の実体化には不可欠だ。

「教室じゃもう琉華のことを気にしてる人はいないよ。みんな薄情だよね。でも、僕だけは琉華を見捨てないから」

「昴、ちゃん……あぁ」

カードから呼び出されて昴に使われる。

ダンジョンの中や昴の部屋、時にはこうした校舎の中で。

モンスターに立ち向かう戦力として、昴が持て余している性欲を受け止めるために。

琉華は自分から腰を揺すりながら、昴の手を握り締めていた。

膣の奥にまで届いている昴のペニスが、子宮を押し上げるようにノックしていた。

「……京助《きょうすけ》もあっさり琉華のことを忘れちゃったよ」

「…あぁ…あぁ…」

「あんなに毎日、琉華のことを犯してたのにね？」

軋むベッドの音、琉華の押し殺した喘ぎ声。

昴の幼馴染みであるふたり。

琉華と京助のセックス、それを見せつけられた自分。

学園に来てからもパートナーとして琉華を奪われて、ただ諦めていた自分。

「あ、ふぁ……？」

切なそうに振り向いた琉華の顔は、完全に発情した牝の表情を浮かべている。

ペニスを抜いた膣口に指を挿れると、目を細めて嬉しそうに尻を揺すってくる。

琉華の処女を奪ったのは京助に違いないけれど、今はその全てを自分が手にしている。

「琉華はもう僕のモノだ」

「あ…あ……ぁ、ん」

つぷっと指先を挿れたのは、自分が初めての男として使った穴だ。

「琉華は誰にも渡さない」

口元を歪めた昴は、腰を振りながら菊門に指先を出し入れする。

胸の奥に燻っている独占欲と、堪えられない欲情が混じり合っていた。

「――――」

トイレの外から、人の気配と話し声が近づいていた。

琉華の召喚と同時に起動していたマップスキルにも、既に対象が表示されている。

昴は慌てることなく、琉華の手を引いて個室の中へと待避した。

扉に鍵をかけてから、蕩けている琉華を抱えて、また勃起しているペニスを膣の中へと押し込んだ。

そして、新しくトイレにやって来た闖入《ちんにゅう》カップルも、別の個室に入り込んでセックスを始めていた。

校内セックスの穴場として、昴が耳にしたとおりの繁盛っぷりだ。

聞こえてくる会話と嬌声を無視して、昴は琉華に挿入したペニスをゆっくり出し入れしている。

琉華も昴を抱き締めながら、唇を重ねて身体を委ねていた。

＊　＊　＊

「ねぇ～、京助くん。はやくぅ」

普段の彼女は、勝ち気で強気。

ショートヘアでボーイッシュな巴《ともえ》は、女子クラスメートのまとめ役《クイーンビー》だ。

『戦士《ファイター》』のクラスを取得してからは、純粋な力比べでも男子を叩きのめしている。

そんな巴は便座に手をついて尻を突き出し、甘えた牝声を出していた。

「つたく。ホント、巴はムッツリ助平だよな」

「それは、だって……セックスがこんなに気持ちイイって、私に教え込んだのは……京助くんじゃない」

拗ねた表情を見せる巴に、ニヤリと笑った京助がスカートを捲る。

そして引き締まった尻に食い込んでいるショーツをずり下ろした。

むわっと立ち昇ったのは、発情している牝の性臭だ。

「おいおい。腕を組んで歩いてるだけでヌレヌレになったのかよ。このムッツリ女」

「あんっ」

濡れている割れ目を指先でなぞり、ズブッと穴の中まで手探りする。

自分もトイレに来るまで勃起させていたペニスを取り出し、巴の発情している臀部《でんぶ》へと向けた。

前屈みになって尻を突き出している巴は、自分の中に熱い塊が押し入ってくる感触に身悶えていた。

「処女だった巴も、すっかりチ○ポ好きになっちまったな」

「んぅ、だってぇ……こんなスッゴイの、ズポズポされたら、身体が覚えちゃうよぅ」

腹の奥までズコズコと犯している肉棒に、巴は腰をくねらせながら喘いでいた。

巴の腰をつかんだ京助は、最初から好き放題にペニスを突き回していく。

そんな京助に仕込まれた巴は、舌を出して悶えている。

クラスのクイーンビーを自分の女にしてやった優越感。

「亜弥は大分弛マンになってきたけど、巴のココはいつヤッてもキュンキュン締まるぜ」

「んっ、んぁ…あーッ、はぁ……亜弥《あや》より、私のおマ○コ、好き？」

「まあな。けどま、アレはアレで抱き枕にはちょうどいいのさ」

巴と同じクラスメートでパーティーメンバーの亜弥も、京助ハーレムの一員だ。

小柄でルックスも可愛らしい亜弥は、巨乳の美少女だった。

京助はここしばらく亜弥の女子寮に泊まり込み、飽きるまでヌキまくってから抱き枕に利用している。

もちろんルームメイトの女子にも手を出しており、夜のセックスライフは充実していた。

「巴の巾着マ○コは俺専用だぞ。他のヤツにはもったいなくて他には使わせられねぇぜ」

ちゅぽっとペニスを抜いた穴に指を挿れ、穴の具合を確かめる。

「う、うん……当然、だよ。私は京助くんの女、だから」

ビクッと尻を震わせた巴が、顔を俯かせてヒクヒクとしていた。

「私を京助でいっぱい染めて、お願い……あンッ」

「よし。んじゃ一発ブチ込んどくぞ」

パンパンパンと便所に響く殴打音に、便座についた巴の手と膝が痙攣する。

「あっ、あっ、イク、イク、イイっ！」

「んぉ」

目覚まし亜弥便所で抜いている京助も、既に充分な量の精子がチャージされていた。

痙攣する巴の胎内に、どぴゅどぴゅと大量の精子が注入されていく。

「ずいぶんと感度がよくなってるな、巴。中も蕩けるみたいに気持ちいいぜ」

「んぅ、んあっ…スッゴイ…おマ○コの中で精子、クチュクチュいってるぅ」

「おう。たっぷり出たぜ。奥が精子でいっぱいだろ」

京助は自分がリア充で、モテる男だという自覚があった。

学園に入学してからマスターベーションで性処理をしたことはない。

性欲と精子は、全て自分を慕ってくる女子を使って発散させていた。

「あ、あっ、だめ……掻き混ぜられて、奥の熱いのに負けちゃ……ぅ」

「またイキそうか。もっとイッていいぜ。お隣さんも巴のエロ声でハッスルしてるみたいだしよ」

紳士協定による校内のセックスセーフティーゾーン。

そのひとつである特別教室棟一階の便所では、お互いに見ざる、聞かざる、言わざる、手を出さずが暗黙のルールだ。

揉め事や連れ込んだパートナー以外に手を出すような無作法者は、アングラ板に晒されて制裁を受ける羽目になる。

「やっぱりダメぇ、イクっ、イクっ…子宮で精子クチュクチュされながらイクゥ！」

隣の個室にも新しいカップルが入室して、女子のあられもない喘ぎ声が響きだしていた。

三発目まで楽しんだ京助は、便座に腰かけた巴の口で後始末をさせていた。

フェラテクを仕込んだ亜弥より下手糞でも、舐めたり吸わせたりするくらいなら問題はない。

ブラウスの上から乳房を弄びながら、今度の休みにでも亜弥と一緒に仕込んでやろうかと妄想する。

巴の尻が乗せられている便座の蓋には、べっとりと精液が垂れ落ちていた。

自分ひとりが出してやったとは思えないほど大量の精子だ。

実際それだけ興奮できるセックスだった。

巴のような美少女を、俺の女にしてやったという征服感が心地好《ここちよ》かった。

「ほれ、ケツ向けろ」

「んぅ……あん、また挿れてくれるの？」

「後始末してやるよ」

引き出したトイレットペーパーで巴の股間を拭い取っていった。

だが、色っぽく悶えながら股間を突き出している巴に、また勃起させる。

京助は挿入した肉棒で膣内の精液を掻き出してから、最後に奥底でお土産を注ぎ込んだ。

「もうっ……ホントに京助ってばケダモノなんだから」

「巴が欲しがったんじゃねーか」

今度こそ身だしなみを整えて個室から出ると、同時に奥の個室も扉が開かれていた。

最中はテンションも上がって気にならないが、事後にお仲間と顔を合わせるのは気まずいものがある。

「おっ、お前……」

「昴くん？」

口ごもった京助の後ろから顔を出した巴が、同じように女子を連れて個室から出てきた昴に驚いていた。

一年牛組のクラスメートでも目立たず騒がず大人しい、存在感が薄いと思われている男子だ。

巴もパーティーメンバーとして組んだことがなければ、名前も覚えなかったに違いない。

もっとも、今では言葉にするのもタブーとなった『事故』以来、一度もパーティーを組んでダンジョンダイブしたことはなかった。

「やあ。京助に、巴さんもいたんだ……。はは、こういう場所で顔を合わせるのは、なんか恥ずかしいね」

「お前、その女の子は」

「ああ。彼女は僕のパーティーメンバーだよ」

昴の背後に立っていたのは、京助たちに見覚えのない、ひとりの無表情な女子生徒だった。

もちろん、彼らのクラスメートではない。

襟元にひっそりと着けられている学年章は二年生のものだ。

その表情に恥じらいはなくても、昴から可愛がられた余韻に頬を火照らせている。

彼女は京助たちにも興味を示さず、ただ超然と昴の後ろに控えていた。

「彼女は臨時パーティーで拾ったんだ。それ以来、僕の固定パーティーに参加してもらってる。ほら、僕は『文官《オフィサー》』だからさ。ひとりじゃダンジョンで戦えないから」

「あ、ああ……」

戦力となるカードを所持していない『文官《オフィサー》』は、ダンジョンの中でお荷物扱いにされる。

戦闘スキルを重視する一年生なら尚更だ。

運よくモンスターカードを自力でゲットできた場合は別として、一番安価で取引されている『コボルト』カードですら、一年の駆け出し『文官《オフィサー》』には高すぎた。

そしてダンジョン深層でも戦力になる、使いやすく強力なスキルを持ったモンスターカードは天井知らずの値段で取引されており、『文官《オフィサー》』というクラスに見切りをつけて再クラスチェンジを目指す者も多い。

そのことは京助たちもわかっていた。

わかっていたが、『事故』の件で落ち込んでいた京助と、それを慰めようと牽制し合っていた巴と亜弥の眼中にはなかった。

それどころか、昴と琉華が抜けた後釜に立候補してくるクラスメートとダンジョンにも行っている。

自然と距離が離れて、教室でも会話することはなくなっていた。

「じゃあ、ね。行こうか。風薫《ふうか》先輩」

「……はい」

手を繋いで便所から出ていく昴たちを、京助と巴は黙って見送っていた。

「本当に薄情だよね。誰も彼もさ。でも、僕だけは絶対に君たちを見捨てない。約束するよ。琉華、風薫」

「……はい」

返ってきた言葉はひとつだけだったが、昴はそっと胸ポケットのカードにも触れていた。

名称、『五十嵐《いがらし》　風薫』
種族、人間
属性、無
階位、10＋20＋2
能力、『抽象化《アブストラクション》』『戦士《ファイター》』『騎士《ナイト》』
存在強度、☆☆☆
「豊葦原学園弐年辰組女子生徒」

・媚籃［ヴィラン］

学園の夕暮れは外よりも早い。

周囲の山々に遮られた夕陽は、早々に姿を消していく。

代わりにどんよりと満ちていくのは、澱むように揺蕩う夜の空気だ。

生徒たちも夜の濃い日は外出を避けている。

みんな本能的に、よくないことが起こると知っているのだ。

だとするならば、そんな夜にも通いを強要されている彼女は、やはりよくないことが起こるのだろうと知っている。

「おっ、やっと来たな。さっさと入れよ、由香」

信之助が住んでいる黒鵜荘は、今では特に変わったことのない、学園では普通の下級男子寮だ。

その男子寮の部屋に訪れたのは、彼のクラスメートでありパーティーを組んでいる仲間の由香だった。

「……こんばんは。信之助くん」

今日は平日の夜だ。

ふたりは学園の教室で、普通に顔を合わせて日常を過ごしている。

クラスメートの友人として会話し、仲間としてダンジョンに挑んで無事に帰還した。

そんな今までと変わらない一日、だった。

「よしよし、ちゃんと準備はしてきたな」

由香を部屋に入れた信之助は、自室の扉を閉じて施錠する。

クラスチェンジも果たして順調に成長している信之助は、既に黒鶫荘でも個室を獲得していた。

寮のひとり部屋は、自由に使えるプライベートエリアだ。

「えっと、信之助く……」

「ああ、鞄はそこらに置いとけよ。制服はまだ脱がなくていいから」

部屋の中で所在なく立ち尽くしていた由香に、背中を向けている信之助が言葉を投げかけた。

ベッドがひとつに、ノートパソコンの乗せられた学習机、そしてクローゼット。

学生寮のデフォルトセットだ。

私物らしい私物のない部屋で、これから登校するような恰好をした由香が立っている。

持参した鞄も制服も、信之助の指示によるものだ。

翌朝、ここから直接学園に登校するための一式セットになっている。

それはつまり、このまま宿泊するということ。

「よしっと、セットはこんなもんか。待たせたな、由香」

「えっ、それ……生徒手帳のビデオ録画？」

「ああ。俺と由香のセックス記録を残しておこうと思ってな。マンネリになってからも、コレ見ればちょっとは燃えるだろ」

小さな三脚にセットされた学園の電子学生手帳は、とても多機能なオーバースペック仕様になっている。

そこそこの画質でも長時間の連続撮影が可能だ。

「ちょっと、ヤダ、止めてよ。ね、お願い。信之助くん」

「そういうのはいいんだよ。そら、まずは綺麗なおマ○コを記録するぞ」

「や、まって、まっ……」

由香の正面にしゃがみ込んだ信之助が、スカートの中に両手を差し入れた。

そして奥からずるっとピンク色のショーツを引き下ろす。

「ほれ。スカートたくし上げてアソコを開いて見せろ」

「や、だ。だめっ」

「お前もしかして、まだ友達ゴッコやってるつもりなのかよ。馬鹿じゃねーの」

鼻で笑った信之助は、背後から由香を抱えてベッドに座り込んだ。

「昼の教室じゃ友達ゴッコにも付き合ってやる。んだけどな、実際にはもう俺のオナペットになったんだよ、由香は」

信之助の一方的な宣言に、由香は反論できなかった。

何故なら、それは事実だと認めていたから。

すでにそういうモノだと、既成事実として身体が知っている。

「オナペットの意味はわかるか？　俺がオナニーするためのペットってことだ。オナネタにするためのイマジナリーセフレじゃねーぞ。俺が由香《ペット》のケツを使ってオナるって意味だ」

信之助の胡座の中に腰をすっぽりと落とし、膝立ちになった由香の生足が露わになっている。

「お前がどんな女なのか、全部知ってんだよ。お前に飽きて捨てた先輩たちがな。聞いてもいねーのに全部教えてくれたっつーの」

「あっ……」

信之助の両手が由香の膝に乗せられる。

そのまま股間が左右に開かれていき、仕上げにペロンとスカートが捲られた。

三脚にセットされた手帳のカメラが、由香の開かれた秘部をオートフォーカスする。

まだ可憐な割れ目も、その奥で開いているピンク色の花弁も、全て記録として残された。

「お前、入学してすぐに先輩から拉致られてオモチャになってたみたいじゃん。いやぁ、俺らと教室でニコニコと気取った顔してやがったくせに、休み時間にゃあ便所で性処理を頑張ってたらしいな。話を聞くだけで勃起したぜ。さっそくだけど俺も明日から便所ファックで性処理ヤルことにしたわ」

「あ、あぁ」

「肉便器扱いされてた割りには綺麗なマ○コだよな。ほれほれ、中身も開いて写しておかねーと。これが俺にハメ捲られる前のデフォルト由香マンってわけだ。へへっ、開いてるだけでヌルヌルしてきたな。マジエロい女だよ、由香は」

気の向くまま、思いつくままに言葉で由香を犯していく。

ひと通りの撮影を済ませた信之助は、トレーナーの上下と下着を脱ぎ捨てる。

自分は全裸になっても、由香は学園にいるときと同じ制服姿のまま。

スカートの中に頭を突っ込んで、ベロベロとクリニングスを施していく。

味見を済ませた後は、無抵抗になった由香の太股を抱えて腰を持ち上げた。

「今夜もたっぷりヤッてやるぜ。お前はこれからずっと俺のセフレ、つーか俺専用オナホだ」

先っちょがあてがわれている由香の割れ目は、信之助の唾液と、自分が分泌した体液でねっとりしていた。

そして実際、太股を抱えている信之助が腰を動かす前に、ヌルリと滑った先端が由香の穴に呑み込まれている。

ソコに信之助がペニスを挿れたのも、既に一度や二度ではなかった。

「ほれ、由香にも見えてるだろ。お前のアソコが俺のチ○ポを呑み込んでくのがよ。じっくり見て、お前のココが俺専用のオナホだってことを自覚しろ」

「あ……ぁ、あぁ」

ずぶりずぶりと、奥までゆっくり侵入してくる信之助のペニスが、ぼんやりしている由香の瞳に映っていた。

そしてもちろん、動画としても記録されていく。

「へへっ、生で挿入する生膣はマジで最高だぜ。トロトロの柔らけー由香マンが絡みついて来やがる。どうよ、お前も感じてるだろ。俺のズル剝けチ○ポが奥まで届いてんのが」

ずぶっずぶっと膣穴に出し入れする動きは、カメラを意識した速度と角度だった。

学園に来る前は非リア充の童貞だった信之助も、今では余裕を持って由香を弄ぶくらいに成長を遂げている。

「あ、あ…あ…」

対して由香は、変われない自分と、変わらない境遇に諦めを抱いていた。

選ばれる者と選ばれない者、人をそのふたつに分けるのなら、自分は今まで選ばれてきた人間だった。

勝手に選ばれて、役割を押しつけられる。

そこに自分の意志は必要とされない。

自分ではない誰かに選ばれて望まれて、そのとおりに従うことを強制されてきた。

自分で決めることはいつだって許されなかった。

諦めることは、選んだ誰かを受け入れることは、いつか自分を守るための処世術になっていた。

「あ～ぁ、マジ柔らけぇな、お前のココは。突っ込んでるチ○ポが溶けそうだぜ」

「んっ、あっ、あっ」

信之助が抱えている太股が火照っていた。

受け入れている肉の穴も潤みを増している。

信之助は味見は終わったとばかりに、激しく腰を振っていた。

由香の膣を使い、自分の快楽だけを貪っていく。

学園に来てからも開発され続けた由香の身体は、クラスメートの肉棒にも素直に反応していた。

「おっおおっ。とりあえず一発出すぞっ」

「あっ、あっ、んんっ」

両足を抱え込んで股間を押しつけてくる信之助に、由香は抵抗することなく中出しを注がれていた。


若い男子の性欲に際限はない。

猿という例えも生温いほどに、ましてやダンジョンでレベルが上がっていれば尚更だ。

不真面目な信之助だが、意外なほどにレベルは高い。

由香たちパーティーと一緒に潜る他にも、クラスメートの女子を連れて挑んだりもしている。

無論、目的はレベリングでのセックスだが、人一倍の経験値を稼いでいることも確かだった。

「んぅ、うんんぅ……ふぁ」

「ふう。ずいぶんとエロイ表情だぜ、由香。無理矢理セックスされてるんですって顔はどうしたよ」

仰向けになった由香の上に重なり、舐め回すように舌を絡めていた信之助がニヤリと笑っていた。

時計の針は日付を越えて、深夜と呼べる時間になっている。

当然のように勃起を続けている信之助のペニスは、由香の膣に出たり入ったりを繰り返していた。

「変に割り切られて彼女面されても萎えるけどよ。まあ、先輩にハメられ続けてヘブン状態になった感覚がぶり返してんだろうなぁ」

「ああ、んっ、あっあっ」

「ほれ、イクぞ。え～っと、何発目だっけ？　たぶんハメ出し三連続の中出しだ」

開いた口から舌先を覗かせてる由香が、ずっとぐちゅぐちゅ掻き混ぜられていたアソコを根元まで貫かれた。

ぶびゅぶびゅっと脈動する射精に遠慮はない。

由香の尻は宣言どおりに、信之助の精子を吐き出すオナホールとして利用され続けている。

「ふ～、まだまだたっぷりと出やがるな。ったくマジ絶倫になったもんだぜ」

「あ、んっ」

床の上から起き上がった信之助が、久方ぶりにペニスを抜き取った。

びよんっと跳ねる肉棒の角度は、まだ直角に反り返っている。

「今夜は何発くらいハメ出ししてやったっけ。なぁ、由香。種付けされた回数くらい覚えてるだろ？」

「はぁ…はぁ…は、ぁ」

由香の両足の間に座り込んだ信之助が、どろりとした汁を垂らしている穴を指先で開いた。

ピンク色の肉窟は、奥に行くほど白い粘りが充満している。

たっぷりと精子の含まれている白濁汁は、由香の胎内にこびりついたままだ。

「よしよし、いい感じだぜ。オナペット記念日にあんまガッツいても仕方ねぇ。もう軽く二、三発ヌイて終わっとくか」

目の前で開かれている由香のアソコを前に、自分の手でペニスを扱いている信之助が舌舐めずりをした。

「スカートも脱いでいいぞ、由香。汚されると明日困るんだろ？　つーか、もうどうでよくなっちまってるか」

ゆっくりと脱がされていった制服は、無造作に床へと投げ捨てられている。

今の由香が身につけている衣装は、腰に纏わりついたスカートだけだ。

「あンッ！」

「四つん這いになってケツあげろ。腰を据えてじっくりガン掘りしてヤル」

乳首を抓まれた由香の乳房には、花弁が散るようなキスマークが残されていた。

キスマークが刻印されたのは乳房だけではない。

首元にも、背中にも、尻や太股にも所有印《キスマーク》がつけられている。

もたもたとうつ伏せになった由香が、望まれたとおりに尻を掲げる。

尻を向けられた信之助は、カメラの存在を思い出していた。

電子手帳を手に取ると、じっくりと填め回した由香のソコへとレンズを向けた。

「マジでイイ感じのエロ穴になってんぞ。クラスメートでガールフレンドのアソコに、俺の精子がどっぷり詰まってるとかさぁ。……授業中に思い出したら勃起しちまうだろ。アソコの色艶とか形も確認して、ハメ具合も全部こうやって試したわけだしよ」

「あっあっ、あっ、あっ、んうっ」

ズームされた由香の女性器に、信之助のペニスがずぶっずぶっと出し入れされる。

ヒダの痙攣する様子も、捲れる粘膜の色も、鮮明な動画として記録されていた。

「授業の休み時間ごとに便所に行くのは、流石にナニやってんのかあからさま過ぎっかね。ま、ヤルけど。巴のヤツも呼び出して交互に便所セックスするか。いいね、学園生活も楽しくなってきたじゃねーの」

接合部にレンズを向けたまま、指先で開いた膣孔に、ペニスを埋め込んでは抜き取るのを繰り返す。

「おっと、精液が掻き出されちまうな。やっぱ填めたまま連射してやらないとシーツが汚れるぜ」

「あ、あんっ」

「由香は俺の記念すべきオナペット一号だ。学園の中でもたっぷり使ってやるから準備しとけよ」

＊　＊　＊

ぬちゅ、ぬちゅ、っていう粘っこい音が響いてる。

私の意識は、白くてとろっとした霧の中で浮かんだり沈んだりしてる。

カチカチ回ってる時計の針が、とてもゆっくり動いていた。

寮生もみんな寝静まっている時刻。

私はベッドの上に踞ったまま、ゆっくり腰を揺すっていた。

粘っこい音が後ろのほうから聞こえている。

今日は誰にご奉仕してたんだっけ。

夢うつつのままボンヤリ考えながら腰を揺する。

学園で色んな先輩たちに仕込まれた私は、こうやって夢の中でもご奉仕するテクニックを覚えさせられた。

だって、夜通しセックスされていたから寝る間もなかったし、嫌でも覚えなきゃ身体が保たない。

ヌルヌルぬぽぬぽって、まだ硬いのがずっと私の胎内に入ってる。

おチ〇ポが硬いうちはご奉仕続行、それは子宮の奥にまでこれでもかと教え込まれてる。

でも最近は、こんなに元気な先輩はいなかったのに。

ご主人様たち《ワイルドバンチ》に飼われていた私たちオナペット仮部員は、そろそろ学園に順応し始めて、初々しさがなくなったって言われていた。

もちろん、毎日当たり前みたいに性処理に使われてたけど、徹夜で輪姦されることは減ってきてた。

部長のお気に入りされちゃった私は、ほとんど専属セフレ扱いだったけど。

「んが……んんおッ」

「はぁ……んぅ」

後ろから寝言っぽい呻き声が聞こえて、同時にびゅくってお腹の奥にあるおチ○ポが跳ねた。

どぷぅって弾けた精子は、先輩たちよりも『熱』はなかったけど、濃さと量はたっぷりしてる。

恐る恐る振り返ると、私の跨がっている股間の主はクラスメートの信之助くんだった。

ああ、そっか。

またご主人様が増えたんだっけ。

そんな感想しか浮かんでこないのが、由香《わたし》という人間だった。

私に飽きたご主人様に捨てられて、新しいご主人様にもらわれた。

それに私の意志は一切関係なくって、それは今までと何も変わらないこと。

寝てる信之助くんの股間に乗せたお尻を、ゆさゆさと揺すり続ける。

だって、まだおチ○ポ硬いから。

相手が誰であっても、調教されちゃった身体は逆らえなくなってる。

あの倶楽部が解散した後も、それは変わらなかった。

飼われていた私たちオナペットは、退部していく先輩たちから引き取られていった。

私は李留ちゃんと保奈美ちゃんのオマケ。

しばらくはこの寮にいるふたりの先輩から交互に犯される日々が続いて、そして最初に飽きられた。

それを引き取ったのが、信之助くん。

信之助くんはご主人様の子分《ワイルドバンチ》になってたみたいで、払い下げられた感じかな。

今までだって先輩の目を盗んで、何回も信之助くんから犯されてきた。

でも、まだ身体は隷属するほどじゃない。

思い出したみたいに私を性処理に使う、先輩たちのほうが圧倒的に『熱い』から。

ああ、でもきっと信之助くんは知ってる。

私たち女の子を、隷属させる方法を。

こんな風にじっくり、毎日オナペットにされてたら、遠くないうちに信之助くんの女《モノ》にされる。

でも、どうしても逆らえなかった。

私のお尻は勝手に動いて、おチ○ポへのご奉仕を続けている。

くちゅくちゅとお腹の中で蠢くおチ○ポが、熱くて気持ちいい。

そういう風にずっと仕込まれてきたから。

だって逆らうより、言うことを聞いてたほうが楽だから。

「あ、んぅ……」

信之助くんの精子をお腹いっぱいに溜め込んだまま、私はまた気をやって果てた。

気をやって果てた分だけ、信之助くんの精気が私を侵蝕する。

白い霧の中に、意識がとぷんと呑まれていく。

「……ふぁ〜、よしよし。寝っててもケツ振るいいオナホだったぜ、由香。ご褒美にちょっとだけ俺も動いてやる」

パンパンッていう音が後ろから響いてきても、私は夢の中に沈んだまま。

でも、気持ちいい。

まったりしていたアソコに、強い刺激がズポズポ与えられている。

熱くて硬いおチ○ポは純粋にお腹のお肉が気持ちよかった。

「締まりが悪くなっても、ずっとエロいヒダヒダがチ○ポに絡みついてきやがるぜ。このままひと晩中突っ込んでてやるよ。お前は気楽にアへってりゃいいさ。ひと晩ヤリまくれるか試したいだけだから」

しばらくして奥に熱いのがビュッと出された。

私はイキながら、白くてとろっとした霧の中へと沈んでいった。


朝になっても、お腹がじんわり熱い。

「んんぅ〜……やっぱひと晩中突っ込んでると、流石に挿入感はなくなるわ」

「んぅ、んぅ、んふぅ」

カーテンから朝日が射し込んで、小鳥がチュンチュン鳴いていた。

私は信之助くんに腕枕されたまま、ちゅうちゅうとキスをしていた。

そういえば、最初の頃キスだけは嫌だって思ってたっけ。

口の中に入れられた信之助くんの舌を吸いながら、ぼーっとしながらキスを続ける。

「ぷはぁ、エロキスは頭が勃起するぜ。ゴックンフェラする前は、必ず今のエロキスしろ、いいな？」

「ふぁ、はぁい」

横向きで抱き合っている私のアソコには、まだ信之助くんのおチ○ポが居座っていた。

ひと晩中、私のお腹に入ったまま、定期的に精子を出してた。

ああ、もう信之助くんも先輩たちと同じくらい絶倫になっちゃったんだ。

腰を揺すってグチュグチュお腹を掻き混ぜる信之助くんが、私のおヘソの辺りを面白そうに撫でている。

「……流石にひと晩じゃ駄目っぽいな」

「ぁ…ぁ、はぁ」

「つっても、尻軽由香はご主人様を取っかえ引っかえしてんだろ？　そういう尻軽は誰にでも簡単に転ぶらしいぜ」

ああ、やっぱり信之助くんには全部バレてる。

ちゃんとオナペットとして引き継ぎされちゃってる。

「そろそろ登校の準備するか。シャワー浴びてから朝飯食いに行くぞ。なに、心配すんな。俺のオンナになってんだから、他の同級生には手出しさせねーよ。……先輩たちはまだ寝てるだろうし」

ヌルってお腹から信之助くんのおチ○ポを抜き取られたら、信じられないくらいの喪失感があった。

まだ気力が残ってたら、縋りついておねだりしてたかもしれない。

脱力していた私は、信之助くんのジャージを着せられてシャワールームまで連れて行かれた。

周りを威嚇してた信之助くんは本当に私を保護してくれた。

けど、当たり前みたいにシャワーのスペースは一緒で、身体を洗われながら立ちバックでセックスされてた。

私が自分で髪を洗ってる最中もずっとセックスは続いてて、できるだけ洗浄したアソコの穴に、新鮮な信之助くんの精子が再注入されてしまった。

それだけで軽くイッてしまったのは、もう身体が半分くらい隷属してる証拠だ。

信之助くんからもたぶん、気づかれた。

朝ご飯を食べている間も、男子の視線から私は守られていた。

それは自分が使えるオナペットを独占するためだとはわかってる。

けど、ちゃんと約束を守る信之助くんに、ちょっとだけ感心していた。

「気が変わったから予定変更だ。部屋に戻って、今日は一日セックス漬けにするぞ。いいな、由香」

「……は、ぃ」

ああ、やっぱり気づかれてた、シャワールームでちょっとイッたこと。

ニヤニヤ笑ってる信之助くんから腰を抱かれて、また彼の部屋へと連れ戻された。

「竜也にメールで連絡しとくから心配すんな」

でも、その台詞にドキッとしたのは気づかれなかったと思う。

私のことを、彼になんて伝えるんだろう、ふたりでたまたまダンジョンに行ったとか、思ってくれるだろうか。

ジャージのパンツを脱がされて、さっそく生挿入されていたけど、そんなことを考えてしまった。

「ほれ、お前は机の下に潜って尻を掲げてろ。ったく、スマホが使えないのは面倒だぜ」

寮部屋には必ず置いてある机に座って、信之助くんがノートパソコンを起動させていた。

私は机の下に入り込んで、椅子に座った信之助くんの股間にお尻を押しつけてる。

部屋に戻った信之助くんが、購買部印の精力剤を飲んでたのを見てしまった。

本当に私を一日中レイプするつもりだ。

「あ〜、由香も休みだって返信きたわ。どうするよ。由香は今、俺のチ○ポを生膣でしゃぶってますって答えとくか？」

「や、だぁ」

「まあ、そうだな。李留ちゃんから変に誤解されんのもな……」

私の腰をがっちり抱え込んで揺すってるのに、何が誤解なんだろう。

「うしうし。ちょっと気分転換にエロ動画見てるから。由香はそうやってケツ振ってオナホしてろ」

「あっ、あぅ、んぅ、ぅ」

抱え込まれたお尻がゆさゆさと揺すられる。

午前中はそうやって、エッチな動画を見てる信之助くんから本当のオナホとして使われ続けた。

他の人のセックスを見て興奮する信之助くんが、私のお尻で性処理していく。

購買部で売っている精力剤の効果は、私も嫌というほど知っていた。

私はそのまま、お昼を告げるチャイムが遠くから聞こえてくるまで、一度も信之助くんのペニスを抜いてもらえなかった。

学生寮ではお昼ご飯が出ないから、食堂でレンジを借りて焼きオニギリを食べて、また部屋に逆戻り。

午後はエッチな動画を見て気分転換を済ませた信之助くんから、元気いっぱいの種付けセックスされた。

「学校サボって彼女と爛れたセックス三昧とか。男の子なら誰でも夢想してたシチュエーションなんだわ。実際にヤッてみると、夢想してた以上に気分がいいぜ」

ベッドに乗せたクッションに寄りかかった信之助くんは、すごく偉そうなポーズで仰向けになっている。

頭の後ろに手を組んで、開いた両足の間には私が踞っている。

ずっと硬い信之助くんのおチ○ポを、舐めたり咥えたり頰ずりしたりしてる。

でも、射精するときは必ず私の胎内に出すから、無理にイカせちゃダメ。

裏筋をペロペロしながら、いっぱい出せるように柔らかい袋をマッサージする。

「うっし。今度は、そうだな……仰向けになって自分の足を抱えて、がばっと股を開いて見せろ」

「んんぅ……はぁ、い」

信之助くんの命令どおり、仰向けになってから太股を両手で抱えて、かぱっと股間を開いた。

全部見られちゃうポーズだけど、もう彼には身体の隅々まで見られて、犯されてしまった。

アナルも貫かれたし、求められるままに色んなポーズでセックスをされた。

「ふ〜む、由香は格別美少女ってわけじゃねーんだけどな。なんつーか身体がエロ可愛いんだよ。抱き心地いいっつーか、飽きずに犯してやりたくなるっつーか」

勝手なことをいってる信之助くんが、目の前に晒してる私のアソコを弄る。

指を挿れたり、左右に開いたり、陰毛を抓んだりしてた。

「うわっ、精子だぼだぼ垂れてくるな。さっさと栓してやるか」

ずにゅって勝手に挿入される。

もう信之助くんにとって、私のアソコは自分が勝手に使える性処理の穴。

私もクラスメートの友達じゃなくて、オナペットだって心と子宮に教育された。

だから、ただ気持ちいいおチ○ポが挿入されて、身体がエッチに反応してる。

オナペットには、それが自然で当たり前のこと。

「おう、由香。お前もうずっとアヘ顔で蕩けきってるけど、俺の言葉が理解できるか？　ま、いいや。子宮に精子ぶっ込んだ抵抗感なくなってるし、完全に俺が隷属させてやったぜ。やっぱ由香は尻軽だったな」

信之助くんが何か言ってるけど、うん、気持ちいいよ。

すごい、先輩にレイプされてるときと同じくらい。

お腹の奥にたっぷり注入してもらった精子が、子宮をジンジンって炙ってるみたい。

ちゅぽんってアソコからおチ〇ポが抜かれたけど、お腹の奥は熱くって気持ちいい状態を続けてる。

抱きついてくる信之助くんの腕の中で、私は精子に犯されたまま何回も小刻みにイッてた。

無理矢理キスをしてくる信之助くんとベロチューしてると頭が茹だるみたい。

また私に断りもなく、おチ〇ポが私の膣に入ってきた。

先輩たちとは違う、じんわりじわじわ染み込んでくる熱がもどかしい。

でも、そのもどかしさが私の身体のチャンネルと一致していた。

先輩たちのソレは、熱量がありすぎて本能的に私の身体が拒んでいたんだって、今ならわかる。

「ふ～……由香の膣に挿入してると、チ〇ポのイライラが落ち着くぜ。相性ピッタリのオナホだな」

私の乳首をおしゃぶりしながら、腰の動きも止まらない。

入れたり出したり、信之助くんは私を飽きずに使っていく。

こんなにひとりの男性から独占されて、ずっとレイプされているのは初めてだ。

だから、自分がどうなっているのかわからなかった。

下腹部に溜まってる熱いのが、頭をぼんやりさせていた。

この熱いのが抜けないと、私たちオナペットは正気に戻らないのだから。

「どうした、チ○ポ抜いてほしいのか？　駄目だ。明日の朝まで我慢しろ」

「は、ぁ……や、あ、ぅん」

ご主人様が駄目っていうから、もうちょっとこのまま気持ちよくなっていることにした。

ご主人様の身体にしがみついてオナペットになる。

トイレに行くときも、ご飯を食べるときも一緒。

他の男の子から見られてたけど、今更だから気にしないことにした。

「ふぁ〜、今日は枯れるほどヤッたな。そろそろ寝るぜ」

「ん……ふぁ、ぅ……ふぁい」

「よしよし、いい子だ。ちゃんと起こせよ」

ご主人様に跨がっている私も頷いた。

明日は遅刻しないようにちゃんと早起きしないと。

私は白くてとろっとした霧の中で、いつまでもお尻を揺すっていた。

《つづく》

幕間　対抗戦群像艶戯EX
・性獣伝承［セックスモンスタートーキング］

「くっ」

何故かいきなり攻撃されている現状に納得できない。

いや、まあよくあることなのだが。

こういう場合の原因は、おおよそ誤解だ。

ディスコミュニケーションがこの事態を招いているのだ。

「何なの、コイツ。無駄に強いわよ」

「まさか、通常のモンスターじゃない、のか……？」

モンスターではないのだから、その認識は正しい。

なので、とりあえず落ち着いて、話し合いをするべきではなかろうか。

金ピカの剣を構えた先輩女子が、八相構えからの切り下ろし、そして切り上げ、薙《な》ぎ払い。

お手本のような正統派剣術だ。

故に読みやすい。

突きや蹴りも混ぜたほうがいいと思います。

「チッ……魔剣が発動しないし、覚醒もできない」

「当たり前だろう！　そんな高位の魔剣を、地上で使おうというほうが間違っている」

先輩男子が半ギレしたように突っ込みを入れていた。

ふむ、情報閲覧《インターフェース》で見ると、先輩女子が持っているのは『クラレント』という名称の片手剣だ。

こういうマジックウェポンもあるのか。

所謂《いわゆる》『銘器《ネームド》』とも違う。

剣の由来らしきフレーバーテキストが記載されていて、そのテキストからキーワードをチョイスしてスキル化できるっぽい。

たぶん、固有武装《オリジンギア》の一種なのだろう。

テキストには、モルドレッド卿の謀反《むほん》やら王位簒奪《さんだつ》やら、ちょっと物騒な物語が刻まれていた。

使い手によっては、いろいろと応用が利きそうな魔剣である。

スキルを使われなくてラッキーだったかもしれぬ。

流石は第四段階のクラスホルダーさん、よいアイテムをお持ちだ。

ご本人は少々馬鹿っぽいが。

「あ。コイツ今、私を馬鹿にしたわね！」

「落ち着きたまえ。君の尻拭いをするつもりはないぞ」

対抗戦実行委員のお二方は、言わずもがな学園の五年生。

卒業を見据えた実績アピールも必要か。

ならば尚のこと、無害で無実な一般生徒、つまり俺を虐待しようとするのはやめてほしい。

「ふっ、これも受けるか」

先輩男子が手にしているのは二本の剣。

二刀流の剣士だ。

上下左右に突き、振るわれる剣筋を手刀でいなした。

どちらも累計レベル百を超えている実力者だ。

身体能力も常人を超えている。

ダンジョンの中でなら、せめて決闘結界内であれば、きっと圧倒されていたのだろう。

残念ながらふたりの頭上にSPバーはない。

地上ではスキルを使えないだろうし、不可視のバリアも機能していない。

あまりにも大きすぎるハンデだ。

実際このように、女子生徒をひとり背負ったまま、片手でいなせるほどの差が生じていた。

惜しい、実に惜しい。

場を改めて再戦を希望したいくらいだ。

だが、それは叶わぬ願い。

この遭遇戦は誤解による不幸なアクシデント。

事情を理解してもらえれば、戦いになどなるはずがない。

解決のキーワードは誠実なコミュニケーション。

この思い、伝わってほしい。

「こうなったら我が奥義、覇王咆吼剣を使わざるを得なべぶっ」

俺は誠実さを込めて正拳突きを放っていた。

クリティカルな手応えに成功を確信する。

謎の威嚇ポージングをキメていた先輩男子は、回避することなく拳を受け止めてくれた。

戦闘中に両手を広げた隙だらけのポーズなどするはずがないので、これは理解してくれたと思わざるを得ない。

やはり拳は万能のコミュニケーションツール。

口下手な俺には必須である。

拳で黙らせて強制クールダウン、そうしてようやく冷静な会話が可能になるのだ。

しかし今回は、少しばかり拳に誠実さをチャージしすぎたらしい。

踏まれたカエルのようにビクビクと痙攣している先輩男子は、完全に意識を喪失しておられた。

想定外の事態だが、稀によくあることなので慌てはしない。

踏まれたりすると危ないので、冷静に回収して引きずっていく。

なにしろ先輩女子がまだ剣を向けているので。

「お、男までレイプしようとするなんて……どれだけ性欲を持て余しているの。まさか最上位のセックスモンスター？」

恐れを含んだ先輩の言葉に、遠巻きで様子を見守っている生徒たちが悲鳴をあげていた。

完璧に誤解である。

確かにベルトを掴んだら、ズルッとズボンがパンツごと脱げてしまった。

これは善意からの不可抗力であり、男のケツに欲情はしない。

「そのいやらしい眼光、私も狙っているのね。この淫獣っ、セックスモンスターキング！」

誤解が積み重なり、会話が不可能な段階に至ろうとしていた。

金色の魔剣を構えた先輩女子は、完全に腰が引けている。

担いだ女子を預けるのは諦めた。

ここはプランB、次善策として戦略的撤退を選ぶのが正解か。

「ま、待ちなさいっ……汝は裏切りの王、不実の簒奪者、虚栄の王座にて杯を掲げる――」

踵《きびす》を返そうとした足が止まる。

身体に絡みつく妙な干渉力。

この感覚は魔法スキル、いや静香の巫女スキル『祈禱《ウィッシュ》』に近いものだ。

かざすように掲げられた魔剣が発光している。

やはり『クラレント』という魔剣、かなり高位のマジックアイテムらしい。

一部のハイランク品は地上でも不思議パワーを使えるのだ。

ただし、瘴気の薄い場所で特殊能力を発動させると、マジックアイテムとして劣化するから注意、っと蜜柑先輩はおっしゃっていた。

正直、然程《さほど》の脅威は感じない。

本来ダンジョンの中で発動しうるパワーには遠く及ばないのだろう。

「ふむ」

俺は平気でも、背負っている女子生徒は別か。

申し訳ないが詠唱妨害させてもらう。

魔剣を没収すれば発動できまい。

「――庭園の花は枯れ、城壁は崩れ落ち、侍《はべ》る従者は消え去り、ここに砂上の王国は砕け散った」

粘りつく束縛に足止めされる。

干渉は足だけでなく、全身に絡みついていた。

「『武装守護解除《オーダーディスペル》』！」

詠唱完成した魔剣スキルが発動する。

武装の強制解除、バフ状態の全解除。

メッセージを表示する情報閲覧《インターフェース》も、一瞬歪んで見えた。

特に対人戦では効果抜群のスキルだと思う。

もはや魔剣ではなく神剣と呼べそうなチートアイテム。

残念ながら、こちらは最初から丸腰である。

紙袋マスクに制服のズボンだけ。

なんの効果も――。

「くっ」

ズボンのベルトが弾け飛び、パンツのゴムが切れた。

こんなモノですら武装認定されるのか。

オープンフェイバリットにより抜刀されたライジングサンが、予期せぬバベルインパクトを披露してしまった。

いや、落ち着こう。

公衆の面前でご開帳してしまったのは不可抗力だ。

ずり下がったズボンとケツを丸出しにした先輩男子に躓きながら、俺は伸ばしかけた手で金ピカ魔剣を掴んでいた。

＊＊＊

――泡沫識界『Le Morte D'Arthur：ARSENAL』――

風景が一瞬で変わっていた
例えるなら、映画のシーンが切り替わった感覚。

「……あいたた」

スカートの捲れた先輩女子が尻餅をついている。

下着の趣味は、なんというか可愛い系だ。

本人はサイドテールの美人系先輩だったので、妙なギャップを感じてしまった。

「えっ、嘘でしょ。なんでっ、魔剣に取り込まれた？」

状況に心当たりがあるらしい彼女は、慌てながら周囲をキョロキョロと見回していた。

俺たちがいる場所は薄暗い閉鎖空間だった。

広さは教室ふたつ分くらいでワンホール構造。

床も壁も天井も、隙間のない石造り。

窓もなければ扉もない。

カビ臭くて湿っぽい。

机に置かれているランプが、乱雑に散らかったインテリアを照らしていた。

積み上げられた木樽、陳列された剣や槍、無数の木箱、板金鎧なんかも飾ってある。

倉庫というか、粗大ゴミ置き場のようだ。

「ひぃ！　ど、どうしてモンスターが一緒に」

「リラックスプリーズ」

尻餅状態で後退する彼女を宥《なだ》めた。

どうやら先輩さん、かなりのビビリ体質らしい。

敵意がないことをアピールしつつ、周囲を再確認。

担いでいた女子も、誠意を受け入れて沈んだ先輩も見当たらなかった。

「はぁ？　ちょっと、マジで。あんた本当に人間なの？」

ストレートに人権をディスられた。

というか、俺がモンスターにでも見えていたのだろうか。

ビビリにも程があると思います。

「気配《オーラ》が完全にモンスターだったのよ！　でも確かに……っていうか、あんた、その紙袋取りなさい」

「拒否で」

プライバシーは大切だと愚考する次第。

この状態で実行委員さんに顔を覚えられるのはよろしくない。

「当然よ。あんたは公然レイプ犯でしょ。委員会のブラックリストに載せてあげる」

「誤解です」

「学園の生徒が、私たちから逃げられると思ってるの？　観念して自白しなさい、この公然猥褻男」

公衆の面前でマイパンツを脱がせた下手人には罪がないと申すか。

無言で先輩を見詰めると、スッと顔を逸らされた。

「……と、とりあえず、あんたの連続強制性交罪については不問とするわ」

「連続とは」

「口答えはしないで。なるべく急いでココから出ないと、ちょっとまずいことになるの」

なんと身勝手な先輩さんだろうか。

まあ、現状がおかしいのはわかる。

ここにきた瞬間、ダンジョンに入ったときのようなメッセージが出ていた。

「簡単に説明すると、私の持ってる魔剣は強力すぎるの。あんたにはわからないだろうけど、魔剣『クラレント』は学園から神器認定されてるほどのチートアイテムなんだから」

立ち上がった先輩が、胸を張って腕を組んだ。

「でも、強力すぎてたまに暴走しちゃうのよね。魔剣が投影した疑似レイドに取り込まれて、定期的に試練を課せられるわけ。ちなみに試練をクリアしないと出られないし、タイムリミットもある」

「呪われた武器は処分を」

「あんた馬鹿でしょ。上級の『伝承《レジェンド》』レイドでゲットした神器を捨てろっていうの」

リスクの高い武器は、使い勝手が悪いと思う。

「そもそも、今までダンジョン外で発動したことなんてなかったのに。……ああっ。もう、マジ最悪。よりによって、この場面に放り込まれるなんて」

額に手を当てた先輩が、深いため息を吐いていた。

俺も改めて室内を確認してみる。

やはり出口は見当たらず、閉じ込められた状態だ。

壁を破壊すれば外に出られるだろうか。

「いい？　外に出たければ黙って私に従いなさい。この試練は私たちが攻略したレイドの焼き直しなの。何をどうすれば試練のクリアになるのか、もう正解は全部わかってる。ちょっと、壁を壊そうとしないで、無理だから」

いや、ぶち抜けそうな感じはするが、ここは黙って従おうか。

「ここは魔剣クラレントが秘蔵されていた武器庫よ。王妃グィネヴィアがアーサー王を裏切って、騎士モルドレッドに魔剣を譲り渡すシーンね。試練をクリアするには、その場面を再現すればいいの」

「なるほど」

何言ってるのか全然わからん。

「物分かりがいいわね。じゃあ、セックスするわよ」

「なにかおかしい」

「うっさいわね。そういうストーリーになってるんだから仕方ないでしょ。これは王妃グィネヴィアと騎士モルドレッドの不倫現場なのよ。中世の騎士道ロマンスとか、本当もうマジで最悪。こんなのばっかり」

ぶちぶちと愚痴を垂らしながら、後ろを向いてお尻を突きだしてくる。

「さっさと一発ヤッちゃって。それでクラレントが出てくるから」

自動販売機みたいなギミックだ。

「男女で魔剣に触れると、この試練が出やすいのよ。だから対人戦だと使えないし、わざと魔剣に触れようとする馬鹿もいるし……。まあ、そういうヤツはボッコボコにして踏むけど。あんたも後で踏む」

理不尽ではなかろうか。

「ほらっ。あんたも影響受けてムラムラしてるんでしょ。ちゃちゃっと挿入して。ここは精神世界みたいなモノだから遠慮しないで。絶対に後で踏むけど」

確かに多少ムラムラはしていた。

逆らっても仕方なさそうだし、ここは先輩に従うべき。

「あ、紙袋はそのままでいいわ。好みの顔じゃなかったら萎えそうだ、しぃ！」

自分でスカートを捲ってため息を吐いていた先輩に、後ろからお邪魔した。

所謂立ちバック、背面立位のスタイル。

ベッドも手頃な机もないから仕方ない。

「ちょ、あんた、ホント、遠慮なし、にぃ」

「失敬」

ショーツを脱がせると罵倒されそうだったので、そのまま捲って即挿入。

不意をついてズコッといってみた。

しかし、準備段階をすっ飛ばしたのは不躾だったかもしれない。

振り返った先輩さんが、恨めしそうに睨んでいる。

「覚えて、なさい、絶対に、踏んでやる、からぁ」

「犬に噛まれたと思って」

彼女の腰を抱え込んで不倫プレイを続行する。

「おのれぇ、忘れぬぅ、この恨みぃ」

精神的にタフっぽいので問題ないだろう。

肉体的にも高レベルなので頑丈だ。

突き入れている感触が、あっという間に粘っこいものへと変わっていた。

ぐぬぐぬと唸ったり、ギリギリと歯軋りが聞こえるのも趣がある。

まったく、俺が変な趣味に目覚めたら、どう責任を取ってくれるのか。

「うぐぅ、アレの相性いいのがぁ、逆にぃ、ムカつくぅ！」

どうやら先輩の好みに合致しているらしい。

こちらも具合は悪くない。

戦士として鍛えられた身体は、ぎゅうぎゅうと先端から根元まで締めつけてくる。

先輩のお尻をパンパンっと鳴らしながら、試練とやらのクリア条件を考えてみた。

要するにここは、『セックスしないと出られない部屋』である。

先輩は小難しいことをおっしゃっていたが、たぶんそう。

しかし、現在進行形でセックスしていても、開放条件は満たされていない。

オルガズムへの到達が必須なのか、それは男女ともになのか、プレイ内容に多様性が求められているのか、さて。

「ちょっ、あんたっ、どこ触って……ッ」

「もしや、こちらが正解なのでは？」

「あっあ、あんたぁ、絶対にぃ、踏み潰すぅ」

肉棒を咥え込んでいる穴の、ちょっと上にある穴を弄ってみた。

この反応、うちの静香よりも素質がありそうだ。

「二回目はこちらで」

「この屈辱ぅ、絶対にぃ、忘れ……ッッ」

にゅる、っと奥まで指が呑み込まれた瞬間。

先輩のお尻が弾むように痙攣していた。

＊＊＊

またもや唐突にシーンが切り替わった。

謎の石部屋から学園の廊下へと復帰。

どうやらクリア条件は、『男女ふたりがセックスをして、どちらかが絶頂する』だったらしい。

意味のわからないトラブルに巻き込まれてしまった。

まったく、やれやれだ。

「ああ、あっ、あっ、あんた…ぁぁ…ぁ」

それは地獄の底から響いてくる怨嗟《えんさ》だった。

発生元はうつ伏せに倒れている先輩女子だ。

スカートが脱げて下半身は丸見え。

お尻の上には、一緒に倒れた俺が跨がっている状態だった。

立ちバック体位から、寝バック体位に移行した感じ。

そういえば謎空間に取り込まれる寸前、転んだ勢いで押し倒してしまった気もする。

「……なるほど」

これは純粋な事故と言わざるを得ない。

バベルインパクト棒が、お尻の谷間に潜り込んでいるのも不幸な事故だ。

いやまあ、完全にインサート状態なわけだが。

謎イベント中の時間経過はどうなっているのだろう。

先輩さんの中は潤んでいて、石部屋で致していたときと変わらないです。

「連続ぅ、強制ぇ、性交罪ぃ！」

先輩が手にしたクラレントが、怪しくも神々しい光を放っていた。

「あんたはぁ、百回ボコってからぁ、踏むぅ！」

蹴りを回避して、剣の間合いからも離脱する。

恥じらいなど闘争心で上書きされているらしい。

鎖から解き放たれた戦闘マシーンだ。

「ふむ」

状況は変わっていない。
場所は教室棟の廊下。
遠巻きにした生徒たちが、息を潜めて観客になっている。
相対しているパンツ丸見えの実行委員の先輩女子。
足元で潰れているケツ丸出しの先輩男子。
俺の肩には、ケツ丸出しの被害者の女子生徒が担がれたまま。
ついでに、こちらの股間もバベルインパクト状態。
状況が変わっていないというのは嘘だった。
あきらかに悪化している。
もはやプランＣ、戦略的転進を選択するしかない。
「アディオス」
「うおのれぇ、逃げるなぁ、このセックスモンスターキングぅ！」
野次馬包囲網の薄いトイレ方面に突貫した。
背後から戦闘マシーンの咆吼、野次馬の悲鳴などが聞こえている。
ああ、実に不幸な事故であった。
きっと先輩も冷静になったら事故だったと納得してくれるはずだ、たぶんメイビー。

《了》

あとがき

当作も五巻目を迎えさせていただきました。

お手にとられた皆様には重ねて感謝を。

また、発刊でお世話になっている一二三書房の担当者様方、イラストレーターのアジシオ様、本作を応援してくださる読者の皆々様にお礼を申し上げます。

変わらず短いご挨拶となりますがご容赦くださいませ。

この本を手にしている貴方へ。

ただ、物語の世界を楽しんでいただければ幸いです。

竜庭ケンジ

学園クラス辞典より抜粋

・規格外《イリーガル》クラスについて

学園で認定している基本クラスは六種、『戦士《ファイター》』『盗賊《シーフ》』『術士《マギ》』『職人《クラフター》』『文官《オフィサー》』『遊び人《ニート》』からの派生となっている。

その中でも保有者《ホルダー》が少ないものはレア【R】、あるいはスーパーレア【SR】としてカテゴライズされている。

レア系統はクラスホルダーが稀少というだけであり、決してアーキタイプから逸脱したクラスではない。

レベルアップの補正・能力が、より尖鋭化して極端にカスタマイズされているだけだ。

特殊派生にカテゴライズされるドロップアウト【SSR】系クラスにおいても、それは同様であると考察されている。

尤《もっと》も、ダンジョンでのレベルアップが困難なクラスであるが故に、未だ検証はなされていない。

形式はさまざまであれど、法則と規則に準じたクラスの他にも、明確にそれらを逸脱した『規格外』が存在している。

それらアーキタイプに当てはまらない特殊な『規格外』をイリーガルと呼称している。

イリーガルクラスは学園で想定しているレベルシステムが適応されない。

その補正・能力にもホルダーによる個人差が大きく、規格化されていない。

多くのイリーガルクラスは、同時期に同じクラスホルダーが存在しないことから、唯一《ユニーク》のクラスと呼ばれることもある。

また、それらの制限は各ダンジョンに付随する『聖堂《カテドラル》』毎に設定されている。

イリーガルクラスの特殊性は解明されていないものが多い。

重複《ダブル》クラスの獲得もそのひとつだ。

しかし、本来のアーキタイプクラスに追加されて獲得するホルダーもいれば、既存のクラスを喪失するもの、あるいは最初からイリーガルクラスにチェンジするものがいる。

無作為な混沌仕様は、まさに『規格外《イリーガル》』の名称に相応しいのだろう。

なお、異なるクラスを取得したダブルホルダーは、レベルアップに必要な経験値も倍加している。

以下に、学園で確認されている主要なイリーガルクラスを記載する。

・七つの大罪【セブンスシン】系

人類という群体生物の原罪衝動を根源とするクラス。

最も古く、原始的で強力なイリーガルクラス。

人類の普遍的な原罪であるが故に、そこへと至る鍵は数多くちりばめられている。

いまだ存在は確認されていないが、対となる救済系に『勇者』という複合クラスがある以上、大罪系にも複合クラスが存在すると推測されている。


『強欲《グリード》』

『嫉妬《エンヴィ》』

『憤怒《ラース》』

『傲慢《プライド》』

『怠惰《スロウス》』

『色欲《ラスト》』

『暴食《グラトニー》』

・七つの救済【セブンスレクス】系

人類という群体生物の欲望衝動を根源とするクラス。

始めに罪ありき、罪の存在を人類が認識することにより、相剋《そうこく》する概念が生まれた。

大罪の対となるが故に強力なイリーガルクラス。

ただし、その純粋潔白な偽善に耐えられるホルダーは少ない。

全てのカルマを内包した『勇者《ブレイバー》』と呼ばれるオーバーイリーガルクラスが存在している。

当学園には、なぜか頻繁に勇者ホルダーが現れているが、理由は不明である。

『救恤《チャリティ》』

『忍耐《ペイシェンス》』

『慈悲《カインドネス》』

『謙譲《ヒューミリティ》』

『勤勉《ディリジェンス》』

『純潔《チャスティティ》』

『節制《テンパランス》』

・八部衆【レギオン】系

宗教的な起源から発生した規格外クラス。

古来の文明において、伝説とは日常そのものである。

即ち、彼らの守護者として人間を超越した英雄も、また存在して然るべきものであった。

主にアジア圏のダンジョンカテドラルにてクラスチェンジが確認されている。


『乾闥婆《ケンダッツバ》』

『毘舎闍《ビシャジャ》』

『鳩槃荼《クバンダ》』

『薜茘多《ヘイレイタ》』

『那伽《ナーガ》』

『富單那《フタンナ》』

『夜叉《ヤシャ》』

『羅刹《ラセツ》』

・五大老【クイーンデッド】

大陸の仙人伝説が元になっていると思われる女性専用の規格外クラス。

元は崑崙《クンルン》ダンジョンで存在が確認されていたクラス。

だが昨今はなぜか、黄泉比良坂ダンジョンカテドラルでもクラスホルダーが出現し始めた。

原因は『萌』あるいは『ＨＥＮＴＡＩ』というキーワードが関連しているとの噂もあるが意味不明である。

ただし、ホルダーとなる女性は、非常に容姿端麗であることは事実だ。


『瑤池聖女』

『黎山老女』

『九天玄女』

『准胝天女』

『虚空地女』

・六歌仙【バッカズ】系

古代の民間伝承が元となっている、日本固有の規格外クラス。

日本各地に残された、名もなき英雄譚の集合体。

名称の由来は、彼らが必ず『詩吟』と『酒宴』に関連するスキルを保有していることから。

大和の神話、伝承、本来であれば概念として昇華される物語は数多く残っている。

他国とは異なる、日本独特の規格外クラスの発生は、いまだ原因がわかっていない。

・十二星将【ゾディアック】

古い星辰信仰から産み出された、源流とされる規格外クラス。

種類は十二に限らず、さまざまなタイプが世界各地のダンジョンで確認されている。

畏怖、憧憬、それらは祈りとなり、思想となって世界に形をなしたもの。

クラスの多くは星座に関連した名称となっている。

・聖十三使徒【アポストロス】

新参宗教の枠組みに取り込まれた規格外クラスの通称。

彼の教団に真なる由来はなく、全て土着の伝承を掻き集めた集合体である。

種類は十三に限らず、力ある存在を使徒として任命しているだけだ。

当学園にも、まれに某騎士団のスカウトが訪れている。

正直な話、彼らは礼儀を知らない差別主義者であり、とても厚顔無恥であることを明記しておく。
※裏十三使徒【アポストロス】については検閲情報指定

――最後に、忠告と警告を記す。


これを閲覧している生徒の中には、『規格外《イリーガル》』クラスの獲得を望む者がいるかもしれない。

イリーガル保有者《ホルダー》のルールを無視した絶大なる『力《チート》』には憧憬を抱くかもしれない。

生来の才能や、積み上げる努力すら必要としない、如何様を羨むかもしれない。

しかし、『規格外《イリーガル》』は望んでもなれるものではなく、望むべきでもない。

保有者の彼らは望む望まないに関わらず、ならざるを得なかった者たちだ。

彼らは規格外になったのではない、元からこの世界《リアル》を逸脱している者たちなのだ。

彼らが手遅れになる前に、己の宿業《カルマ》から逸脱できることを祈る。

転生貴族の異世界冒険録
～カインのやりすぎギルド日記～
原作：夜州
漫画：香本セトラ
キャラクター原案：藻
レベル1の最強賢者
原作：木塚麻弥
漫画：かん奈
キャラクター原案：水季
我輩は猫魔導師である
原作：猫神信仰研究会
漫画：三國大和
キャラクター原案：ハム

捨てられ騎士の逆転記！
原作：和田 真尚
漫画：絢瀬あとり
キャラクター原案：オウカ
身体を奪われたわたしと、
魔導師のパパ
原作：池中織奈
漫画：みやのより
キャラクター原案：まろ
バートレット英雄譚
原作：上谷岩清
漫画：三國大和
キャラクター原案：桧野ひなこ
コミックポルカ
COMICPOLCA
話題のコミカライズ作品を続々掲載中！
毎週金曜更新
公式サイト
https://www.123hon.com/polca/
Twitter
https://twitter.com/comic_polca
コミックポルカ
検索

唯一無二の最強テイマー
～国の全てのギルドで門前払いされたから、他国に行ってスローライフします～
原作：赤金武蔵　漫画：田村紘一
キャラクター原案：LLLthika
異世界還りのおっさんは終末世界で無双する
原作：羽々音色　漫画：ダンタガワ
ジャガイモ農家の村娘、剣神と謳われるまで。
原作：有郷　葉　漫画：たぢまよしかづ
キャラクター原案：黒兎ゆう